Gebroken

Dick Francis

Gebroken

Vertaald door Nelleke van Maaren

Amsterdam · Antwerpen

Archipel is een imprint van BV Uitgeverij De Arbeiderspers

Copyright © 2000 Dick Francis
Copyright Nederlandse vertaling © 2001 Nelleke van Maaren /
BV Uitgeverij De Arbeiderspers, Amsterdam
Oorspronkelijke titel: *Shattered*
Uitgave: Michael Joseph Ltd, Londen

Omslagontwerp: UNA (Amsterdam) Mijke Wondergem
Omslagfoto: Leo Hol, Amsterdam

ISBN 90 295 1637 2 / NUGI 331
www.boekboek.nl

Voor Hare Majesteit Koningin Elizabeth,
de koningin-moeder, ter ere van haar honderdste verjaardag.
In grenzeloze dankbaarheid en liefde,
en met alle goede wensen van
Dick Francis

Mijn dank gaat ook uit naar

Stephen Zawistowski, glasblazer

Stephen Spiro, hoogleraar longziekten

Tanya Williams, politiekorps van West Mercia

naar mijn kleinzoon *Matthew Francis*, voor de titel

en naar mijn zoon *Felix* voor alles

I

Op de dag dat Martin Stukely stierf door een val tijdens een steeple-chase, reden we met zijn vieren naar de paardenrennen in Cheltenham.

Het was 31 december, de vooravond van het jaar tweeduizend. Een koude ochtend midden in de winter. De wereld op de drempel van de toekomst.

Martin zette zich tegen twaalven achter het stuur van zijn BMW en vertrok, zonder enig voorgevoel, om op weg naar zijn werk die middag zijn drie passagiers op te halen op verschillende adressen in de Cotswold Hills. Hij was een jockey van naam, hij had zelfvertrouwen en geen last van zenuwen.

Tegen de tijd dat hij arriveerde bij mijn ruime huis in de heuvels boven het langgerekte dorp Broadway, populair bij toeristen, was zijn ruime wagen gevuld met de rijke rookwolken van zijn favoriete sigaar, Montecristo Nr. 2, die zijn middagmaal verving. Nu hij vierendertig was bracht hij dagelijks meer tijd in de sauna door, maar begon niettemin geleidelijk aan de metabolische strijd tegen het vet te verliezen.

Aan zijn genen dankte hij, over het geheel genomen, een evenwichtige botstructuur en vooral aan zijn Italiaanse moeder had hij een liefde voor koken en een levendig temperament overgehouden.

Hij maakte onophoudelijk ruzie met Bon-Bon, zijn rijke, gezette en uiterst spraakzame vrouw, en trok zich in het algemeen weinig aan van zijn vier kleine kinderen. Als hij naar hen keek, fronste hij vaak zijn wenkbrauwen, alsof hij niet helemaal zeker wist wie ze waren. Toch kwam hij door zijn vaardigheid, moed en gevoel voor paarden even vaak als vroeger in de winnaarsring terecht, en terwijl hij naar Cheltenham reed besprak hij rustig welke kansen de paarden die hij die middag bereed zouden hebben in twee snelle hindernisraces en een langere steeple-chase. Een koers van drie mijl over horden was ideaal voor de beheerste roekeloosheid die hem groot had gemaakt.

Ik was de laatste die hij die fatale vrijdagochtend ophaalde, omdat ik het dichtst bij de renbaan van Cheltenham woonde.

Behalve Martin zat in de auto ook Priam Jones, de trainer wiens paarden hij regelmatig bereed. Priam was een expert in het vergroten van zijn eigen roem en rijkdom, maar minder goed dan hij zelf dacht in het herkennen van het moment dat de prestaties van een paard dat aan zijn zorgen was toevertrouwd een piek zouden bereiken. Tallahassee, de steeplechaser die vandaag meedeed, was volgens de telefonische berichten van mijn vriend Martin nu meer dan ooit in staat om de gouden trofee binnen te halen, maar Priam Jones streek over zijn grijze, licht kalende, bijna bejaarde hoofd en vertelde op verveelde toon aan de eigenaar van Tallahassee dat het paard het wellicht op zachtere grond nog beter zou doen.

Naast mij op de achterbank, achterover geleund in de kussens, luisterde Lloyd Baxter, de eigenaar van Tallahassee, zonder merkbaar genoegen naar zijn woorden terwijl de punt van een van Martins sigaren symmetrisch tot as vergloeide. Ik vond dat Priam Jones zijn voortijdige excuses beter voor zich had kunnen houden tot ze later wellicht nodig waren.

Het was niet gebruikelijk dat Martin met de eigenaar en trainer van Tallahassee in zijn auto reed. Normaal gesproken nam hij andere jockeys mee, of alleen mij, maar uit louter arrogantie had Priam Jones zijn eigen auto gereduceerd tot een wrak op lekke banden dankzij zijn pogingen een onlangs geïnstalleerd antiparkeermechanisme waarbij ijzeren punten uit de straat omhoog kwamen, volstrekt te negeren. De schuld van de gemeente, hield hij vol. Hij zou ze een proces aandoen.

Priam had het vanzelfsprekend gevonden, zo had Martin me woedend door de telefoon verteld, dat hij – Martin – zou rijden en niet alleen Priam zelf zou meenemen, maar ook chauffeur zou spelen voor de eigenaar van het paard die bij Priam logeerde in verband met de races in Cheltenham en vanuit het noorden van Engeland in een gehuurde kleine luchttaxi naar het plaatselijke vliegveld Staverton was gevlogen.

Ik had een even grote hekel aan Lloyd Baxter als hij aan mij. Martin had me gewaarschuwd mijn mond te houden over de bandencatastrofe van Priam ('hou je scherpe tong achter je oogverblindende tanden') en me ook gesmeekt de norse, sombere miljonair alvast te overstelpen met sussende charme, voor het geval de angst en vrees van Priam Jones bewaarheid werden en het paard geen enkele prijs zou winnen.

Ik zag Martin in de binnenspiegel tegen me grijnzen toen hij hoorde hoe ik mijn medeleven betuigde met de lekke banden. Alles wat hij me schuldig was compenseerde hij ruimschoots door me zoveel mogelijk rond te rijden, aangezien ik mijn rijbewijs een jaar lang kwijt was omdat ik met honderdvijftig per uur over de ringweg rond Oxford was geraasd (vierde bekeuring voor een snelheidsovertreding) om hem en zijn gebroken been naar zijn op sterven liggende gepensioneerde tuinman te brengen. Het hart van de tuinman had vervolgens nog zes weken lang haperend en wel doorgetikt – een van die kleine ironische spelingen van het lot. Het zou nu nog drie maanden duren voor ik mijn rijbewijs terugkreeg.

De op het eerste gezicht onwaarschijnlijke vriendschapsband tussen Martin en mij was ruim vier jaar geleden van het ene op het andere moment ontstaan als gevolg van een glimlach die rond zijn ogen rimpelde en, naar ik later begreep, een echo was van de mijne.

We hadden elkaar ontmoet in de jurykamer van het plaatselijke kantongerecht, waar we beiden waren opgeroepen om ons van onze juryplicht te kwijten bij een betrekkelijk eenvoudig geval van moord binnen een gezin. Het proces duurde tweeënhalve dag. Bij het mineraalwater na afloop hoorde ik over zijn strijd tegen de gewichtstoename. Hoewel mijn leven niets te maken had met paarden en het zijne niets met de hitte en scheikundige processen van mijn werk, hadden we wellicht het besef gemeen dat we beiden fysieke capaciteiten nodig hadden om ons beroep met succes te kunnen beoefenen.

In de jurykamer had Martin meer uit beleefdheid dan echte nieuwsgierigheid gevraagd: 'En wat doet u?'

'Ik blaas glas.'

'Wát?'

'Ik maak dingen van glas. Vazen, snuisterijen, glazen. Dat soort dingen.'

'Serieus?'

Ik moest glimlachen om zijn verbazing. 'Sommige mensen doen dat nu eenmaal. Al duizenden jaren maken mensen dingen van glas.'

'Ja, maar...' zei hij nadenkend, 'u ziet er niet uit als iemand die snuisterijen maakt. U ziet eruit als... eh... iemand die tegen een stootje kan.'

Ik was vier jaar jonger dan hij, zeven centimeter langer en beschikte waarschijnlijk over evenveel spierkracht.

'Ik heb ook paarden gemaakt,' zei ik vriendelijk. 'Hele kudden.'

'De Crystal Stud Cup?' vroeg hij – een van de decoratiefste prijzen in het vlakkebaanrennen. 'Hebt u die gemaakt?'

'Nee, die niet.'

'Maar... hebt u een náám? Laten we zeggen zoals Baccarat?'

Ik glimlachte wat verlegen. 'Niet zo'n indrukwekkende. Ik heet Logan, Gerard Logan.'

'Logan Glas.' Hij knikte, niet langer verbaasd. 'U zit in de High Street in Broadway, tussen al die antiekwinkels. Ik heb het gezien.'

9

Ik knikte. 'Galerie en werkplaats.'

Hij had niet bijzonder geïnteresseerd geleken, maar een week later stapte hij mijn tentoonstellingsruimte binnen, bracht er zwijgend en aandachtig een uur door, vroeg of ik al die dingen zelf had gemaakt (grotendeels) en bood me een lift naar de paardenrennen aan. In de loop van de tijd waren we prettig gewend geraakt aan elkaars hebbelijkheden en tekortkomingen. Bon-Bon gebruikte mij als schild in de strijd en de kinderen vonden me een ouwe zeur omdat ze niet in de buurt van mijn oven mochten komen.

De helft van de races in Cheltenham die dag verliep zoals gebruikelijk. Martin won de tweemijlshindernisrace met zes lengtes voorsprong en Priam Jones klaagde dat zes lengtes te veel was. Het zou de genadeslag betekenen voor de positie van het paard in de handicaprace.

Martin haalde zijn schouders op, trok geamuseerd zijn wenkbrauwen op en verdween in de kleedkamer om Lloyd Baxters kleuren aan te trekken: zwartwitte chevrons, roze mouwen en cap. Ik keek toe hoe de drie mannen in de paradering, de eigenaar, de trainer en de jockey, Tallahassee van top tot teen monsterden terwijl hij doelbewust rondstapte naast zijn staljongen. Tallahassee stond bij de bookmakers op zes-vier voor de Coffee Forever Gouden Trofee – duidelijk de favoriet.

Lloyd Baxter had (ondanks de bange voorgevoelens van zijn trainer) zijn geld op hem ingezet, en hetzelfde gold voor mij.

Het gebeurde bij de allerlaatste horde. Tallahassee struikelde over zijn eigen benen, wat hem nog nooit was overkomen. Hij lag ruim zeven lengtes voor, maar hij verloor zijn concentratie, raakte de wortels van de onwrikbare berkenboom, sloeg over zijn berijder heen over de kop en kwam met zijn volle gewicht van een halve ton ondersteboven neer zodat de zadelboom en zijn schoft de ribbenkast van de man onder hem verbrijzelden.

Het paard struikelde op het moment dat zijn versnelling naar de finishlijn een hoogtepunt had bereikt en stortte met een kilometer of vijftig per uur ter aarde. Buiten adem bleef het een paar ogenblikken roerloos over de jockey heen liggen en begon toen krachtig naar voren en naar achteren te wiegen in een poging weer op de been te komen.

De val en wat daarop volgde zag er vanaf mijn plaats op de tribune verschrikkelijk uit. Het welkomstgejuich waarmee de favoriet wordt binnengehaald op zijn laatste meters naar een populaire overwinning, smoorde in kreten van schrik en afgrijzen, geschreeuw en ongerust angstig gemompel. De echte winnaar passeerde de finishlijn zonder het gejuich waarop hij recht had en duizenden verrekijkers waren gericht op de roerloze zwartwitte chevrons op het groene decembergras.

Hoewel de dienstdoende arts van de renbaan uit de volgauto onmiddellijk ter plaatse was, kon hij niet voorkomen dat de snel aanzwellende groep ziekenbroeders en mediamensen besefte dat Martin Stukely voor hun ogen stierf, al was hij nog half bij bewustzijn. Ze zagen dat schuimend bloed uit de mond van de jockey sijpelde en dat hij stikte omdat de scherpe uiteinden van de gebroken ribben zijn longen uiteenscheurden. Ze beschreven het, rochel voor rochel, in hun krantenverslagen.

De dokter en de paramedische hulpverleners transporteerden een Martin die nog net in leven was naar de wachtende ambulance en tijdens de rit naar het ziekenhuis waren ze wanhopig met transfusies en zuurstof in de weer, maar voordat de reis voorbij was verloor de jockey rustig en zacht zijn laatste race.

Hoewel Priam normaal gesproken een man van weinig emoties was, liet hij zijn tranen de vrije loop toen hij later Martins eigendommen, waaronder diens autosleutels, in de kleedkamer kwam ophalen. Hij was in gezelschap van Lloyd Baxter die er eerder geërgerd dan diepbedroefd uitzag. Snotterend en zijn neus afvegend bood Priam Jones aan me naar mijn galerie in Broadway terug te brengen. Niet naar mijn huis in de heuvels, aangezien hij vandaar de andere kant op moest omdat hij Bon-Bon wilde gaan troosten.

Ik vroeg of ik niet mee kon naar Bon-Bon. Hij weigerde. Bon-Bon wilde alleen Priam zien, zei hij. Dat had ze totaal overstuur aan de telefoon gezegd.

Lloyd Baxter, voegde Priam er nog aan toe, zou ook in Broadway uitstappen. Priam had de laatste beschikbare kamer in het hotel daar, de Draak van Wychwood, voor hem geboekt. Alles was geregeld.

Lloyd Baxter was woedend op de wereld, op zijn trainer, op mij, op het noodlot. Hij had, vond hij, de gouden trofee moeten winnen. Hij was beroofd. Hoewel zijn paard ongedeerd was, leek hij eerder rancune ten opzichte van zijn dode jockey te koesteren dan diens dood te betreuren.

Terwijl Priam met hangende schouders en Baxter met een nors gezicht voor mij uit liepen in de richting van de parkeerplaats, kwam Martins kleedkamerknecht haastig achter me aan rennen en riep mijn naam. Ik bleef staan en draaide me om, en hij duwde het lichtgewicht racezadel in mijn armen dat, toen het nog stevig op Tallahassees rug was vastgegespt, mede de oorzaak van Martins kwetsuren en dood was geweest.

De stijgbeugels en leertjes waren over het zadel heen geslagen en werden op hun plaats gehouden door de lange riem die eromheen was gewikkeld. Pas bij de aanblik van dat in de riem gewonden professionele jockeyzadel drong goed tot me door dat de eigenaar ervan nooit meer zou terugkeren – net als indertijd bij de Hasselblad-camera van mijn zojuist overleden moeder het geval was. Het was Martins lege zadel dat me deed beseffen hoe erg ik hem miste.

Eddie, de knecht, was bejaard, kaal en volgens Martin een man die hard werkte en niets verkeerd kon doen. Hij draaide zich om en wilde teruggaan naar de kleedkamer, maar bleef opeens staan, tastte in de diepe zak van de voorschoot die bij zijn functie hoorde, haalde een in bruin pakpapier gewikkeld pakje tevoorschijn en riep dat ik even moest wachten.

'Dit heeft iemand aan Martin gegeven en hij moest het weer aan u geven,' riep hij terwijl hij met het pakje in zijn uitgestrekte hand naar me toe kwam om het me te overhandigen. 'Martin vroeg of ik het hem terug wilde geven als hij naar huis ging, zodat hij het aan u kon doorgeven... maar nu natuurlijk...,' zijn stem brak en hij slikte... 'is hij er niet meer.'

Ik vroeg: 'Wie heeft het aan hém gegeven?'

De man wist het niet. Maar hij wist zeker dat Martin zelf het wel had geweten, omdat hij bij wijze van grap had gezegd dat het pakje een miljoen waard was, en Eddie was er zeker van dat het uiteindelijk bestemd was voor Gerard Logan, Martins vriend.

Ik nam het pakje aan, bedankte hem en stopte het in de zak van mijn regenjas. Even beleefden we gezamenlijk een moment van pijn vanwege het gemis dat we nu in ons beider leven voelden. Terwijl Eddie zich omdraaide en haastig terugkeerde naar zijn werk in de kleedkamers en ik mijn weg naar de parkeerplaats vervolgde, bedacht ik dat dit waarschijnlijk de laatste keer was dat ik naar de paardenrennen zou gaan, want zonder Martin was mijn plezier erin verdwenen.

Priams tranen begonnen opnieuw te stromen toen hij de betekenis van het lege zadel besefte en Lloyd Baxter schudde afkeurend zijn hoofd. Maar Priam vermande zich voldoende om Martins auto te starten en naar Broadway te rijden waar hij, zoals afgesproken, zowel mij als Lloyd Baxter afzette voor de Draak van Wychwood en vervolgens zwijgend en somber naar Bon-Bon en haar vaderloze kroost vertrok.

Zonder mij nog een blik waardig te keuren stapte Lloyd Baxter nors het hotel binnen. Tijdens de rit van de renbaan naar Broadway had hij zich bij Priam beklaagd dat zijn koffer nog bij Priam thuis stond. Hij was met een huurauto van het vliegveld in Staverton gekomen met de bedoeling die avond tijdens Priams inmiddels afgelaste oudejaarsavondfeestje te vieren dat zijn paard de Gold Coffee Cup had gewonnen en dan de volgende morgen terug te vliegen naar zijn uitgestrekte landgoed in Northumberland. Priams verzekering dat hij na zijn bezoek aan Martins gezin de koffer eigenhandig bij het hotel zou afleveren kon Tallahassees eigenaar in geen enkel opzicht milder stemmen. De hele middag was een catastrofe geweest, morde hij, en in zijn stem viel een ondertoon waar te nemen die erop wees dat hij erover dacht een andere trainer te nemen.

Mijn glasblazerij lag een paar meter voorbij de Draak van Wychwood aan de overkant van de straat. Als je er vanaf het hotel naar keek, leken de ramen van de galerie stralend verlicht te schitteren, en dat was elke dag van het jaar van de vroege ochtend tot de late avond zo.

Ik stak de straat over en wenste dat ik de tijd kon terugdraaien: kon Martin met zijn heldere ogen maar weer mijn deur binnenstappen en met plannen komen voor de onwaarschijnlijke glassculpturen die, toen ik ze eenmaal had gemaakt, zowel voor opdrachten als voor loftuitingen hadden gezorgd. Hij was gefascineerd geraakt door de samenstelling van glas en leek er geen genoeg van te kunnen krijgen toe te kijken hoe ik de basiscomponenten zelf mengde in plaats van altijd voor de makkelijkste weg te kiezen – kant-en-klaar kopen.

Het kant-en-klare spul werd geleverd in vaten van 200 kilogram en zag eruit als kleine ondoorzichtige kleiknikkers of grote grijze erwten, ongeveer half zo groot als het gepolijste doorzichtige glazen speelgoed. Ik koos de gemakkelijke weg regelmatig, want het was zuiver en schoon en smolt zonder vlekken of onregelmatigheden.

Toen Martin me voor het eerst de tank van de oven zag vullen met een voorraad ronde grijze steentjes voor een week, herhaalde hij hardop de ingrediënten die vermeld stonden. 'Tachtig procent van het mengsel bestaat uit wit silicazand uit de Dode Zee. Tien procent is natriumas. Voeg per vijftig pond gewicht afgepaste kleine hoeveelheden antimonium, barium, calcium en arsenicum toe. Voor blauw glas gemalen lapis lazuli of kobalt gebruiken. Voor geel cadmium gebruiken dat in oranje en rood verandert als het wordt verhit, en ik geloof er niets van.'

'Dat is natriumkristal,' knikte ik met een glimlach. 'Ik gebruik het dagelijks, omdat het in alle opzichten veilig is om van te eten en uit te drinken. Baby's kunnen eraan likken.'

Hij keek me verbaasd aan. 'Is dan niet alle glas veilig?'

'Nou... nee. Je moet buitengewoon voorzichtig zijn als je dingen met lood maakt. Loodkristal. Prachtig spul. Maar lood is ontzettend giftig. Loodsilicaat bedoel ik, want dat is wat voor glas wordt gebruikt.

Het is een roestkleurig poeder en in onversneden vorm moet je het zorgvuldig van alle andere stoffen gescheiden houden en ervoor zorgen dat je het altijd achter slot en grendel bewaart.'

'En hoe zit het dan met geslepen kristallen wijnglazen?' vroeg hij. 'Die hebben we namelijk van Bon-Bons moeder gekregen.'

'Maak je geen zorgen,' zei ik opgewekt. 'Als je er nog niet ziek van bent geworden, word je het waarschijnlijk ook niet.'

'Je wordt bedankt.'

Ik opende de zware galeriedeur met de afgeschuinde glazen panelen en voelde nu al een leegte waar Martin was geweest. Het was niet zo dat ik geen andere vrienden had. Ik had een hele schare bier- en wijnvrienden bij wie spawater en sauna's niet op het programma stonden. Twee van hen, Hickory en Irish, werkten als assistent en leerling bij me, hoewel Hickory ongeveer van dezelfde leeftijd was als ikzelf en Irish een flink stuk ouder was. Het verlangen om met glas te werken ontstond vaak pas op latere leeftijd, zoals bij Irish, die al veertig was, maar soms was de fascinatie met glas, net als praten, al zo vroeg gekomen dat je je het begin niet meer kon herinneren. Dat was bij mij het geval geweest.

Ik had een oom die niet alleen een uitmuntend glasblazer was, maar ook fantastisch met open vuur kon werken. Hij kon massieve glazen staven in een gasvlam verhitten totdat hij ze bijvoorbeeld tot een kantpatroon kon verwerken, hij kon er engelen en crinolines van maken, en absoluut vlakke ronde bodems voor ongeveer alles wat in een wetenschappelijk laboratorium precisie vereist.

Aanvankelijk vond hij het alleen vermakelijk dat een nieuwsgierig klein jongetje hem als een schaduw volgde, maar later raakte hij geïnteresseerd en uiteindelijk nam hij me serieus. Zodra ik kans zag van school te spijbelen, leerde hij me van alles en hij stierf omstreeks de tijd dat mijn inventiviteit zich langzamerhand met de zijne kon meten. Ik was zestien. In zijn testament liet hij me plannen en instructies na voor de bouw van een elementaire werkplaats en bovendien zijn – veel waardevollere – notitieboeken, waarin hij jarenlang alle bijzonderheden van zijn unieke ambacht had opgetekend. Ik maakte een boekenkast met een slot erop, een soort brandkast eigenlijk, om ze in te bewaren en voegde er sindsdien, als ik iets bijzonders ontwierp, mijn eigen aantekeningen over werkwijzen en benodigde materialen aan toe. Die kast stond altijd achter in de werkplaats tussen de voorraadplanken en een rij van vier hoge grijze stalen kasten waarin mijn assistenten en ik onze persoonlijke spullen bewaarden.

Hij, mijn oom Ron, was degene die de onderneming de naam Logan Glas had gegeven en hij was het ook die mij een beetje zakelijk inzicht had bijgebracht, alsmede het besef dat alles wat de ene glasblazer maakt in het algemeen door elke andere glasblazer kan worden nagemaakt en dat dit gegeven een uitgesproken negatieve invloed op de vraagprijs heeft. In zijn laatste jaren trachtte hij dingen te maken die zo origineel waren dat ze niet te kopiëren vielen en slaagde daar ook in. Hij werkte dan buiten mijn blikveld en daagde me vervolgens uit zijn werkwijze te ontdekken en na te doen. Als ik dat niet kon, demonstreerde hij ruimhartig hoe het moest. En hij lachte toen ik zo handig en vaardig was geworden dat ik hem op zijn eigen terrein kon verslaan.

Op de dag van Martins dood stond laat in de middag zowel de galerie als de showroom vol mensen die op zoek waren naar manieren om de historische millenniumdag te gedenken. Ik had een grote hoeveelheid verschillende borden en schalen met data in alle denkbare kleurencombinaties ontworpen en uitgevoerd, omdat ik uit ervaring wist dat die toeristendollars opleverden, en we hadden er letterlijk honderden van verkocht. Ik had er stuk voor stuk mijn handtekening in gekrast. Nu nog niet, dacht ik, maar als het aan mij lag zou in het jaar 2020 een door Gerard Logan gesigneerd datumbord van 31 december 1999 een gewild verzamelobject zijn geworden.

In de lange galerie stonden de grotere, ongebruikelijke, unieke en duurdere objecten opgesteld, stuk voor stuk onder een spotlight en stuk voor stuk te koop. Langs de muren van de showroom hingen planken waarop de kleinere, kleurige, aantrekkelijke en minder dure snuisterijen stonden uitgestald die gemakkelijk in een toeristenkoffer pasten.

Eén muur van de showroom was halfhoog, zodat het publiek in de werkplaats erachter kon kijken, waar dag en nacht de oven brandde en de grijze steentjes tot natriumkristal smolten bij een hitte van ruim 1300 graden Celsius.

Hickory, Irish of hun collega Pamela Jane werkten om beurten als assistent bij mij in de werkplaats. Een van de andere twee gaf de klanten uitleg over wat er in de werkplaats gebeurde en de derde pakte in en stond achter de kassa. In een ideale situatie zouden we dat alle vier om beurten doen, maar ervaren glasblazers waren schaars en mijn drie enthousiaste assistenten waren het presse-papier- en pinguïnstadium nog niet ontgroeid.

De kerstverkoop was uitstekend geweest, maar viel in het niet bij Nieuwjaar Tweeduizend. Omdat alles wat in mijn zaak werd verkocht gegarandeerd met de hand was gemaakt (in de meeste gevallen door mij), was mijn dag naar de paardenrennen de eerste dag sinds een maand geweest dat ik niet bij de oven stond. Soms had ik tot 's avonds laat doorgewerkt en altijd was ik 's morgens om acht uur begonnen, met een van mijn drie helpers als assistent. Dat ik intussen op mijn wenkbrauwen liep was niet erg. Ik was lichamelijk fit en, zoals Martin had gezegd, wie had een sauna nodig als er 1300 graden hitte in je gezicht straalde?

Hickory, die bezig was kleursliertjes aan te brengen in een gloeiende presse-papier aan het einde van een anderhalve meter lange holle stalen pijp, keek buitengewoon opgelucht toen ik van de races terugkeerde. Pamela Jane – glimlachend, serieus, mager en bezorgd – was de draad van haar verhaal kwijt en herhaalde in plaats daarvan: 'Hij is terug. Hij is terug...' en Irish hield op met het inpakken van een kobaltblauwe dolfijn in helderwit papier en verzuchtte hartgrondig: 'Godzijdank!' Ze waren te afhankelijk van mij, bedacht ik voor de zoveelste keer.

Als gewoonlijk zei ik: 'Hallo jongens', liep naar de werkplaats, deed mijn jasje, das en overhemd uit en bood mijn verdwaasde millennium-klanten zicht op een wit nethemd met designerlabel – mijn werkpak. Hickory voltooide zijn presse-papier en liet de pijp vlak boven de vloer rondwalsen om het glas te laten afkoelen, waarbij hij er zorgvuldig op lette zijn splinternieuwe sportschoenen niet te schroeien. Ik maakte, als aardigheidje, een gestreepte holle blauw-groen-purperen vis met vinnen, een geodetisch soort ornament dat er indrukwekkend ingewikkeld uitzag en mijn krachten ver te boven zou zijn gegaan toen ik veertien was. Licht in alle kleuren van de regenboog speelde erdoorheen.

Maar de klanten wilden een aandenken aan deze bijzondere dag. Ik bleef veel later dan gewoonlijk open en maakte, om hen te plezieren, eindeloos veel gedateerde schalen, borden en vazen, terwijl Pamela Jane uitlegde dat ze pas de volgende ochtend, op nieuwjaarsdag dus, konden worden opgehaald omdat ze 's nachts langzaam moesten afkoelen. Niemand liet zich daardoor ontmoedigen. Irish schreef de namen op en vertelde moppen. Het waren gezellige, feestelijke uren.

Op zeker moment kwam Priam Jones langs. Nadat hij in het huis van Martin en Bon-Bon was geweest, had hij mijn regenjas op de achterbank in de auto gevonden. Ik was hem zeer erkentelijk en bedankte hem met oudejaarsavondenthousiasme. Hij knikte en glimlachte zelfs. Zijn tranen waren gedroogd.

Toen hij weg was, wilde ik de regenjas in mijn kast hangen. Iets hards sloeg tegen mijn knie en ik herinnerde me het pakje dat Eddie, de knecht, me had gegeven. Ik legde het voorlopig even op een plank achter in de werkplaats en ging terug naar mijn klanten.

De sluitingstijden van de winkel waren flexibel, maar uiteindelijk sloot ik toch de deur achter de laatste klant, zodat Hickory, Irish en Pamela Jane op tijd waren voor hun verschillende feestjes. Ik realiseerde me dat ik het pakje dat Priam Jones met mijn regenjas had teruggebracht nog niet had opengemaakt. Het pakje dat van Martin kwam... hij was het die de hele avond als een lachende verloren ziel met zijn volle gewicht op mijn schouder had gezeten en me had voortgejaagd.

Met een intens gevoel van gemis sloot ik de oven af met het oog op vandalen en controleerde de temperatuur van de koelovens waarin alle zojuist gemaakte objecten langzaam hard stonden te worden. De oven, gebouwd naar een ontwerp van mijn oom, was opgetrokken uit vuurvaste steen en werd gestookt met propaangas onder ventilatordruk. Hij brandde dag en nacht met een temperatuur die nooit lager was dan zo'n 1000 graden Celsius, heet genoeg om de meeste metalen te smelten, laat staan papier te verbranden. Vaak werd ons gevraagd of we een aandenken, een trouwring bijvoorbeeld, konden verwerken in een glazen presse-papier, maar het antwoord was altijd dat we dat helaas niet konden. Vloeibaar glas zou goud – en menselijk vlees – onmiddellijk doen smelten. Gesmolten glas was in feite nogal gevaarlijk spul.

Langzaam ruimde ik de werkplaats op, telde en hertelde de verdiensten van die dag en deed het geld vervolgens in een canvas zak om het af te leveren bij de nachtsafe van de bank. Daarna trok ik de rest van mijn kleren weer aan en bekeek ten slotte het pakje dat ik al bijna weer vergeten was. De inhoud bleek precies te kloppen met hoe het aanvoelde – een doodgewone videoband. Nogal teleurstellend. De band was volledig teruggespoeld naar het begin en de zwarte cassette droeg geen naam of etiket. Een kartonnen hoes was er niet bij. Ik legde de band achteloos naast het geld, en terwijl ik ernaar keek, bedacht ik dat mijn video thuis stond, dat ik mijn auto had verkocht en dat vlak voor twaalven in een millenniumnieuwjaarsnacht niet het juiste moment was om een taxi te bellen.

Mijn eigen plannen voor twaalf uur – een buurtfeest in het huis naast het mijne – waren op de renbaan in Cheltenham in duigen gevallen. Het kon me niet veel schelen. Misschien had de Draak van Wychwood nog een bezemkast voor me te huur, bedacht ik. Ik zou haar om een sandwich en een deken vragen en door de donkere nacht de nieuwe eeuw in slapen, en vroeg in de morgen zou ik beginnen aan een gedenkteken voor een jockey.

Toen ik op het punt stond naar de Draak van Wychwood aan de overkant te gaan, klopte er iemand luid op de glazen deur. Ik wilde opendoen om te zeggen dat het veel te laat was en dat over een kwartier het jaar tweeduizend in Broadway zijn intrede zou doen, al mocht het in Australië dan al uren morgen zijn. Ik deed de deur van het slot en stond, inwendig mijn onverbiddelijke hoffelijkheid vervloekend, tegenover een onverwachte en ongewenste bezoeker in de persoon van Lloyd Baxter, aan wie ik met een nauwelijks onderdrukte geeuw meedeelde dat ik niet meer over voldoende energie beschikte om de catastrofe in Cheltenham of welk ander paardenthema dan ook te bespreken.

Hij posteerde zich op de helderst verlichte plek in de deuropening en ik zag dat hij een fles Dom Pérignon en twee van de mooiste champagneglazen van de Draak van Wychwood bij zich had. Toch had zijn gezicht ondanks deze vredespijp nog steeds die buitengewoon afkeurende uitdrukking.

'Meneer Logan,' sprak hij vormelijk, 'behalve u ken ik niemand in dit stadje en zegt u nu niet dat dit niet het moment is om vol vreugde het nieuwe jaar in te luiden, want ik ben het in veel opzichten met u eens... niet alleen omdat Martin Stukely dood is, maar ook omdat de volgende eeuw waarschijnlijk nog bloediger zal zijn dan de vorige en ik geen enkele reden zie een simpele verandering van datum te vieren, temeer daar die datum om te beginnen zonder enige twijfel al onjuist is.' Hij haalde even adem. 'Daarom had ik besloten de avond op mijn kamer door te brengen...' Hij stopte abrupt, en ik had zijn betoog voor hem kunnen voltooien, maar in plaats daarvan noodde ik hem alleen met een hoofdbeweging uit verder te komen en sloot de zware deur achter hem.

'Ik drink op Martin,' zei ik.

Hij leek opgelucht door mijn welwillende instemming, al koesterde hij weinig waardering voor mij en was hij oud genoeg om mijn vader te kunnen zijn. Nog steeds gedreven door eenzaamheid zette hij de glazen op de tafel naast de kassa, ontkurkte met veel vormelijke omhaal de dure fles en bevrijdde de belletjes.

'Drink op wat u wilt,' zei hij gedeprimeerd. 'Het was waarschijnlijk geen goed idee om hierheen te komen.'

'Jawel,' zei ik.

'Ik hoorde de muziek namelijk...'

Muziek in de verte had hem uit zijn eenzame kamer gedreven. Muziek had een grote aantrekkingskracht op het kuddedier mens. Niemand verwelkomde tweeduizend jaar in stilte.

Ik keek op mijn horloge. Nog negen minuten voordat de klok twaalf zou slaan.

Ondanks het feit dat ik een hekel had aan georganiseerde feestelijkheden, zelfs ondanks het feit dat rauw, onverwerkt verdriet af en toe door mijn ziel sneed, merkte ik dat het idee van een nieuwe kans, de mogelijkheid van een nieuw begin me niettemin een opgewonden gevoel bezorgde. Je kunt jezelf je eigen fouten vergeven.

In een nieuw begin vibreerde ook altijd een nieuwe belofte.

Vijf minuten voor de klok zou slaan... en vuurwerk af zou gaan. Ik dronk Lloyd Baxters champagne, maar ik mocht hem nog altijd niet.

De eigenaar van Tallahassee had dankzij zijn nabezorgde koffer een smoking, compleet met vlinderdasje, aan kunnen trekken. Dat ouderwetse soort keurigheid leek zijn overstelpende persoonlijkheid eerder te versterken dan te verzwakken.

Hoewel ik hem al minstens twee jaar geleden voor het eerst had ontmoet en ook op gelukkiger momenten zijn champagne had gedronken, had ik nooit de moeite genomen zijn gezicht trek voor trek te bestuderen. Dat veranderde nu. Ik herinnerde me opeens dat hij vroeger een dikke, gezonde donkere haardos had gehad, maar nu hij de vijftig was gepasseerd kwamen er grijze strepen in die zich in mijn ogen razendsnel vermenigvuldigden. De botstructuur van zijn gezicht was grof, bijna als van een Neanderthaler, met vooruitstekende wenkbrauwen, een krachtig voorhoofd en een bijpassende no-nonsensekaak.

Misschien was hij in het verleden broodmager geweest, maar naarmate de twintigste eeuw vorderde waren zijn nek en buik geëxpandeerd en hadden het gezaghebbende gewicht van de geboren voorzitter gekregen. Dat hij er eerder als een captain of industry dan als een landeigenaar uitzag kwam doordat hij zijn meerderheidsaandeel in een scheepvaartmaatschappij had verkocht om zijn landgoed en zijn renpaarden te kopen.

Hij hield niet, zo zei hij op strenge toon, van jongelieden als ik die zomaar een dag vrijaf konden nemen als het in hun hoofd opkwam. Ik wist dat hij me beschouwde als een parasiet die Martin uitbuitte, al had Martin hem herhaaldelijk verzekerd dat het eerder andersom was. Lloyd Baxter scheen een opinie die zich eenmaal in zijn hoofd had vastgezet maar moeilijk te herzien.

Ver weg in de koude nacht luidden alle kerkklokken in Engeland ter ere van het belangrijke moment, de kunstmatige millenniumwisseling, en bevestigden daarmee dat de mensheid haar eigen rekensommen kon opleggen aan de onverschillige planeet. Lloyd Baxter hief zijn glas en dronk op een of ander eigen doel in het leven en ik, in navolging van zijn gebaar, hoopte voornamelijk dat ik januari 2001 veilig zou halen. En met banale beleefdheid voegde ik eraan toe dat ik buiten op zijn gezondheid zou drinken, als hij mijn afwezigheid even wilde excuseren.

'Natuurlijk,' zei hij, en zijn stem was niet meer dan een gemompel.

Ik deed de deur van de galerie open en liep met mijn goudkleurige drankje in de hand de straat op, waar tientallen mensen hetzelfde idee bleken te hebben gehad. Een grote schare, waaronder ik, snakte, gedreven door een bijna bovennatuurlijk instinct, naar de frisse nieuwe lucht onder de sterren.

De man die in de winkel naast mijn galerie oude boeken verkocht schudde me hartelijk de hand en wenste me met oprechte warmte een heel gelukkig nieuwjaar toe. Ik glimlachte en bedankte hem. Glimlachen was gemakkelijk. Het stadje was altijd al een betrekkelijk vriendelijk oord, maar het begroette nu het nieuwe jaar en de buren met ongecompliceerde hartelijkheid. Vetes konden wachten.

Vlakbij had een grote groep mensen de armen ineengehaakt en zwalkte over de straat onder het zingen van *Auld Lang Syne*, waarvan ze de helft van de tekst niet kenden, en een paar auto's vol uitgelaten jongeren die uit de open ramen schreeuwden reden toeterend en met groot licht aan langzaam voorbij. In de High Street vond iedereen zijn eigen kringetje, maar overal heerste een vriendelijke, welwillende stemming.

Misschien duurde het daarom langer dan ik had gedacht voordat ik tegen wil en dank besloot terug te keren naar mijn winkel, naar de zak met mijn dagopbrengst en naar mijn onwelkome bezoeker wiens humeur in mijn afwezigheid zeker niet verbeterd zou zijn.

Met spijt sloeg ik een glaasje single malt whisky van de boekverkoper af, slenterde in de richting van Logan Glas en voelde voor het eerst iets van berusting over het gemis van Martin. Hij had altijd geweten dat dit werk zijn dood kon worden, maar hij had het niet verwacht. Vallen was onvermijdelijk, maar het zou altijd 'een andere keer' gebeuren. Blessures had hij als een lastige bijkomstigheid beschouwd die hem beletten te winnen. Hij zou 'zijn laarzen in de wilgen hangen', had hij me ooit luchthartig meegedeeld, op het moment dat hij bang was om ze aan te trekken.

Het was de *gedachte* aan angst die hem zorgen baarde, zei hij eens.

Terwijl ik de zware deur openduwde, bereidde ik mijn excuus voor, maar zag dat een heel ander soort optreden noodzakelijk was.

Bewusteloos lag Lloyd Baxter roerloos voorover op de vloer van mijn showroom.

Snel zette ik mijn lege glas op de tafel met de kassa, knielde bezorgd naast hem neer en zocht in zijn hals naar een hartslag. Hoewel zijn lippen blauw waren, zag hij er niet uit als een dode en tot mijn grote opluchting voelde ik onder mijn vingers een langzaam, duidelijk kloppen. Een beroerte misschien? Een hartaanval? Mijn medische kennis was minimaal.

Wat een verrekt ongelukkige nacht, dacht ik terwijl ik terugveerde op mijn hurken, om een ambulance te laten komen. Ik stond op en liep een paar stappen naar de tafel waar de kassa en alle andere apparatuur stond, ook de telefoon. Zonder veel hoop draaide ik het alarmnummer, maar zelfs op deze bijzondere oudejaarsavond bleek de nooddienst paraat, en pas toen ik na hun belofte onmiddellijk een ziekenauto te sturen de hoorn neerlegde, zag ik opeens dat de canvas zak die ik naast de kassa had klaargelegd om naar de banksafe te brengen er niet meer lag. Verdwenen was. Ik zocht in alle hoeken en gaten, maar diep in mijn hart wist ik precies dat ik hem daar en nergens anders had neergelegd.

Ik vloekte. Voor elke cent had ik hard gezwoegd. Gezweet. Mijn armen deden nog pijn. Ik was woedend en terneergeslagen tegelijk. Opeens vroeg ik me af of Lloyd Baxter zich misschien verdienstelijk had willen maken – of hij misschien was neergeslagen toen hij probeerde mijn eigendommen tegen een dief te verdedigen.

Ook de naamloze zwarte videoband was verdwenen. De golf van verontwaardiging die ieder slachtoffer van een beroving voelt, hoe klein de buit ook is, sloeg om in woede. Het verlies van de band maakte alles nog veel erger, al was het van een andere aard dan de diefstal van het geld.

Ik belde de politie, die niet erg onder de indruk leek. Ze waren gespitst op bommen, niet op onbetekenende diefstalletjes. Ze zeiden dat ze de volgende ochtend wel iemand langs zouden sturen.

Lloyd Baxter bewoog, kreunde en lag weer stil. Ik knielde naast hem, deed zijn das af, maakte zijn broekriem los en rolde hem enigszins op zijn zij, zodat hij niet zou stikken. Maar rond zijn mond waren bloedvlekjes te zien.

De kou van het holst van de nacht trok in mijn eigen lichaam en dat moest dus des te meer voor Baxter gelden. De vlammen van de oven loeiden wel, maar zaten gevangen achter het luik dat open en dicht kon om de warmte binnen te houden of te laten ontsnappen, en toen het uiteindelijk werkelijk onaangenaam koud werd, trapte ik op het pedaal dat het luik opende en liet de hitte de werkplaats en de showroom ernaast in stromen.

Normaal gesproken gaf de oven zelfs in een ijskoude winter warmte genoeg, aangevuld met een elektrische convector in de galerie, maar tegen de tijd dat er hulp voor Baxter kwam opdagen, had ik hem in mijn jasje en alles wat verder onder handbereik lag gewikkeld, en nog steeds leek hij almaar kouder aan te voelen.

De buitengewoon efficiënte ziekenbroeders die binnen de kortste keren met de ambulance arriveerden namen het deskundig van me over. Ze onderzochten hun patiënt, maakten zijn zakken leeg, stelden een voorlopige diagnose en wikkelden hem in een warme rode deken voordat ze hem op de brancard legden. Tijdens deze handelingen werd Baxter half wakker, maar hij slaagde er niet in werkelijk de oppervlakte van zijn bewustzijn te bereiken. Zijn wazige blik gleed even over mijn gezicht voordat zijn ogen weer dichtvielen en hij opnieuw in een diepe slaap verzonk.

De ambulancestaf vulde wat formulieren in en vroeg me naar Baxters naam, adres en wat ik verder van zijn medische geschiedenis wist (vrijwel niets). Een van hen maakte een lijst van alle dingen die ze hem hadden afgenomen, te beginnen met een gouden Piaget-horloge en eindigend met de inhoud van zijn broekzak – een zakdoek, een flesje pillen en een sleutel van een hotelkamer, zo'n sleutel met een bal en een ketting eraan om te voorkomen dat de gasten hem meenemen.

Ik hoefde niet eens voor te stellen om de sleutel persoonlijk naar het hotel terug te brengen, de ambulancemensen opperden zelf dat ik dat zou doen. Ik liet hem onmiddellijk in mijn eigen broekzak glijden, met het vage voornemen de spullen van Lloyd Baxter in zijn bereisde koffer te stoppen en het veel duidelijker plan in zijn bed te gaan slapen, aangezien de ziekenbroeders er zeker van waren dat hij de hele nacht in het ziekenhuis zou moeten blijven.

'Wat is er met hem aan de hand?' vroeg ik. 'Heeft hij een hartaanval gehad? Of een beroerte? Is hij... overvallen en bewusteloos geslagen?'

Ik vertelde van het geld en de videoband.

Ze schudden hun hoofd. De oudste antwoordde ontkennend op mijn veronderstellingen. Hij zei dat Lloyd Baxter volgens hem, en hij had een jarenlange ervaring, geen niet-fatale hartaanval had gehad (dan zou hij bij bewustzijn zijn) en ook geen beroerte en dat er evenmin builen of kwetsuren op zijn hoofd te vinden waren. Volgens hem, verklaarde hij met gezag, had Lloyd Baxter een epileptische aanval gehad.

'Een epileptische *aanval*?' vroeg ik niet-begrijpend. 'Hij leek de hele dag volkomen in orde.'

De mannen van de ziekenauto knikten. Een van hen pakte het flesje pillen waarop stond dat het fenytonine bevatte en zei dat hij zeker wist dat dit een medicijn was om epilepsie te voorkomen.

'Epilepsie,' bevestigde de hoofdbroeder. 'En ik wil wedden dat hij te laat was met zijn tabletten. Alle andere symptomen kloppen. Alcohol.' Hij wees in de richting van de lege fles Dom Pérignon. 'Laat op, weinig slaap. Stress... was hij niet degene wiens jockey vandaag bij de races is verongelukt? En dan nog die langzame pols, die blauwe lippen en de bloedspetters omdat hij in zijn tong heeft gebeten... en hebt u gezien dat zijn broek nat is? Ze laten hun urine lopen, begrijpt u.'

2

De draak die tegenwoordig in het hotel De Draak van Wychwood resideerde was de vastberaden vrouwelijke manager en dankzij de verzameling beestjes van gekleurd glas op haar toilettafel enerzijds en haar incidentele invitaties om haar bed te delen anderzijds, kon ik als het ware ongezien het etablissement in- en uitwandelen. De glazen dieren waren niet zozeer trofeeën als wel verontschuldigingen, maar gelukkig had ze zich neergelegd bij het feit dat een leeftijdsverschil van dertig jaar voor mij voldoende reden was om nee te zeggen. Haar gewoonte mij in het openbaar met 'lover' aan te spreken was al gênant genoeg en ik wist dat het grootste deel van Broadway in de veronderstelling verkeerde dat ze me bij wijze van ontbijt rauw verorberde.

Hoe dan ook, niemand maakte bezwaar toen ik me in Lloyd Baxters kamer installeerde. De volgende ochtend pakte ik zijn spullen in, legde de Draak uit wat er was gebeurd en regelde dat het hotel de koffer naar het ziekenhuis liet brengen. Vervolgens liep ik naar de werkplaats, maar hoe duidelijk Martin me ook voor ogen stond, hij weigerde als glazen gedenkteken vorm aan te nemen. Inspiratie heeft zijn eigen tijd nodig en ik had maar al te vaak ervaren dat het geen enkele zin heeft te proberen dat proces te forceren.

De oven loeide achter zijn vuurvaste wanden. Ik zat naast de roestvrij stalen tafel (glasaanzetbank genaamd) waarop ik Martin in simpele ballen vloeibaar glas had moeten vereeuwigen, en ik kon alleen maar aan hem denken zoals hij was toen hij nog leefde, toen hij lachte en races won, en aan zijn verdwenen boodschap op de videoband. Waar was die band, wat stond erop en wie vond het de moeite waard hem te ontvreemden?

Dit zinloze gepieker werd om negen uur onderbroken door de deurbel, die te vroeg ging omdat we hadden afgesproken om tien uur open te gaan.

Voor de deur stond een jonge vrouw die in niets op een klant leek. Ze droeg een enorme wijde trui die tot op haar knieën hing en daarboven prijkte een baseballpet op een grote bos slordig helblond geverfd haar. We keken elkaar belangstellend aan. Haar bruine ogen stonden helder en nieuwsgierig en haar kaak kauwde ritmisch kauwgom.

Ik zei beleefd: 'Goedemorgen.'

'Ja, ja.' Ze lachte. 'Een gelukkige nieuwe eeuw en zo. Ben jij Gerard Logan?'

Haar tongval was Zuid-Engels, Essex of Thames, iets in die richting.

'Logan,' knikte ik. 'En u?'

'Rechercheur Dodd.'

Ik knipperde met mijn ogen. 'In burger?'

'Lach maar,' zei ze, stevig doorkauwend. 'Je hebt een diefstal gemeld om twaalf uur dertig hedenmorgen. Mag ik binnenkomen?'

'Natuurlijk.'

Ze stapte in de heldere spotlights van de galerie en haar haar leek op te gloeien.

Uit gewoonte zag ik haar voor me als een dramatisch beeld in glas, een abstracte essentie waarin licht en emotie gevangen waren – precies het instinctieve proces dat ik tevergeefs voor Martin op gang had proberen te brengen.

Zonder iets van mijn verheven gedachten te weten haalde rechercheur Dodd een alledaags legitimatiebewijs tevoorschijn waarop een foto van haar in uniform prijkte en haar voornaam – Catherine. Ik gaf haar het legitimatiebewijs terug en beantwoordde haar vragen, maar de mening van de politie bleek al vast te staan. Vervelend dat ik een zak vol geld rond had laten slingeren, zei ze. Wat had ik anders verwacht? En videobanden waren niets bijzonders. Die zou iedereen zonder bedenken meeratsen.

'Wat stond erop?' vroeg ze, haar potlood in de aanslag.

'Ik heb geen idee.' Ik legde uit hoe ik de band gisteren in bruin pakpapier had gekregen.

'Pornografie. Vast en zeker.' Haar woorden klonken kordaat, door de wol geverfd en overtuigd. 'Niet geïdentificeerd.' Ze haalde haar schouders op. 'Zou je de band herkennen als je hem terugzag?'

'Er zat geen etiket of label op.'

Ik haalde de verpakking uit de prullenmand en gaf haar het gekreukte en gescheurde papier. 'Het is me persoonlijk overhandigd,' zei ik. 'Geen poststempel.'

Ze pakte het papier weifelend aan en stopte het in een plastic zak die ze verzegelde, liet mij over de verzegeling heen tekenen en stopte het geheel ergens onder haar extra wijde trui.

Mijn antwoorden op haar vragen over het gestolen geld leidden zichtbaar tot verwondering over het bedrag, maar ze dacht overduidelijk dat ik de canvas zak of het minifortuin erin nooit meer terug zou zien. Natuurlijk had ik de cheques en creditcardslips nog, maar de meeste buitenlandse klanten betaalden met contant geld.

Toen vertelde ik haar over Lloyd Baxter en zijn epileptische aanval. 'Misschien heeft hij de dief gezien,' zei ik.

Ze fronste haar wenkbrauwen. 'Misschien wás hij de dief. Kan hij die aanval niet hebben gesimuleerd?'

'De mensen van de ambulance schenen dat niet te denken.'

Ze zuchtte. 'Hoe lang ben je op straat geweest?'

'De klokken. "Auld Lang Syne", vuurwerk, gelukkige volgende duizend jaar...'

'Bij elkaar bijna een half uur?' Ze raadpleegde haar notitieblok. 'Je hebt de ambulancedienst om twaalf uur zevenentwintig gebeld.'

Ze liep door de showroom en keek naar de kleurige vaasjes, clowns, zeilboten, vissen en paarden. Ze pakte een engel met een aureooltje en bekeek afkeurend het prijsstickertje onder de voet. Haar haardos viel naar voren en omlijstte haar aandachtige gezicht, en opnieuw zag ik de heldere analytische geest onder de slordige hippievermomming. Ze was door en door politieagent, en niet in de eerste plaats een verleidelijke vrouw.

Ze zette de engel resoluut terug op de plank, sloeg haar notitieblok dicht en borg het ergens uit het gezicht weg. Haar lichaamstaal zei dat het onderzoek hiermee was afgelopen ondanks het gebrek aan resultaat. Het was de professionele variant van rechercheur Dodd die op het punt stond het pand te verlaten.

'Waarom?' vroeg ik.

'Waarom wat?' Ze concentreerde zich op haar rolverandering.

'Waarom die veel te grote trui en de baseballpet?'

Ze wierp me een geamuseerde, ironische blik toe en draaide zich om teneinde de buitenwereld weer in te gaan. 'Je bent toevallig beroofd in mijn wijk. Het is mijn opdracht om in Broadway de bende op te sporen die hier in de buurt op vrije dagen auto's steelt. Bedankt voor je tijd.'

Met een opgewekte grijns op haar gezicht slenterde ze de heuvel af, maar bleef halverwege staan praten met een zwerver die een dakloze indruk maakte en in een winkelportiek bescherming zocht tegen de ochtendkou.

Jammer dat de hippie en de dakloze niet rond middernacht bezig waren geweest met autodieven vangen, dacht ik vaag, en belde naar het ziekenhuis om naar Baxter te informeren.

Wakker en aan het kankeren, begreep ik. Ik verzocht mijn beste wensen aan hem over te brengen.

Daarna Bon-Bon.

Een en al ellende. Ze jammerde in mijn oor: 'Maar lieve Gerard, natúúrlijk heb ik niet tegen Priam gezegd dat hij jou niet mee moest brengen. Hoe kún je dat denken? Jij bent de éérste die Martin hier in zo'n geval had willen zien. Kom alsjeblieft zo gauw mogelijk, de kinderen huilen en alles is even beroerd.' Ze haalde hortend en stotend adem en haar stem was door tranen verstikt. 'We zouden naar een nieuwjaarsfeestje gaan... en de babysitter kwam zeggen dat ze toch haar geld wilde hebben, ook al was Martin dood. Niet te geloven toch? En Priam zei dat het zo lastig was halverwege het seizoen een andere jockey te vinden. Een oude idioot is het, en hij zat de hele tijd aan me...'

'Hij was echt van streek,' verzekerde ik haar. 'In tranen zelfs.'

'*Priam?*'

Ik dacht even na, maar de tranen hadden toch heus echt geleken.

'Hoe lang is hij gebleven?' vroeg ik.

'Gebleven? Niet lang, een minuut of tien, vijftien misschien. Mijn moeder arriveerde terwijl hij hier was en je kent mijn moeder, je weet hoe ze is. Priam was voornamelijk in Martins kantoortje, geloof ik. Hij zei almaar dat hij terug moest zijn voor de avondploeg in de stallen. Hij zat geen moment stil.' Bon-Bons wanhoop kreeg de overhand. 'Kun je niet kómen? Kom alsjeblieft hierheen. Ik kan mijn moeder niet alleen de baas.'

'Zodra ik nog een klusje heb afgehandeld en vervoer heb gevonden. Laten we zeggen... tegen twaalven.'

'O ja, ik was die verdomde auto van je vergeten. Waar ben je nu? Ben je thuisgekomen?'

'Ik ben in de werkplaats.'

'Ik kom je wel halen...'

'Nee. Je begint met je mama vol te gieten met gin en de kinderen op haar los te laten, dan sluit je je op in Martins kantoortje en gaat de video's van de drie Grand Nationals bekijken, maar je moet niet rijden als je zo overstuur bent. Ik vind wel vervoer, en in het ergste geval kunnen we altijd nog je bijzondere moeder overhalen om me Worthington en de Rolls te lenen.'

De veelzijdige chauffeur van Bon-Bons moeder sloeg regelmatig zijn ogen ten hemel als Marigold weer met vreemde opdrachten kwam, maar het was ook bekend dat hij 's nachts met halsbrekende snelheid in een open Land Rover met groot licht over stoppelvelden reed, terwijl achter hem zijn werkgeefster met een dubbelloopsgeweer over zijn hoofd heen op gehypnotiseerde konijnen schoot. Martin vertelde dat hij te bang was geweest om te kijken, maar Worthington en Marigold waren er met veertig thuisgekomen en hadden haar land van vreetgraag ongedierte bevrijd.

Worthington – vijftig en kaal – was eerder een avontuur dan een laatste redmiddel.

Op nieuwjaarsdag 2000 kwam in Engeland de wereld als geheel tot stilstand. Een van de beste steeplechaseprogramma's van het hele winterseizoen werd die zaterdag krankzinnig genoeg afgelast, omdat de mensen van de totowedmachines thuis wilden blijven. Geen paardenrennen – en geen voetbal – om al die mensen die vrij waren in het echt of via de televisie bezig te houden.

Tot verbijstering van de inwoners van Broadway opende Logan Glas daarentegen zijn deuren ten behoeve van klanten van de vorige dag die hun tijdens de nacht afgekoelde souvenirs kwamen halen. Tot mijn eigen verbazing verschenen twee van mijn assistenten, al was het onuitgeslapen, met de mededeling dat ze me niet al die spullen alleen wilden laten inpakken, dus mijn nieuwe eeuw begon voorspoedig en in opperbeste stemming. Later keek ik terug op die vredige, korte ochtend en vroeg me af of het leven werkelijk ooit zo veilig en eenvoudig had kunnen zijn.

Pamela Jane, de onrustige, bezorgde, broodmagere, bleke, maar mooie Pamela Jane stond erop me zelf naar Bon-Bons huis te rijden. Ze zette me bij de oprit af en reed onmiddellijk met een opgestoken hand ten afscheid, terug naar de winkel, omdat Irish daar alleen was.

Martin en Bon-Bon waren het in elk geval eens geweest over hun huis, een achttiende-eeuws juweeltje dat ze met hulp van Marigold hadden gekocht. Elke keer dat ik er was bewonderde ik het weer.

Op het grind stond een donkerblauw bestelautootje waarop in gele letters een firmanaam prijkte: *Thompson Electronica*. Misschien omdat ik zelf aan het werk was geweest, schoot me niet onmiddellijk te binnen dat het een nationale vrije dag was – dus zeker geen dag dat televisiereparatiewagentjes op pad zijn.

Het woord chaos is te zwak om de toestand te beschrijven die ik in Martins huis aantrof. Om te beginnen stond de voordeur zichtbaar op een kier en toen ik hem aanraakte zwaaide hij wijdopen. Normaal gesproken was het de keukendeur die door het gezin gastvrij werd opengelaten, zowel voor vrienden als voor leveranciers die langskwamen.

Enigszins ongerust ging ik de zware, bewerkte voordeur binnen en riep, maar er kwam geen reactie en twee stappen verder begreep ik waarom ik ongerust was geweest.

Bon-Bons moeder Marigold, haar grijze krulhaar en haar paarse jurk als gewoonlijk in wanorde, lag bewusteloos op de trap. Worthington, haar excentrieke chauffeur, lag als een verdoofde middeleeuwse waakhond aan haar voeten uitgestrekt.

De vier kinderen waren niet te zien en onrustbarend rustig, en de deur naar Martins kamer, zijn kantoor, was dicht. Erachter heerste diepe stilte.

Die deur opende ik onmiddellijk en erachter vond ik Bon-Bon languit op het parket liggen. Net als bij Lloyd Baxter knielde ik neer om naar een hartslag in haar hals te zoeken, nu werkelijk met angst in het hart, en met aanzienlijk meer opluchting constateerde ik dat het leven nog pulseerde. Ik was helemaal op Bon-Bon geconcentreerd en zag de beweging achter mijn rechterschouder te laat uit mijn ooghoek... een donkere gestalte die razendsnel tevoorschijn schoot uit zijn schuilplaats achter de deur.

Ik slaagde er nog in half overeind te komen, maar ik was niet vlug genoeg. In een fractie van een seconde zag ik een kleine metalen gascilinder – ongeveer zoals een brandblusapparaat, maar dan vier keer zo klein – voorbijflitsen. Maar deze cilinder was niet rood. Hij was oranje. En hij raakte mijn hoofd. Martins kantoortje werd grijs, donkergrijs, en toen zwart. Ik verzonk in een diepe poel niets.

Langzaam kwam ik weer bij bewustzijn en begon een heel publiek van toeschouwers te onderscheiden. Een rij ogen golfde voor mijn gezicht. Ik wist niet meer waar ik was of wat er was gebeurd, maar het kon niet goed zijn, omdat de ogen van de kinderen groot van angst waren.

Ik lag op mijn rug. In de lacune in mijn geheugen schoof langzaam het beeld van een oranje gascilinder in handen van een gedaante met iets zwarts over zijn hoofd waarin gaten voor de ogen waren uitgespaard.

Naarmate ik meer tot bewustzijn kwam, concentreerde ik me op het gezicht van Bon-Bon en probeerde op te staan. Toen Bon-Bon zag dat ik weer min of meer onder de levenden was, verzuchtte ze: 'Goddank dat je in orde bent. We zijn allemaal met gas bewerkt en misselijk sinds we wakker zijn. Probeer naar de wc hiernaast te komen, als je het redt. Niet hier overgeven.'

Maar ik had hoofdpijn, ik was niet misselijk. Mijn hoofd was in botsing gekomen met een metalen gascilinder, niet met de inhoud ervan. Ik voelde me te beroerd om het verschil uit te leggen.

Ondanks Worthingtons gespierde fysiek – het gevolg van zijn regelmatige bezoeken aan een fitnessclub – zag ook hij er bleek, ontdaan en verre van gezond uit. Maar hij had de twee jongste kinderen aan de hand en probeerde ze zoveel mogelijk op hun gemak te stellen. In hun ogen kon hij alles, en daar hadden ze bijna gelijk in.

Bon-Bon had eens verteld dat Worthingtons waardevolste talent voor haar moeder zijn inzicht in de methodes van de bookmakers was. Zijzelf hield er niet van tussen de rijen mannen door te lopen die als marktkooplieden hun weddenschappen uitschreeuwden, en Worthington wist altijd de beste prijzen voor haar te bedingen. Hij was een veelzijdige en door en door betrouwbare vent, die Worthington, ook al zag hij er niet altijd zo uit.

Alleen Marigold zelf ontbrak in de ziekenboeg. Ik vroeg naar haar en het oudste kind, een jongen die Daniel heette, zei dat ze dronken was. Ze lag op de trap haar roes uit te slapen, zei het oudste meisje. Altijd even pragmatisch, die millenniumkinderen.

Terwijl ik me moeizaam van het parket verhief, deelde Bon-Bon geërgerd mee dat haar huisarts had laten weten dat hij niet langer huisbezoeken aflegde, zelfs niet bij mensen die een dierbare hadden verloren. Hij had gezegd dat alles prima in orde zou komen met rust en veel drinken. 'Water,' had hij gezegd.

'Gin,' verbeterde een van de kinderen droogjes.

Ik vond het schandalig dat Bon-Bons dokter weigerde op huisbezoek te komen en belde hem zelf op. Met een paar verontschuldigende frases capituleerde hij en beloofde 'langs te komen' ondanks het feit dat het nieuwjaarsdag was. Hij had mevrouw Stukely niet goed begrepen, zei hij verontschuldigend. Hij had niet beseft dat ze overvallen was. Ze was erg onsamenhangend geweest. Hadden we de politie gebeld?

Het had er alle schijn van dat roof het doel van de massale verdovingsactie was geweest. Er ontbraken drie televisietoestellen met ingebouwde videorecorders. Bon-Bon was zo kwaad dat ze alles precies natelde.

Ook verdwenen was een losse videorecorder waarop ze naar Martin had zitten kijken, alsmede tientallen banden. Twee laptopcomputers plus printers en dozen vol diskettes waren weg en Worthington voorspelde dat de politie er een hard hoofd in zou hebben die dingen ooit op het spoor te komen, omdat Martin blijkbaar nergens de identificatienummers had genoteerd.

Door alle spanningen begon Bon-Bon geluidloos te huilen en het was Worthington, enigszins hersteld en zijn gewicht in videobanden waard, die met de plaatselijke prinsemarij sprak. Mijn rechercheur Catherine Dodd, zo kreeg hij te horen, maakte deel uit van een andere afdeling. Maar de recherche zou zo spoedig mogelijk zijn opwachting in huize Stukely maken.

En natuurlijk was de bestelwagen met het opschrift *Thompson Electronica* verdwenen.

Marigold lag nog steeds te snurken op de trap.

Om de kinderen te kalmeren maakte Worthington sandwiches met banaan en honing.

Ik voelde me duizelig en ging in de zwarte leren stoel in Martins kantoor zitten. Bon-Bon zat op de bank tegenover me, droogde haar gecompliceerde verdriet met tissues en gaf eindelijk een onvolledig antwoord op de vraag die ik al herhaaldelijk had gesteld: 'Wat stond er op de videoband die Martin me na de paardenrennen had willen geven en waar kwam die band vandaan? Ik bedoel, wie heeft hem op Cheltenham aan Martin gegeven?'

Bon-Bon keek me met haar betraande ogen onderzoekend aan en snoot haar neus. 'Ik weet dat Martin je gisteren iets wilde vertellen, maar hij had die andere twee in de auto, ik weet dat hij met jou wilde praten zonder dat Priam het hoorde, dus hij was van plan jou als laatste thuis te brengen, na de anderen, ook al woon jij het dichtst bij de renbaan.'

Ondanks al haar verdriet en ontreddering was haar porseleinen schoonheid nog altijd intact, en het nauwsluitende zwarte pakje rond haar mollige figuur was eerder bedoeld om het oog van een levende echtgenoot te strelen dan om de buurt te tonen dat ze een rouwende weduwe was.

'Hij vertrouwde jou,' zei ze ten slotte.

'Mmm.' Het zou me verbaasd hebben als dat niet het geval was geweest.

'Nee, je begrijpt het niet.' Bon-Bon aarzelde en vervolgde toen langzaam: 'Hij kende een geheim, maar hij wilde me niet vertellen wat het was. Hij zei dat ik maar zou gaan piekeren. Maar hij wilde het wel aan *iemand* vertellen. Daarover hebben we gepraat, en ik vond ook dat jij dat moest zijn. *Jij* moest zijn ruggensteun zijn. Voor het geval dat. O God... De informatie die hij je wilde meedelen heeft hij op een gewone ouderwetse videoband laten zetten, niet op een CD of een CD-rom, en dat deed hij, vermoed ik, omdat degene die hem die informatie leverde het zo wilde. Ik weet het niet zeker. En het was ook gemakkelijker af te spelen, zei hij. Beter op video dan op computer want, lieve Gerard, je weet dat ik altijd alles verkeerd doe met computers. De kinderen lachen me uit. Maar een videoband kan ik zonder moeite afdraaien. Martin wilde dat ik dat zou kunnen voor het geval hij overleed, maar hij dacht natuurlijk... *natuurlijk...* niet echt dat hij dood zou gaan.'

Ik vroeg: 'Kun je zelf een amateurfilm op een videoband maken?'

Ze knikte. 'Martin heeft me met Kerstmis een videocamera gegeven. Je kunt er je eigen filmpjes mee maken, maar ik heb nog nauwelijks tijd gehad om te leren hoe ik hem moet gebruiken.'

'En hij heeft geen woord gezegd over wat er op die band stond die voor mij was bedoeld?'

'Nee, dat vermeed hij juist zorgvuldig.'

Teleurgesteld schudde ik mijn hoofd. De band die uit de showroom was gestolen moest de band met het geheim zijn. De band die eerst aan Martin, toen aan de knecht Eddie en vervolgens aan mij was overhandigd. Maar als de dief of dieven uit Broadway hem hadden bekeken – en daarvoor hadden ze de hele nacht de tijd gehad –, waarom moesten ze dan tien uur later zo nodig nog Martins huis leegroven?

Stond Martins geheim wel op de band die uit de showroom was ontvreemd?

Misschien niet.

Was de tweede diefstal door een ándere dief uitgevoerd, die niet van de eerste op de hoogte was?

Antwoorden had ik niet, alleen vragen.

Op dat moment kwam Marigold het kantoortje binnen strompelen alsof ze zo dadelijk in elkaar zou storten. In de vier jaar die waren verlopen sinds Martin me met een stalen gezicht had voorgesteld aan zijn gezette schoonmoeder, een uitvergrote versie van zijn knappe vrouw, was ik aan Marigold gewend geraakt. Marigold kon buitengewoon geestig of irritant strijdlustig zijn, al naar gelang de hoeveelheid gin die ze op had, maar deze keer scheen de uitwerking van het gas op de alcohol voor pathetisch zelfmedelijden te hebben gezorgd. Haar toestand wekte oprecht medeleven, geen gevoel van eigen schuld, dikke bult.

Het was de politie die als eerste in Bon-Bons huis verscheen. Bon-Bons kinderen beschreven de kleren die de overvaller had gedragen tot en met zijn schoenveters. Met grote ogen had hij hen door zijn zwarte bivakmuts aangestaard toen hij de oranje gascilinder op hen richtte en over het ene na het andere gezicht een nagenoeg onzichtbare, maar snelwerkende nevel verspreidde waardoor ze buiten westen waren voordat ze goed en wel doorhadden wat er gebeurde. De oudste, Daniel, beschreef hoe de man met de zwarte bivakmuts iets wits over zijn gezicht eronder had gedragen. Een primitief gasmasker, nam ik aan. Iets om te voorkomen dat de overvaller zijn eigen gas zou inademen.

De aanval op Worthington was het hevigst geweest, hij was als eerste bewusteloos geraakt, en Bon-Bon in het kantoor was het laatste slacht-offer geweest. Tegen de tijd dat ik arriveerde, was het gas wellicht op geweest; een gerichte klap op mijn hoofd had volstaan om me uit te schakelen.

Worthington had gelijk met zijn veronderstelling dat de politie Bon-Bon weinig hoop zou geven dat ze de gestolen goederen ooit nog zou terugzien. Ze was minder verdrietig over het verlies van de banden van Martins overwinningen in de Grand National dan ik had verwacht, want daarvan kon ze – zo legde ze uit – kopieën krijgen.

Nauwelijks waren de politierapporten opgeborgen of Bon-Bons dokter rende, zonder een woord van excuus, het huis binnen en ge-droeg zich alsof hij uit de goedheid zijns harten een grote gunst ver-leende.

Het was de kleur oranje die hem tot minder haast en meer zorg maande. Zowel hij als de politie luisterde aandachtig naar Daniel, haalden notitieblocs tevoorschijn en maakten aantekeningen. Toen de rechercheurs op het punt stonden te vertrekken, zei de dokter dat ze moesten zoeken naar boeven die toegang hadden tot het verdovingsgas cyclopropaan, dat in oranje cilinders zat en weinig werd gebruikt, om-dat het licht ontvlambaar en explosief was.

Nadat hij zorgvuldig in ieders ogen en keel had getuurd en iedereen met zijn stethoscoop gedegen had onderzocht, verklaarde de dokter alle gezinsleden in staat verder te leven. Toen haar huis eindelijk van officiële bemoeiingen was bevrijd, liet de lieve Bon-Bon zich op de bank in het kantoor neervallen en liet weten dat ze volslagen uitgeput was en hulp nodig had. *Mijn* hulp in het bijzonder en dat Martin het zo gewild zou hebben.

Dus ik bleef en probeerde wat orde in de chaos te scheppen. En dat bespaarde me in elk geval weer een buil op mijn kop, want die avond braken dieven in mijn huis op de heuvel in en namen alles mee wat maar in de verste verte op een videoband leek.

Nadat ik maandag vroeg in de ochtend in de werkplaats wat nieuwe dingen had gemaakt om mijn voorraad aan te vullen, ging ik (met een taxi) weer naar de races in Cheltenham om met Eddie Payne, Martins knecht, te praten.

Ed of Eddie (hij reageerde op allebei) wilde me graag helpen, zei hij, maar hij kon het niet. Hij had er het hele weekend over nagedacht en, zo zei hij terwijl zijn blik zenuwachtig afwisselend over mijn schouder en weer terug naar mijn gezicht dwaalde, hij kon zich met de beste wil van de wereld niet meer herinneren dan hij me afgelopen vrijdag al had verteld. Ik dacht terug aan het moment dat we hetzelfde hadden gevoeld, toen we ons beiden realiseerden wat we hadden verloren. Dat ogenblik van oprecht gemis was verdwenen.

Het verschil tussen vrijdag en maandag bleek een vrouw van tegen de veertig te zijn die met een woedend gezicht een paar stappen achter me stond, een vrouw die door Ed zijn dochter werd genoemd. Hij wierp opnieuw een verstolen, uitdrukkingsloze blik op haar en zei zonder zijn lippen te bewegen, als een buikspreker, bijna te zacht om te verstaan: '*Zij* kent de man die Martin de band heeft gegeven.'

De vrouw snauwde: 'Wat zei je daar, pa? Praat eens wat harder.'

'Ik zei dat we Martin erg zullen missen,' zei Eddie, 'en ik moet nu terug naar de kleedkamer. Vertel Gerard – meneer Logan – toch wat hij wil weten, waarom niet?'

Zorgelijk schuifelde hij weg, maar hij zei nog verontschuldigend tegen mij: 'Ze heet Rose. Eigenlijk is het een goeie meid.'

Rose, die goeie meid, keek me aan met een blik waaruit zoveel verbitterde haat sprak dat ik me afvroeg wat ik haar kon hebben misdaan, gezien het feit dat ik tot enkele ogenblikken geleden niet van haar bestaan op de hoogte was. Ze was mager en hoekig en had lichtbruin haar dat in kroezige krulletjes rond haar hoofd stond. De huid van haar gezicht was droog en sproetig en hoewel haar kleren te groot leken voor haar smalle lichaam, straalde ze een buitengewone magnetische kracht uit.

'Eh... Rose...' begon ik.

'Mevrouw Robins,' onderbrak ze me abrupt.

Ik schraapte mijn keel en probeerde het opnieuw.

'Mevrouw Robins dan. Mag ik u een kop koffie of een glaasje in de bar aanbieden?'

Ze antwoordde: 'Nee, dat mag u *niet.*' Kortaf en nadrukkelijk. Ze vervolgde: 'U kunt u beter met uw eigen zaken bemoeien.'

'Mevrouw Robins, hebt u gezien wie afgelopen vrijdag op de renbaan in Cheltenham een pakje in bruin pakpapier aan Martin Stukely heeft gegeven?'

Een heel eenvoudige vraag. Ze klemde haar lippen op elkaar, draaide zich op haar hielen om en liep weg met het duidelijke voornemen niet meer terug te komen.

Na enkele ogenblikken volgde ik haar. Van tijd tot tijd keek ik in mijn programma zoals ieder ander die van plan was een weddenschap af te sluiten en schuifelde intussen in haar kielzog mee naar de rijen bookmakerskantoortjes voor de publieke tribunes. Ze bleef staan bij een bord met het opschrift *Arthur Robins, Prestwick, gevestigd sinds*

1894 en praatte met een Elvis Presley-kloon met dikke zwarte bakke-baarden die op een kist stond en voorover moest buigen om het geld van de klanten in ontvangst te nemen en zijn transacties te dicteren aan een klerk die de weddenschappen in een computer invoerde.

Rose Robins, van lang na 1894, had heel wat te vertellen. De Elvis-kloon fronste zijn wenkbrauwen toen hij haar verhaal hoorde en ik trok me terug – ik mocht dan redelijk sterk en snel zijn, vergeleken met Roses gesprekspartner hoorde ik wat spierkracht betrof op de kleuter-school thuis. Als deze Elvis-kloon de Robins was die tegenwoordig Arthurs plaats innam, dan kenmerkte hij zich voornamelijk door zijn gorillaschouders.

Ik betrachtte geduld, klom de tribunetrap op en keek toe hoe de bookmakers van *Arthur Robins, gevestigd sinds 1894* – drie man sterk – weddenschappen afsloten voor de laatste twee races van de middag en hoe vervolgens de baas, de Elvis-kloon, het bord inpakte, de koffer met geld onder zijn hoede nam en met Rose en zijn twee assistenten in de richting van de uitgang liep. Ik keek hoe ze uit het gezicht verdwenen. Voorzover ik kon nagaan, verlieten ze alle vier de renbaan. Als groep waren ze te vergelijken met een gevechtstank.

Mijn ervaringen met Martin hadden me geleerd dat jockeyknechten pas klaar waren met hun werk als het publiek allang naar huis was. Een knecht is iemand die de jockeys helpt zich tussen races door snel te verkleden. Hij verzorgt ook hun uitrusting, zadels, rijbroeken, laarzen en dergelijke zodat alles klaarligt als ze de volgende keer moeten rijden. Martin had me verteld dat één knecht voor een hele groep jockeys zorgt en dat de knechten als team werken om alle verschillende wed-strijden te kunnen bestrijken. Terwijl Eddie bezig was zijn manden te vullen met zadels, tuig en kleren die gewassen moesten worden, wacht-te ik in de hoop dat hij uiteindelijk uit de kleedkamer tevoorschijn zou komen.

Toen hij ten slotte verscheen en me in het oog kreeg, leek hij eerst te schrikken en zich toen bij de situatie neer te leggen.

'Rose wilde je waarschijnlijk niets vertellen,' zei hij.

'Nee,' bevestigde ik. 'Dus zou jij haar iets willen vragen, omwille van Martin?'

'Nou...' aarzelde hij, 'dat hangt ervan af.'

'Vraag haar of de band die Martin jou heeft gegeven de band was die hij dacht dat het was,' zei ik.

Het duurde even voordat hij het doorhad.

'Bedoel je,' vroeg hij weifelend, 'dat mijn Rose denkt dat Martin de verkeerde band had?'

'Ik denk,' bekende ik, 'dat het puur geluk is als Martins band na al dat gedoe en die diefstallen ooit nog boven water komt.'

Hij protesteerde heftig dat hij me Martins band te goeder trouw had gegeven. Ik zei nadrukkelijk dat ik hem geloofde. Over Rose werd met geen woord meer gesproken.

Zoals de hele paardensportwereld na de kranten van die dag wist ook Eddie dat Martins begrafenis donderdag zou plaatsvinden, als de lijkschouwing woensdag tenminste niets onrustbarends aan het licht bracht. Met neergeslagen ogen mompelde Eddie een paar woorden die erop neerkwamen dat hij me daar wel zou zien en haastte zich vervolgens zwijgend en ongelukkig terug naar het inwendige van de kleedkamers, waar publiek met lastige vragen buiten de deur werd gehouden.

Rose Robins en haar vijandige gedrag voegden nog meer raadsels toe aan een situatie die op zich al verwarrend genoeg was.

Ik nam een bus bij de renbaan die, kronkelend door het ene dorp na het andere, ten slotte in Broadway arriveerde. Ondanks het feit dat ik al mijn tijd had besteed aan de vraag op welke manier Eddies kribbige dochter zo onverwacht in deze zaak betrokken kon zijn, kwam ik tot geen originelere of bevredigendere conclusie dan dat iemand een of andere band aan Martin had gegeven die hem aan Eddie had gegeven die hem weer aan mij had gegeven, en dat ik zo slordig was geweest hem aan een dief kwijt te raken.

Nog steeds had ik geen flauwe notie wat voor vertrouwelijke gegevens Martin aan mij had willen toevertrouwen. In zekere zin deed het niet ter zake en zou het ook nooit ter zake doen zolang die verborgen schat aan informatie maar niet actueel werd of met een hinderlijke waarheid in botsing zou komen. Evenmin beschikte ik over enige leidraad inzake de ingrediënten van die schat en bijgevolg kon ik dus op geen enkele manier moeilijkheden voorzien of voorkomen.

Tegen beter weten in hoopte ik gewoon dat Martins geheim voor altijd verborgen zou blijven in onontdekt gebied en dat wij allemaal weer tot het normale leven konden terugkeren.

Tegen de tijd dat ik bij Logan Glas aankwam, was het over half zes en weer waren mijn assistenten aanwezig. Twee waren enthousiast bezig met het vervaardigen van presse-papiers en de derde deed de winkel. Bon-Bon had gebeld, zeiden ze, met het dringende verzoek of ik haar huishouden in elk geval tot na de begrafenis wilde blijven regelen in ruil voor vervoer, en tot groot vermaak van mijn assistenten bestond het vervoer dat ze die middag stuurde niet uit haar eigen autootje, maar uit de Rolls van Marigold.

Als Worthington reed en we alleen waren, zat ik altijd naast hem.

Weliswaar had hij me het comfort en prestige van de achterbank aangeboden, waar zijn werkgeefster normaal gesproken zat, maar ik voelde me daar niet op mijn plaats. Bovendien was hij, te oordelen naar de laatste dagen, geneigd me 'meneer' te noemen en een eerbiedig zwijgen te bewaren als ik op de achterbank zat, in plaats van zijn gebruikelijke pittige, onbeschaamde opmerkingen ten beste te geven. Als ik voorin zat, was Marigold 'Marigold', als ik achterin zat 'mevrouw Knight'. Als ik naast haar chauffeur zat, luchtte hij zijn hart.

Behalve dat Worthington kaal, vijftig en lief voor kinderen was, had hij uit principe een hekel aan de politie, betitelde hij het huwelijk als slavernij en geloofde hij heilig in het nut van het vermogen om elke andere kleerkast binnen zijn gezichtsveld uit te schakelen. Het was niet zozeer de aanwezigheid van Worthington als chauffeur die ik op dat moment op prijs stelde als wel die als eventuele lijfwacht. De Elviskloon straalde een onderhuidse dreiging uit die ik nog niet eerder was tegengekomen en allerminst waardeerde. En als ontstekingsmechanisme was er die boze, prikkelbare Rose. Denkend aan haar vroeg ik Worthington of hij ooit bij de paardenrennen een weddenschap had afgesloten bij *Arthur Robins, gevestigd sinds 1894.*

'Om te beginnen,' zei hij sarcastisch, terwijl hij zijn autogordel vastmaakte alsof gehoorzamen aan de wet een routinebezigheid voor hem was, 'bestaat die hele familie Robins niet. Dat stelletje oplichters dat de naam Arthur Robins gebruikt bestaat voornamelijk uit Verity's en Webbers, met een enkele Brown ertussendoor. Er heeft *nooit* een bonafide Arthur Robins bestaan. De naam klinkt gewoon mooi.'

Met verbaasd opgetrokken wenkbrauwen vroeg ik: 'Hoe weet je dat allemaal?'

'Mijn vader was bookmaker,' zei hij. 'Doe je gordel om, Gerard. De politie hier heeft een adelaarsblik. Zoals ik dus zei, mijn vader was bookmaker, hij heeft me het vak geleerd. Maar je moet echt goed in cijfers zijn om winst te kunnen maken, en ik was daar niet snel genoeg in. Maar Arthur Robins is de dekmantel voor een stelletje supersnelle handelaren. Sluit geen weddenschappen bij hen af, zou ik je aanraden.'

Ik zei: 'Weet je dat Eddie Payne, Martins knecht, een dochter heeft die Rose heet, zegt dat haar achternaam Robins is en op intieme voet staat met een soort Elvis Presley-kloon die weddenschappen voor Arthur Robins afsluit?'

Worthington had op het punt gestaan voor Logan Glas de auto te starten om naar Bon-Bon te rijden, maar hij leunde nu achterover in zijn stoel en liet zijn handen op zijn knieën vallen.

'Nee,' zei hij nadenkend, 'dat wist ik niet.' Hij dacht een tijdje na, zijn voorhoofd in rimpels. 'Dat Elvis-type,'zei hij ten slotte, 'heet Norman Osprey. Met hem wil je niets te maken hebben.'

'En Rose?'

Worthington schudde zijn hoofd. 'Ik ken haar niet. Ik zal eens rondvragen.' Hij richtte zich op en startte de auto.

Op donderdag, de dag van Martins begrafenis, had de politie zoals voorspeld geen enkele identificeerbare videoband gevonden in een land waarin je omkwam in de videobanden.

Op de dag voor de begrafenis had een jonge vrouw op een motorfiets – enorme helm, zwartleren jack, bijpassende broek, zware laarzen – op een van de vijf parkeerplaatsen voor Logan Glas haar motorfiets geparkeerd. Buiten in het kille januariweer zette ze haar helm af en schudde haar blonde, mooie haar voordat ze zonder aarzelen de galerie en showroom binnenliep alsof ze er al thuis was.

Ik was bezig de laatste hand te leggen aan een vaas die zo dadelijk de koeloven in zou gaan en Pamela Jane verklaarde net aan een groep Amerikaanse toeristen wat ik precies aan het doen was, maar de vrouw met de motorfiets had iets dat de aandacht trok, en zodra ik me haar in glas voorstelde wist ik zonder mankeren wie het was.

'Catherine Dodd,' zei ik.

'De meeste mensen herkennen me niet.' Ze was geamuseerd, niet geïrriteerd.

Met belangstelling sloeg ik gade hoe de toeristen wat dichter bijeen gingen staan, alsof ze de vreemde in haar bedreigende kleren wilden buitensluiten.

Pamela Jane beëindigde haar verhaal en een van de Amerikanen zei dat de vazen te duur waren, al waren ze heel mooi en met de hand gemaakt. Zijn opmerking werd met hoofdknikjes en algemene instemming begroet, en met een zekere opluchting stortten de toeristen zich vervolgens op de eenvoudige dolfijnen en kleine schaaltjes. Terwijl Hickory die inpakte en bonnen schreef, vroeg ik de motorrijdster of er nieuws was over mijn verdwenen videoband.

Ze keek hoe ik de vaas met hittebestendig kunststof hanteerde en in de koeloven zette.

'Ik ben bang,' zei rechercheur Dodd in burger – althans wat minder excentrieke kleren – 'dat je band voorgoed verdwenen is.'

Ik vertelde haar dat er een geheim op stond.

'Wat voor geheim?'

'Dat is het nou juist. Dat weet ik niet. Martin Stukely heeft tegen zijn vrouw gezegd dat hij me een geheim op een videoband in bewaring wilde geven – dat klinkt nu wel ironisch – voor het geval hij zou omkomen bij een auto-ongeluk of iets dergelijks.'

'Een steeplechase bijvoorbeeld?'

'Hij verwachtte het niet.'

Het rechercheursbrein van Catherine Dodd verkende de twee wegen die ook ik aarzelend had gevolgd sinds Norman Osprey met zijn Elvis-bakkebaarden op het toneel was verschenen. Ten eerste, *iemand* kende Martins geheim, en ten tweede, *iemand*, maar niet noodzakelijkerwijze dezelfde, kon op de een of andere manier afleiden dat ik van dat geheim wist. Iemand veronderstelde misschien dat ik op de avond van Martins dood die band had bekeken en had hem voor alle zekerheid gewist.

Weliswaar had ik bij Logan Glas geen videorecorder gehad, maar de Draak aan de overkant stelde een recorder beschikbaar aan betalende gasten en ze had honderden brochures verspreid waarin dit feit stond geadverteerd.

'Als ik een recorder bij de hand had gehad,' zei ik, 'zou ik waarschijnlijk die band vroeg in de avond hebben afgedraaid, en als ik hem verschrikkelijk had gevonden, had ik hem misschien wel gewist.'

'Dat was niet wat je vriend Martin zou hebben gewild.'

Na een korte stilte zei ik: 'Als hij zeker had geweten wat hij wilde, zou hij niet met banden zijn gaan rommelen. Dan had hij me zijn kostbare geheim gewoon vertéld.' Ik zweeg abrupt. 'Er zit te veel *als* en *misschien* in. Heb je zin om wat te gaan drinken?'

'Sorry, dat gaat niet. Niet in diensttijd.' Ze schonk me een stralende glimlach. 'Ik kom een andere keer weleens langs. O, ja! Er is nog één ding dat ik wil weten.' Ze haalde het altijd parate notitieblok uit haar jack. 'Hoe heten je assistenten?'

'Pamela Jane Evans, John Irish en John Hickory. Bij de jongens gebruiken we hun voornaam niet, alleen hun achternaam, omdat het anders zo verwarrend is.'

'Wie is de oudste?'

'Irish. Hij is een jaar of tien ouder dan Hickory en Pamela Jane.'

'En hoe lang werken ze al voor je?'

'Pamela Jane ongeveer een jaar, Irish en Hickory twee of drie maanden langer. Het zijn alle drie prima mensen, neem dat van me aan.'

'Dat neem ik ook van je aan. Dit is alleen voor de volledigheid. Hier... eh... kwam ik eigenlijk voor.'

Ik keek haar strak aan. Ze begon bijna te blozen.

'Ik ga maar weer eens,' zei ze.

Met spijt in het hart liep ik met haar mee naar de voordeur. Daar bleef ze staan om afscheid te nemen, aangezien ze niet met mij op straat gezien wilde worden in een al te familiaire situatie. Ze vertrok samen met de groep wintertoeristen die luidkeels werd overheerst door de stem van een grote man die de hele middag tijdverspilling had gevonden en daar de hele weg terug naar hun warme toerbus over liep te klagen. Zijn brede rug onttrok het vertrek van rechercheur Dodd aan het gezicht, en ik was er zelf verrast over hoe vervelend ik dat vond.

Via Bon-Bons telefoon hoorde ik de avond voor Martins begrafenis van de Draak zelf dat Lloyd Baxter het correct had gevonden over te vliegen voor 'de laatste rit van mijn jockey' (zijn eigen woorden), maar niet bij Priam Jones had willen logeren, omdat hij op het punt stond hem als trainer te dumpen. De Draak giechelde en vervolgde ondeugend: 'Je had niet bij Bon-Bon Stukely hoeven te gaan logeren als je na die inbraak niet thuis wilde slapen, loverboy. Je had bij mij kunnen logeren.'

'Het nieuws verspreidt zich weer als een lopend vuurtje,' zei ik neutraal.

'Jij bent altijd nieuws in deze stad, lover, wist je dat niet?'

Eigenlijk wist ik het wel, maar ik voelde het niet.

Op die avond voor Martins begrafenis belde Priam Jones. Hij had Bon-Bon willen spreken, maar kreeg mij aan de lijn. Zolang ik er was, had ik zoveel mogelijk rouwbeklag voor haar afgehandeld. Marigold, Worthington en zelfs de kinderen hadden zich tot tactvolle en dankbare telefoonbeantwoorders ontwikkeld. Ik bedacht hoe Martin zou hebben gelachen om deze ongekende verbetering in de sociale vaardigheden van zijn gezin.

Priam hakkelde wat voort, maar voorzover ik uit zijn woorden kon opmaken, bood hij aan de mensen bij de begrafenisplechtigheid naar hun plaats te begeleiden. Denkend aan zijn spontane tranen zette ik hem op de lijst en ik vroeg of Martin, voordat hij me afgelopen vrijdagochtend had opgehaald, misschien tegen hem, Priam, had gezegd dat hij een pakje verwachtte dat op de renbaan zou worden afgeleverd.

'Dat heb je me de dag na zijn dood ook al gevraagd,' zei Priam ongeduldig. 'Het antwoord is nog steeds ja. Hij zei dat we niet van de renbaan weg konden voordat hij een of ander pakje had opgehaald dat hij aan jou wilde geven. En ik heb het toch aan jou gegeven, weet je niet meer? Ik heb het teruggebracht naar Broadway toen je het in je regenjas in de auto had laten zitten... Nou, ik zie je morgen wel, Gerard. Doe de groeten aan Bon-Bon.'

Op diezelfde avond voor Martins begrafenis ging Eddie Payne naar zijn plaatselijke katholieke kerk, somde in de biechtstoel zijn zonden uit heden en verleden op en vroeg om vergiffenis en absolutie. Hij vertelde dat verhaal, overtuigd van zijn eigen goedheid, toen ik zijn voor Bon-Bon bestemde condoleantietelefoontje onderschepte. Hij had zijn uiterste best gedaan om een invaller voor zijn werk op de renbaan te vinden, zei hij, maar het was hem niet gelukt, zo was het leven nu eenmaal, en hij zou dus niet bij de begrafenis kunnen zijn, en dat vond hij heel vervelend omdat hij een jaar of zes, zeven lang Martins renbaanknecht was geweest. Eddie had zich volgens mij eerst met een halve fles moed volgegoten voordat hij de telefoon had durven pakken, en die staat van genade zou niet langer duren dan het moment dat hij zich realiseerde dat hij gemakkelijker een vervanger had kunnen vinden om naar deze speciale begrafenis te gaan dan voor de begrafenis van zijn bloedeigen grootmoeder.

Diezelfde avond voor Martins begrafenis beschreef Eddie Paynes dochter Rose (al vernam ik dat pas later) aan een klein groepje gefascineerde en meedogenloze boeven hoe ze Gerard Logan zouden kunnen dwingen hun het geheim te onthullen dat hij bij de races in Cheltenham had ontvangen.

3

Op de eerste donderdag in januari, de zesde dag van de volgende duizend jaar, droegen Priam Jones, vier bekende jockeys en ik Martin in zijn kist de kerk binnen en brachten hem later naar zijn graf.

De zon scheen op de beijzelde bomen. Bon-Bon maakte een etherische indruk, Marigold bleef redelijk sober, Worthington nam zijn chauffeurspet af en ontblootte eerbiedig zijn kale kruin en de vier kinderen klopten met hun knokkels op de kist alsof ze hun vader weer tot leven wilden wekken. Lloyd Baxter hield een korte, maar keurige toespraak en de hele paardensportwereld, van de stewards van de Jockey Club tot de terreinknechten die de losgetrapte graszoden aanstampten, verdrong zich in de kerkbanken of stond opeengepakt buiten op het winterse gras van het kerkhof, boven op de met mos begroeide oude stenen grafzerken. Martin was gerespecteerd en dat respect werd nu betoond.

De nieuwe begraafplaats lag tegen een heuvel, anderhalve kilometer verderop. De lijkauto en de zware volglimousines zoefden erheen. Tussen de bloemenzee huilde Bon-Bon, toen de man die dag in dag uit ruzie met haar had gemaakt in de stille, alomvattende aarde neerdaalde en ik, die het tweede afscheidsfeest in één maand organiseerde (het eerste was voor mijn moeder geweest), controleerde intussen prozaïsch of het cateringbedrijf voldoende groc had laten komen, of het koor was betaald en nog zo wat wereldse beslommeringen die bij de kostbare raderen van de dood hoorden.

Nadat de honderden mensen die voor Martin waren gekomen hadden gedronken en gegeten, Bon-Bon ten afscheid hadden gekust en verdwenen waren, ging ik naar Bon-Bon toe om zelf afscheid te nemen. Ze stond te praten met Lloyd Baxter en informeerde naar zijn gezondheid. 'Néém die tabletten nou in,' zei ze en hij beloofde met enige gêne dat hij dat zou doen. Mij knikte hij koeltjes toe, alsof hij nooit met Dom Pérignon was komen aanzetten omdat hij behoefte aan gezelschap had.

Ik zei tegen Baxter dat ik zijn toespraak goed had gevonden. Hij accepteerde dat compliment alsof hij niet anders had verwacht en nodigde me stijfjes uit die avond met hem in de Draak van Wychwood te gaan eten.

'Niet doen,' riep Bon-Bon geschrokken tegen mij. 'Blijf nog een nacht logeren. Jij en Worthington hebben de kinderen onder de duim. Gun me nog één rustige avond en nacht.'

Denkend aan Martin sloeg ik zijn invitatie af en bleef om Bon-Bon te helpen. Na middernacht was ik als enige nog op. Ik ging in Martins kantoortje in zijn gemakkelijke stoel zitten en concentreerde al mijn gedachten op hem. Ik dacht over zijn leven en wat hij had bereikt en ten slotte dacht ik over die laatste dag in Cheltenham en over de videoband en wat hij daarop ook vastgelegd mocht hebben.

Ik had geen flauwe notie van wat hij geweten kon hebben dat zo een ingewikkelde manier van bewaren noodzakelijk maakte. Ik begreep wel dat Bon-Bon, hoe lief en schattig ook, niet de meest geëigende persoon was om een geheim te bewaren. Het zou veilig bij haar zijn tot het volgende gezellige kletspraatje met haar beste vriendin. Veel van de laaiende ruzies tussen haar en Martin waren een gevolg geweest van het feit dat Bon-Bon informatie over de kansen van een bepaald paard die haar onder vier ogen was meegedeeld of die ze toevallig had opgevangen, had doorverteld.

Met een loodzwaar hart hing ik in Martins stoel. Je had zo weinig echte vrienden in het leven dat je er niet één kon missen. Ik voelde zijn aanwezigheid in de kamer zo sterk dat ik de indruk had dat ik hem, als ik me omdraaide, bij de boekenkast zou zien staan om in het register wat gegevens over een paard op te zoeken. Het gevoel dat hij aanwezig was was zo acuut, dat ik werkelijk in de stoel ronddraaide, maar natuurlijk waren er alleen boeken te zien, rijen en rijen boeken, en geen Martin.

Het werd tijd, vond ik, om te controleren of de buitendeuren op slot waren en voor de laatste keer mijn bed in dit huis op te zoeken. Enkele weken eerder had ik hem een paar boeken geleend over oude methoden om glas te verwerken. Die lagen nu op de lange tafel naast de bank en dit leek me het juiste moment om ze mee te nemen, zodat ik Bon-Bon daar later niet meer over hoefde lastig te vallen. Een van de dingen die ik het meest zou missen, dacht ik weemoedig, was Martins voortdurende belangstelling voor historische schalen en bokalen die buitengewoon moeilijk te maken waren.

's Morgens bij het afscheid zei ik dat ik de boeken had meegenomen. 'Prima, prima,' antwoordde Bon-Bon vaag. 'Ik wou dat je nog bleef.'

Ze leende me Worthington om me in haar witte boodschappenauto naar Broadway te brengen. 'Als je niet snel maakt dat je wegkomt uit dat huis,' zei Worthington zonder omwegen toen we wegreden, 'verslindt Bon-Bon je als een vleesetende plant.'

'Ze is ongelukkig,' protesteerde ik.

'Kleverig, aantrekkelijk en als ze je eenmaal te pakken heeft, kom je niet meer weg,' grinnikte Worthington. 'Maar ik heb je gewaarschuwd.'

'En Marigold?' plaagde ik hem. 'Hoe is Marigold als vleesetende plant?'

'Zodra ik weg wil, ben ik weg,' protesteerde hij en kilometerslang speelde er een glimlach om zijn mond, alsof hij het zelf geloofde.

Toen hij voor de galerie stopte om me te laten uitstappen, zei hij op ernstiger toon: 'Ik heb een kennis die goed thuis is in de onderwereld hier en daar eens naar die vrouw, die Rose, laten informeren.' Hij zweeg even. 'Hij is niet veel meer te weten gekomen dan jij. Eddie Payne denkt dat ze heeft gezien wie die verdomde videoband aan Martin heeft gegeven, maar ik zou daar niet te veel op vertrouwen. Eddie is bang voor zijn eigen dochter, als je het mij vraagt.'

Ik was het met hem eens en we lieten het daarbij. Mijn drie assistenten waren blij me terug te zien voor een normale werkdag. Ik leerde Hickory – zoals ik Pamela Jane voor Kerstmis al had bijgebracht – hoe je een derde 'post' – een hoeveelheid halfvloeibaar glas – moest ophalen, een roodgloeiende klomp die in een zware druppel op de vloer (en je voeten) dreigde te vallen als je niet snel genoeg kans zag het materiaal op de stalen glasaanzetbank te bewerken. Hij wist hoe hij het uiteinde van de pijp in langwerpige hoopjes kleurstof moest drukken voordat de draaiende kop terugging in de oven om de inmiddels zware klomp glas op werkbare temperatuur te houden. Ik liet hem zien hoe hij een post aan het einde van een pijp moest verzamelen voordat hij die omhoog haalde om te blazen en hoe hij de lichte ballonvorm daarna gelijkmatig kon houden, terwijl hij intussen zijn ideeën omtrent het uiteindelijke resultaat verder uitwerkte.

Hickory sloeg het doorlopend proces met bezorgde blikken gade en zei, net als Pamela Jane toen zij het probeerde, dat hij dat nooit helemaal onder de knie zou krijgen.

'Natuurlijk niet. Oefen eerst in drie posten uit de smelt halen. Twee kun je nu al met gemak.'

Een post is de hoeveelheid gesmolten glas die in één keer met het uiteinde van de holle stalen blaaspijp uit een tank gehaald kan worden. Een post kan elke omvang hebben en is afhankelijk van de vaardigheid en kracht van de glasblazer. Onbewerkt glas is loodzwaar en vraagt om spierkracht.

Vanwege de beperkte ruimte in de toeristenkoffers werden er in de winkel van Logan Glas maar weinig objecten van meer dan drie posten verkocht. Tot haar verdriet had Pamela Jane het opzwaaien en de blaastechniek nooit helemaal onder de knie gekregen. Irish zou ondanks zijn enthousiasme nooit een eersteklas glasblazer worden. Maar van Hickory koesterde ik wel verwachtingen. Zijn bewegingen waren soepel en – belangrijker – hij was niet bang.

Glasblazers waren gewoonlijk arrogante mensen, vooral omdat het een ambacht is dat buitengewoon lastig te leren valt. Ook Hickory vertoonde al tekenen van hoogmoed, maar als hij werkelijk een expert in zijn vak zou worden, moest hem dat maar vergeven worden. Wat mijzelf betreft, mijn oom (een arroganter mens was niet denkbaar) had geëist dat ik in de allereerste plaats nederigheid zou leren en had me niet bij zijn oven willen toelaten voordat ik elk spoor van wat hij 'vrijpostigheid' noemde had afgeleerd.

Na zijn dood had 'vrijpostigheid' regelmatig de kop opgestoken en als ik dat onderkende, voelde ik me erdoor vernederd. Het had wel een jaar of tien geduurd voordat ik mijn hoogmoed onder de duim had, maar levenslange waakzaamheid zou geboden blijven.

Irish had zich tot taak gesteld de grote potten thee te zetten die nodig waren om het zweet dat bij de oven vloeide aan te vullen. Ik zat op een kistje, dronk gulzig en keek de hele dag toe hoe mijn leerling aanzienlijke vorderingen maakte, ook al klonk er, behalve in de uitgeputte rustpauzes, een hoop gevloek en lag er een grote berg verbrijzeld glas op de vloer.

Weinig bezoekers verstoorden de les en tegen vijven op deze donkere, koude januarimiddag stuurde ik mijn drie assistenten naar huis en begon somber aan mijn achterstallige administratie. Het geld dat op oudejaarsnacht was gestolen sloeg een betreurenswaardig gat in wat verder gezellige en lucratieve feestdagen waren geweest. Het kostte geen moeite om na enige tijd de deprimerende cijfers terzijde te leggen en de boeken ter hand te nemen die ik aan Martin had geleend.

Mijn favoriete historische bokaal was een vuurrode kelk met een hoogte van ruim zestien centimeter, die rond het jaar driehonderdzoveel na Christus (een behoorlijke tijd geleden, als je het vanuit 2000 bekeek) was vervaardigd. Hij was gemaakt van klompjes glas die bijeen werden gehouden door een net van gouden filigraanwerk (een techniek die dateerde uit een tijd voordat het glasblazen was uitgevonden), en veranderde in ander licht in groen. Bladerend door de eerste pagina's van een van de boeken vond ik tot mijn gebruikelijke genoegen een afbeelding van de bokaal en een paar bladzijden verder bekeek ik vol bewondering de schitterende halsketting van goud en blauw glas die de Kretenzische Zonsopgang werd genoemd en waarvan ik eens een kopie had gemaakt die me dagenlang had beziggehouden. Ik werd slaperig en liet per ongeluk het boek met de glanzende platen half van mijn schoot glijden, maar wist het gelukkig onbeschadigd op te vangen voordat het op de stenen tegelvloer terechtkwam.

Opgelucht, maar geërgerd dat ik een waardevol boek waar ik zo op gesteld was niet zorgvuldiger behandelde, zag ik aanvankelijk de smalle lichtbruine envelop die bij mijn voeten lag over het hoofd. Eerst keek ik er niet-begrijpend naar, maar dat sloeg algauw om in nieuwsgierigheid. Ik legde het oude boek zorgvuldig neer en raapte de envelop op, die er nieuw uitzag. Waarschijnlijk had hij tussen de bladzijden gelegen en moest eruitgevallen zijn, toen ik op het laatste moment had weten te verhinderen dat het boek op de grond viel.

De envelop uit mijn boek was geadresseerd met een printer, niet aan mij maar aan De heer Martin Stukely, jockey.

Ik voelde geen enkele wroeging toen ik de korte brief erin tevoorschijn haalde en las.

Beste Martin,

Je hebt gelijk, het is de beste manier. Ik zal de band op oudejaarsdag meenemen naar de races in Cheltenham, zoals je vroeg.

Die informatie is dynamiet.

Zorg er goed voor.

Victor Waltman Verity.

Ook de brief kwam uit een printer en voor de naam in het onderschrift was een ander lettertype gebruikt. Er stond geen adres of telefoonnummer op de brief zelf, maar over de postzegel op de envelop was vaag een rond poststempel zichtbaar. Na het stempel langdurig door een vergrootglas te hebben bestudeerd, kon ik aan de bovenkant alleen ontcijferen dat hij afkomstig was uit 'xet' en aan de onderkant uit 'evo'. Alleen de datum was gemakkelijk te onderscheiden, al was de inkt wat bleek.

De brief was verzonden op 17.XII.99

17 december, nog geen maand geleden.

xet

evo

Er zijn niet zoveel plaatsen in Groot-Brittannië met een x erin, en voor de gegeven letters kon ik niets anders bedenken dan Exeter in Devon.

Toen ik de informatiedienst van de telefoon belde, hoorde ik dat er inderdaad een Victor Verity in Exeter woonde. Een levenloze stem meldde: 'Het nummer dat u heeft gevraagd is...'

Ik schreef het op, maar toen ik Victor Verity belde, kreeg ik niet hem, maar zijn weduwe aan de lijn. Haar lieve Victor was afgelopen zomer overleden. De verkeerde Verity.

Opnieuw belde ik de informatie.

'Het spijt me erg,' sprak een nuffige stem die helemaal niet klonk of het haar speet, 'maar er is geen andere Victor of V. Verity in het telefoondistrict Exeter, dat bijna heel Devon omvat.'

'En een geheim nummer?'

'Het spijt me, maar die informatie mag ik u niet geven.'

Victor Waltman Verity had óf een geheim nummer óf zijn brief ver van huis gepost.

Terwijl ik hem zachtjes vervloekte, keek ik met tegenzin naar de halfvoltooide administratieve klus op mijn computer... en natuurlijk: daar lag het antwoord. Computer. Internet.

Een van de wonderen die het internet in principe kon verrichten was overal een adres aan een naam koppelen. Dat wil zeggen, als ik me de sesam-open-u-spreuk kon herinneren. Ik tikte mijn gebruikersnaam en wachtwoord in, wachtte hoopvol en liet in mijn hoofd alle mogelijkheden de revue passeren terwijl het apparaat gorgelde, boerde en jammerde totdat de verbinding tot stand was gebracht.

Na een tijdje meende ik me een website-adres te herinneren dat ik op goed geluk probeerde: www.192.com.

192.com was goed.

Ik begon te zoeken naar een Verity in Devon en na alle toegankelijke gegevens op openbaar gebied (kiesregisters bijvoorbeeld) te hebben nagevlooid, produceerde het internet, alsof het zat te springen om me van dienst te zijn, een totaal van tweeëntwintig Verity's in Devon, maar geen daarvan heette Victor.

Doodlopende straat.

Ik probeerde Verity in Cornwall: zestien, maar weer geen Victor.

Somerset proberen, bedacht ik. Geen Victor Verity te vinden.

Hoewel ik op het punt stond de computer uit te schakelen, keek ik de lijst nog eens door en zag aan het einde dat in Taunton, Somerset, op Lorna Terrace nummer 19 een meneer Waltman Verity woonde. De moeite van het proberen waard, leek me.

Gewapend met het adres belde ik weer de informatie, maar stuitte op dezelfde beleefde muur. Hij bestond als het ware niet. Geheim nummer. Spijt ons. Pech gehad.

Hoewel het die zaterdag drukker was in de showroom, keerden mijn gedachten voortdurend terug naar Taunton en Victor Waltman Verity.

Taunton... Aangezien ik zondag toch geen dringende andere dingen te doen had, nam ik de volgende morgen een trein in westelijke richting en vroeg, in Taunton aangekomen, de weg naar Lorna Terrace.

Wat ik ook verwacht mocht hebben van Victor Waltman Verity's uiterlijk, het viel in het niet bij de realiteit. Victor Waltman Verity was op z'n hoogst vijftien.

De deur van nummer 19 werd geopend door een magere vrouw in een lange broek en een trui, op sloffen, een sigaret in de hand en grote roze krulspelden in haar haar. Ruim dertig, misschien veertig, schatte ik. Vriendelijk en slordig, een vrouw die er niet van opkeek dat er een vreemde voor de deur stond.

'Eh... mevrouw Verity?' vroeg ik.

'Ja. Wat wil je?' Ze inhaleerde onbekommerd.

'Mevrouw Victor Waltman Verity?'

Ze lachte. 'Ik ben mevrouw Verity, Victor is mijn zoon.' Over haar schouder riep ze in het inwendige van het smalle rijtjeshuis: 'Vic, iemand voor je aan de deur.' Terwijl we wachtten totdat Victor Waltman Verity op haar roep reageerde, monsterde mevrouw Verity me van top tot teen en bleef grinniken alsof ze een binnenpretje had.

Victor Waltman Verity verscheen zwijgend in de smalle gang en bekeek me nieuwsgierig, maar ik had ook de indruk dat hij op zijn hoede was. Hij was even groot als zijn moeder, even groot als Martin was geweest. Hij had donker haar, lichtgrijze ogen en wekte de indruk dat hij wist dat hij zich qua intelligentie met elke volwassene kon meten. Toen hij sprak, bleek zijn stem op het breukvlak tussen jongen en man te verkeren en de ronde kindercontouren van zijn gezicht waren bezig over te gaan in de strakke lijnen van de volwassen leeftijd.

'Wat heb je uitgespookt, Vic?' vroeg zijn moeder. Tegen mij zei ze: 'Het is verdomd koud hier buiten. Wil je niet binnenkomen?'

'Eh...' zei ik. Ik had meer last van het onverwachte uiterlijk van Vic dan van de kou, maar ze wachtte niet op een antwoord, liep langs de jongen de gang in en verdween uit het gezicht. Ik haalde de envelop die aan Martin was gestuurd uit mijn zak en onmiddellijk won de paniek het van de nieuwsgierigheid in het gezicht van de jongen.

'Het was niet de bedoeling dat je me zou vinden,' riep hij uit, 'en bovendien ben je dood.'

'Ik ben Martin Stukely niet,' zei ik.

'O.' Van zijn gezicht viel niets meer af te lezen. 'Nee, natuurlijk ben je dat niet.' Hij fronste zijn voorhoofd. 'Maar wat wil je dan?'

'Om te beginnen,' zei ik vriendelijk, 'zou ik graag de uitnodiging van je moeder willen aannemen.'

'Hè?'

'Een warmere plek opzoeken.'

'O! Ik snap wat je bedoelt. In de keuken is het het warmst.'

'Ga dan maar voor.'

Hij haalde zijn schouders op, stak zijn arm uit om de deur achter me dicht te doen en ging me toen voor door de gang, langs de trap, naar de keuken die in al deze rijtjeshuizen altijd het middelpunt is, de ruimte waar geleefd wordt. In het midden stond een tafel met een gebloemd plastic kleed eroverheen, vier verschillende stoelen eromheen en een dressoir vol spullen erop. Een televisietoestel stond schuin op het aanrecht dat verder was volgestapeld met vuile borden en op de vloer lag een ruitpatroon van vinyltegels.

Ondanks de chaos was de verf fris en nieuw en was het er niet uitzonderlijk smerig. De algemene indruk was vooral geel.

Mevrouw Verity zat op een van de stoelen achterover te wippen en inhaleerde rook alsof ze ervan leefde.

Opgewekt zei ze: 'Er komt hier van alles langs, vanwege Vic en dat verrekte internet van 'm. Ik zou niet gek opkijken als er binnenkort nog eens een levensecht genie komt aanzetten.' Ze gebaarde vaag naar een van de stoelen en ik ging zitten.

'Ik was een vriend van Martin Stukely,' legde ik uit en ik vroeg aan Vic wat er op de videoband stond die hij aan Martin op Cheltenham had gegeven of gestuurd.

'Ja, kijk, er was geen band,' zei hij kortaf. 'Ik ben niet naar Cheltenham geweest.'

Ik haalde zijn brief aan Martin uit de envelop en gaf die aan hem. 'Lees eens.'

Weer haalde hij zijn schouders op en gaf de brief na lezing terug.

'Het was gewoon een spelletje. Ik heb de band verzonnen.' Maar toch was hij nerveus.

'Wat voor informatie was dan dynamiet?'

'Luister, helemaal niks.' Hij werd ongeduldig. 'Dat zei ik toch al. Ik had het verzonnen.'

'Waarom stuurde je dit aan Martin Stukely?'

Ik probeerde mijn vragen niet te agressief te laten klinken, maar op de een of andere manier leidden ze ertoe dat hij al zijn stekels opzette en vuurrood werd.

Zijn moeder zei tegen me: 'Wat is er aan de hand met die band? Bedoel je een videoband? Vic heeft geen videobanden. We gaan binnenkort een videorecorder kopen, dan wordt het anders.'

Verontschuldigend legde ik alles uit. 'Iemand heeft Martin op de renbaan in Cheltenham wel degelijk een videoband gegeven. Martin heeft die weer in bewaring gegeven aan Ed, zijn knecht, en Ed heeft hem op zijn beurt weer aan mij gegeven, maar hij werd gestolen voordat ik kon bekijken wat erop stond. Daarna zijn ook alle videobanden in Martins huis en het mijne ontvreemd.'

'Ik hoop dat je niet wilt beweren dat Víc daar iets mee te maken heeft, want ik kan je bezweren dat hij niet steelt.' Mevrouw Verity had één ding verkeerd begrepen en duidelijk niet naar de rest geluisterd, dus ook zij stond op het punt boos te worden en ik deed mijn best om te sussen en te verzoenen, maar haar eerdere goede humeur was verdwenen en haar gastvrijheid vervlogen. Ze drukte een sigaret uit in plaats van met de peuk de volgende aan te steken en stond op, ten teken dat het nu hoog tijd was dat ik opkraste.

Tegen de jonge Victor zei ik vriendelijk: 'Bel me maar.' En hoewel hij zijn hoofd schudde, schreef ik mijn mobiele nummer op de rand van een zondagskrant.

Toen verliet ik nummer 19 op Lorna Terrace en wandelde zonder haast de straat uit. Ik dacht na over twee merkwaardige vragen waar ik geen antwoord op had gekregen.

In de eerste plaats: hoe was Martin in vredesnaam in contact met Victor gekomen?

En verder: waarom had moeder noch zoon gevraagd hoe ik heette?

Lorna Terrace maakte een scherpe bocht naar links, waardoor nummer 19 achter me aan het oog werd onttrokken.

Ik bleef even staan en aarzelde of ik terug zou gaan of niet. Ik besefte dat ik er een puinhoop van had gemaakt. Ik was op pad gegaan in de veronderstelling dat ik het mysterie van de videoband zoal niet met gemak dan toch zonder al te veel moeite zou kunnen oplossen. In plaats daarvan leek ik zelfs datgene te hebben verziekt waarvan ik dacht dat ik het begreep.

Door mijn besluiteloosheid verloor ik tijd en miste ik de trein die ik terug had willen nemen. Met glas mocht ik dan van wanten weten, maar als Sherlock Holmes was ik geen succes. De suffe dr. Watson, dat was ik. Het werd donker en het duurde eeuwig voordat ik terug was in Broadway. Gelukkig kwam ik in de trein een buurman tegen die bereid was me een lift te geven vanaf het station.

Zonder Martin, bedacht ik gedeprimeerd, zou ik óf een vermogen aan taxi's moeten spenderen óf eindeloos om liften moeten bedelen.

Nog éénentachtig dagen voordat ik een verzoek kon indienen om mijn rijbewijs terug te krijgen.

Toen mijn welwillende metgezel wegreed, dankte ik hem met een handgebaar, haalde een kleine sleutelbos tevoorschijn en liep in de richting van de deur van de galerie. Zondagavond. Niemand te bekennen. Helder licht straalde uit de ramen van Logan Glas.

Ik had nog niet geleerd op mijn hoede te zijn voor schaduwen. Vanuit het diepe portiek van het antiquariaat ernaast en de donkere rij vuilniscontainers die buiten stonden om op maandagochtend te worden geleegd doken figuren in het zwart op.

Ik denk dat het er vier waren, vier mannen die uit het donker tevoorschijn sprongen. Meer een indruk dan een nauwkeurige telling. Vier was overigens overdreven. Drie, twee, misschien zelfs één hadden de klus kunnen klaren. Ik vermoed dat ze lang hadden moeten wachten en hun humeur daardoor niet was verbeterd.

Ik had niet opnieuw lichamelijk geweld verwacht. De herinnering aan de oranje cilinder met cyclopropaan was vervaagd. Maar de cilinder bracht, zo merkte ik weldra, een minder pijnlijke boodschap over dan me nu voor mijn eigen voordeur te wachten stond. Deze bestond uit stompen en klappen en uit twee of drie keer tegen de oneffen natuurstenen muur tussen mijn werkplaats en de boekwinkel te worden gesmakt.

Ik was volledig gedesoriënteerd door de overval en hoorde als van verre stemmen die eisten dat ik informatie zou geven waarvan ik wist dat ik die niet had. Ik probeerde ze dat te vertellen. Ze luisterden niet.

Dat was allemaal al vervelend genoeg, maar het waren hun verdere plannen die mijn eigen protectiemechanismen in werking stelden en de halfvergeten kickbokstechnieken uit mijn tienerjaren nieuw leven inbliezen.

Gewoon in elkaar slaan scheen maar de helft van hun voornemen te zijn, want een schrille opgewonden stem riep steeds opnieuw: 'Verbrijzel zijn polsen. Toe dan. Verbrijzel zijn polsen...' En later uit het duister dezelfde stem, juichend: 'Dat zal hem leren.'

Verdomme nee, niet waar. Felle pijnscheuten trokken door mijn arm. Mijn gedachten waren godslasterlijk. Sterke, onbeschadigde en soepele polsen waren voor een glasblazer van even essentieel belang als voor een turner aan de olympische ringen.

Twee van de in het zwart geklede snelle figuren zwaaiden honkbalknuppels. Eentje, met brede gespierde schouders, herkende ik als Norman Osprey. Omhoog kijkend – ik lag als een hoop oud vuil op de grond – zag ik dat maar een van de twee het heldere idee had mijn vingers stijf bij elkaar te drukken tegen de muur voordat hij zijn collega instrueerde de knuppel er net onder te laten neerdalen.

Ik had te veel te verliezen en besefte tot dat moment niet hoe wanhopig je kunt vechten als er veel op het spel staat. Mijn polsen braken niet, maar mijn horloge vloog aan gruzelementen door de directe treffer. Overal had ik builen en blauwe plekken. Een paar snijwonden. Schaafwonden. Genoeg. Maar mijn vingers werkten en dat w.. het enige dat van belang was.

Misschien zou het spektakel voor mij zijn geëindigd met een vers gat in de grond naast Martin, maar Broadway was geen spookstad in een Amerikaanse woestijn. Het was een stadje waar mensen op zondagavond hun hond uitlieten en het was dan ook een hondenbezitter die tegen mijn aanvallers begon te schreeuwen, en de drie vervaarlijke dobermanns die blaften en aan de lijn trokken deden de schimmige figuren eieren voor hun geld kiezen en ze verdwenen even ijlings als ze gekomen waren.

'Gerard Logan!' De verbaasde, rijzige hondenbezitter die zich over me heen boog, kende mij van gezicht en ik hem ook. 'Hoe is het met je?'

Slecht. Maar ik zei 'goed', zoals je nu eenmaal doet.

Hij reikte me een hand om me overeind te helpen, al was alles wat ik op dat moment werkelijk begeerde een zacht matras om op te liggen.

'Zal ik de politie bellen?' vroeg hij, hoewel hij allesbehalve een vriend van de politie was.

'Tom... Bedankt. Maar geen politie.'

'Wat was dat allemaal?' Hij klonk opgelucht. 'Zit je in de penarie? Volgens mij leek het op een afrekening.'

'Overvallers.'

Tom Pigeon, die niet onbekend was met de louche kanten van het leven, wierp me een blik toe die half welwillend, half teleurgesteld was en verkortte de lijnen van zijn hongerige levensredders. Ze blaffen meer dan ze bijten, had hij me eens verzekerd. Ik wist niet zeker of ik hem geloofde.

Hijzelf zag eruit of hij niet hoefde te blaffen. Hoewel hij niet zwaargebouwd was en evenmin een stierennek had, straalde hij onmiskenbaar fysieke kracht uit. Hij was van mijn leeftijd, maar zijn korte, donkere puntbaardje voegde daar wat dreigende jaren aan toe.

Tom Pigeon vertelde dat er bloed in mijn haar zat en zei dat hij de deur voor me zou openen als ik hem de sleutels gaf.

'Die heb ik laten vallen,' zei ik en ik leunde heel voorzichtig tegen de oneffen muur. De wereld om me heen tolde rond. Ik kon me niet herinneren dat ik me ooit zo gemangeld en misselijk had gevoeld, zelfs niet toen ik tijdens een buitengewoon onvriendelijke rugbywedstrijd op school onder in de scrum terecht was gekomen en mijn schouderblad had gebroken.

Tom Pigeon bleef zoeken totdat hij per ongeluk tegen mijn sleutels schopte en ze hoorde rinkelen. Hij deed de deur van de galerie open en bracht me, met zijn arm om mijn middel, naar de deuropening. Zijn honden bleven waakzaam in de buurt van zijn benen.

'Ik zal die hondenbeesten maar niet mee naar binnen nemen vanwege je glas, hè?' zei hij. 'Red je het nu alleen?'

Ik knikte. Hij zette me min of meer rechtop tegen de deurpost en controleerde of ik overeind bleef staan voordat hij zijn arm terugtrok.

Tom Pigeon stond plaatselijk bekend als 'De Terugslag', voornamelijk omdat hij even snel met zijn verstand als met zijn vuisten was. Anderhalf jaar in de nor voor inbraak met geweld had hij ongeschonden doorstaan en hij was eruit gekomen als een doorgewinterde boef over wie met bewondering werd gesproken. Hoe louche zijn reputatie ook was, hij had zonder twijfel mijn leven gered en ik voelde me buitengewoon vereerd door de omvang van zijn hulp.

Hij wachtte totdat hij ervan overtuigd was dat ik de zaken onder controle had en staarde me peinzend aan. Het was niet direct vriendschap wat ik in zijn ogen las, maar... in zekere zin... herkenning.

'Neem een pitbull,' zei hij.

Ik stapte mijn helder verlichte showroom binnen en draaide de deur op slot om het geweld buiten te sluiten. Jammer dat ik niet net zo gemakkelijk de ellende van de knokpartij kon wegwissen. Jammer dat ik me zo stom voelde. Zo razend. Zo wankel ter been, zo gevaarlijk in het duister tastend.

Helemaal achter in de werkplaats was stromend water om mijn gezicht te wassen en er stond een luie stoel om mijn evenwicht – in allerlei opzichten – te hervinden. Ik ging zitten, maar ik had van top tot teen pijn en belde uiteindelijk het taxibedrijf, dat verontschuldigend zei dat deze zaterdag en zondag al te druk waren voor hun beperkte aantal auto's, maar dat ze me van nu af aan op hun voorrangslijst zouden zetten... ja... ja... laat maar zitten... een dubbele cyclopropaan met ijs had ik goed kunnen gebruiken. Ik dacht aan Worthington en probeerde hem te bellen, maar kreeg in plaats daarvan Bon-Bon aan de telefoon.

'Gerard, schat, ik voel me zo *alleen*.' Ze klonk inderdaad behoorlijk depri, zoals haar oudste zoon het zou hebben uitgedrukt. 'Kun je me niet komen opvrolijken? Worthington komt je wel halen en ik breng je zelf naar huis, dat beloof ik je.'

Spijtig zei ik dat ik haar niet met mijn griep (die ik niet had) wilde aansteken en bleef gewoon de hele onbevredigende avond lang weinig of niets doen. Worthingtons visioen van de vleesetende plant zat me dwars. Ik was op Bon-Bon als vriendin gesteld, niet als vrouw.

Omstreeks half elf viel ik in de comfortabele stoel in slaap en werd een half uur later weer gewekt door de deurbel.

Verward kwam ik bij mijn positieven, ik voelde me stijf en ellendig en wenste eigenlijk geen voet te verzetten.

De bel bleef rinkelen. Al voelde ik me nog steeds rillerig en lamlendig, ik kwam uiteindelijk toch moeizaam overeind en liep krakend en kreunend de werkplaats door om te kijken wie op dit uur wat wilde. Ondanks de les die me die avond was geleerd had ik niet de tegenwoordigheid van geest een verdedigingswapen mee te nemen.

Gelukkig zag mijn late bezoekster er redelijk ongevaarlijk uit. Bovendien was ze bijzonder welkom. Meer zelfs: volgens mij zou ze met een kus of wat en een knuffel genezend kunnen werken.

Rechercheur Catherine Dodd haalde haar vinger van de bel toen ze me zag en glimlachte opgelucht toen ik haar binnenliet.

'Van twee verschillende mensen in Broadway hebben we meldingen gekregen,' zei ze eerst. 'Ze hebben blijkbaar gezien dat je hier voor de deur bent overvallen. Maar van jou hebben we geen aangifte gekregen, ook al kon je daarna nauwelijks nog lopen, naar het schijnt... en dus... heb ik gezegd dat ik op weg naar huis wel even een kijkje bij je zou nemen.'

Ze droeg weer haar leren motorpak en had haar motorfiets langs de trottoirrand geparkeerd. Net als eerder zette ze snel en handig haar helm af en schudde haar blonde haar los.

'In een van de meldingen,' zei ze, 'werd gezegd dat de man die je aanviel Tom Pigeon was, met zijn honden. Die man is een plaag voor de buurt!'

'Nee, nee! Hij heeft dat tuig op de vlucht gejaagd. Behoorlijk deprimerend tuig.'

'Heb je gezien wie het waren?'

Ik maakte een nietszeggend gebaar, liep onvast de showroom door naar de werkplaats en wees haar de stoel waar ze kon gaan zitten.

Ze keek naar de stoel, naar het zweet dat op mijn voorhoofd stond en ging op de bank zitten die gewoonlijk het domein van Irish, Hickory en Pamela Jane was. Dankbaar liet ik me weer in de zachte leunstoel vallen en gaf halve antwoorden op haar vragen over wie en waarom, zonder te weten of ze die als politievrouw of uit doodgewone nieuwsgierigheid stelde.

Ze zei: 'Gerard, ik heb andere mensen in jouw toestand gezien.'

'Arme zielen.'

'Lach niet, het is helemaal niet grappig.'

'Maar ook niet tragisch.'

'Waarom heb je mijn collega's niet te hulp geroepen?'

Tja, dacht ik, waarom niet?

'Omdat,' zei ik achteloos, 'ik niet weet wie of waarom, en elke keer dat ik denk dat ik iets te weten ben gekomen, blijkt het niet zo te zijn. Je collega's houden niet van onzekerheid.'

Ze overdacht mijn woorden met meer aandacht dan ze verdienden.

'Vertel het dan aan míj,' zei ze.

'Iemand wil iets van me hebben dat ik niet heb. Ik weet niet wat. En ik weet niet wie het wil hebben. Hoe klinkt dat?'

'Als complete nonsens.'

Ik trok een grimas, maar liet die overgaan in een glimlach. 'Het klinkt als nonsens, je hebt gelijk.' En verder, bedacht ik met zure spot, staan de Draak en Bon-Bon op de lijst van mensen-voor-wie-ik-moet-uitkijken, detective Dodd op de lijst gewenst-maar-kan-ik-haar-krijgen, Tom Pigeon en Worthington op de lijst red-mijn-leven, Rose Payne/Robins op de lijst wellicht-zwarte-bivakmutsen en de jonge Victor Waltman ten slotte op de lijst kan-of-wil-niets-zeggen.

Wat betreft Lloyd Baxter en zijn epilepsie, Eddie Payne die videobanden bewaarde en afleverde, Norman Osprey die als bookmaker fungeerde onder de massieve dekmantel van *sinds 1894*, en de lieve, warrige Marigold die soms al voor het ontbijt, maar meestal voor de lunch teut was – zij allen konden iets met de videobanden te maken hebben en elke kronkel in de wirwar van draden kennen.

Rechercheur Dodd fronste haar wenkbrauwen, waardoor haar vlekkeloos gladde huid in kleine rimpeltjes trok. Omdat het vragenuurtje leek aangebroken, vroeg ik abrupt: 'Ben je getrouwd?'

Na een paar ogenblikken antwoordde ze, kijkend naar haar handen zonder ring: 'Waarom vraag je dat?'

'Je maakt die indruk.'

'Hij is dood.'

Een poosje bleef ze roerloos zitten, en vroeg toen rustig: 'En jij?'

'Nog niet,' zei ik.

Stilte is soms schreeuwend luid. Ze luisterde naar wat ik waarschijnlijk weldra zou vragen en maakte een ontspannen en tevreden indruk.

Als altijd werd de werkplaats verwarmd door de oven, al werd het loeiende vuur 's nachts en 's zondags onder controle gehouden door een groot scherm van hittewerend materiaal.

Nu ik naar Catherine Dodds gezicht boven het donkere, nauwsluitende leer keek, zag ik haar weer duidelijk in glazen dimensies: in feite zag ik haar zo levendig voor me dat ik de wens en aandrang om meteen aan het werk te gaan niet kon onderdrukken. Ik stond op, klikte het brandscherm los, legde het opzij en maakte het kleinere luik vast dat open kon, zodat ik bij de tank vol smelt kon.

Ik stelde de elektriciteit opnieuw in om te voorkomen dat het licht om twaalf uur automatisch uit zou gaan en trok moeizaam en pijnlijk mijn jasje en overhemd uit, zodat ik in mijn normale werkkloffie stond, onderhemd en blote armen.

'Wat ga je nou doen?' Ze klonk geschrokken, maar daar was geen reden voor.

'Een portret maken,' zei ik. 'Stilzitten.' Ik draaide de oven hoger, selecteerde de pijpen die ik nodig zou hebben en pakte een hoeveelheid mangaanpoeder die uiteindelijk zwart gekleurd glas zou opleveren.

'Maar al die blauwe plekken...' protesteerde ze. 'Die schaafwonden. Verschrikkelijk.'

'Ik voel er niets van.'

Ik voelde inderdaad alleen het vreemde soort opwinding dat hoort bij een visionair idee. Ik had me al vaak genoeg aan vloeibaar glas gebrand zonder het te voelen. Het idee van één agent die inzicht verwierf in de zonden van anderen en vervolgens de mogelijkheid dat goed over kwaad zou zegevieren, stralend oprijzen en vleugels krijgen – al dat soort vage gedachten hadden die zondagnacht de uitwerking van een mentale verdoving, zodat ik weliswaar bloedde en pijn had, maar het pas later zou voelen, nadat de vlam van de verbeelding zijn werk had gedaan. Soms verschrompelde het visioen in zo'n geval tot teleurstelling en as, en als dat gebeurde liet ik het mislukte werkstuk op de aanzetbank staan in plaats van het zorgvuldig over te brengen naar de koeloven. Na een tijdje zorgden de onopgeloste innerlijke spanningen in het materiaal ervoor dat het zichzelf vernietigde, met een dramatisch krakend geluid kapot sprong, versplinterde, fragmenteerde... verbrijzelde.

Voor toeschouwers was het een verwarrende ervaring om een ogenschijnlijk solide object zonder enige zichtbare reden uit elkaar te zien spatten. Voor mij symboliseerde dat uiteenspatten alleen maar de ontoereikendheid van het oorspronkelijke idee. Maar die zondag kende ik geen twijfel of aarzeling, en de posten die ik uit de tank haalde zouden zelfs op gewone dagen bijna te veel van mijn spierkracht hebben gevergd.

Die nacht maakte ik Catherine Dodd, in drie gedeelten die ik later zou samenvoegen. Ik maakte geen letterlijke levensechte sculptuur van haar hoofd, maar een abstract beeld van haar dagelijks werk. In principe waren het twee hoog oprijzende vleugels, onderaan glanzend zwart, die via een zwart, wit en doorzichtig middendeel uitmondden in een omhoog strevende vleugelpunt met goudglanzende toetsen op de toppen.

Het goud fascineerde mijn onderwerp.

'Is dat écht goud?'

'IJzerpyriet. Echt goud zou op dezelfde manier smelten... maar alles wat ik in voorraad had heb ik vorige week opgebruikt.'

De broze vleugelpunt hield ik voorzichtig vast met vele lagen hittebestendige stof en legde hem zorgvuldig in een van de zes koelovens. Pas op dat moment, toen alle drie de delen veilig lagen af te koelen, was de pijn in mijn lijf opeens nauwelijks meer uit te houden en voelde ik me alsof ik zelf op het punt stond uiteen te spatten.

Catherine stond op en het duurde even voor ze kon spreken. Uiteindelijk schraapte ze haar keel en vroeg wat ik zou gaan doen met de voltooide vleugels. Nu ik weer met twee benen op de grond stond, probeerde ik prozaïsch (zoals ik ook bij andere gelegenheden deed) te antwoorden dat ik er waarschijnlijk een sokkeltje voor zou maken in de galerie en er een paar spotjes op zetten om de vorm te benadrukken.

We stonden naar elkaar te kijken alsof we niet wisten wat we verder moesten zeggen. Ik boog me voorover en kuste haar op haar wang, een kus die door wat kleine bewegingen van beide zijden veranderde in mond op mond. Er sprak wel een zekere hartstocht uit, maar nog geen meeslepende passie.

Het omhelzen van leren motorpakken heeft praktische bezwaren. Mijn eigen fysieke toestand deed me ongewild ineenkrimpen. Met spottend medelijden maakte ze zich los en zei: 'Misschien een andere keer.'

'Streep dat misschien maar door,' zei ik.

4

Mijn assistenten hadden alle drie een eigen sleutel van de galerie en toen ik maandagochtend omstreeks acht uur tegen wil en dank tot bewustzijn kwam, was het Pamela Jane die ik als eerste door mijn oogspleetjes waarnam. Nadat Catherine was vertrokken, had ik het eerste uur nog het comfort van een bed in de Draak van Wychwood (zonder de Draak zelf) overwogen, maar uiteindelijk had ik de energie niet kunnen opbrengen en me gewoon achterover in de grote stoel in de werkplaats laten vallen en mijn ogen gesloten om geen last meer te hebben van mijn protesterende, schokkende zenuwstelsel.

Catherine zelf, echt en abstract tegelijk, had me warm en mobiel gehouden in de donkerste uren van de nacht, maar ze was lang voor het aanbreken van de dag vertrokken, en de slaap – die praktisch nooit de rafelige draden van verwaarlozing weet te helen – had de zaak alleen maar erger gemaakt.

Geschrokken riep Pamela Jane: 'Echt Gerard, je ziet eruit of je onder een stoomwals hebt gelegen. Ben je de hele nacht hier geweest?'

Het antwoord was duidelijk. Om te beginnen was ik ongeschoren en bovendien leidde elke beweging tot een gruwelijk verstijfd gestuntel. Je kon de gewrichten bijna horen kraken. Nooit meer, bezwoer ik mezelf.

Ik had er nog niet over gedacht hoe ik de situatie aan mijn kleine team moest uitleggen. Toen ik tegen Pamela Jane begon, had ik het gevoel dat zelfs mijn stem gehavend was.

'Kun je...' Ik zweeg, schraapte mijn keel en probeerde het opnieuw. 'Pam... een pot thee?'

Ze hing haar jas in haar kastje en begon ijverig te redderen; ze zette thee en ontsloot de zijdeur die we moesten hebben om bij calamiteiten als nooduitgang te gebruiken. Tegen de tijd dat Irish arriveerde, was ik het ergste al vergeten en toen Hickory als laatste binnenkwam, was ik bezig de drie delen van mijn werk van de afgelopen nacht uit de oven te halen en zorgvuldig in elkaar te passen alvorens ze aan elkaar te lassen. Mijn assistenten wensten alle drie dat ze me de afzonderlijke delen hadden zien maken. Ik beloofde dat ik weleens een duplicaat zou maken om hun te laten zien hoe ik het had gedaan.

Ik kon moeilijk onder stoelen of banken steken dat te veel beweging me op het moment een slecht idee leek, maar Hickory's opgewekte veronderstelling dat mijn toestand het gevolg was van te veel drank, een enorme kater dus, ging me ook weer te ver.

De eerste klant arriveerde. Het leven keerde min of meer terug naar normaal. Irish begon een sokkel in de galerie te bouwen om de vleugels op te zetten. Als ik al mijn aandacht op het glasblazen richtte, kon ik de vier zwarte wollen bivakmutsen met ooggaten vergeten.

Later die ochtend stopte Marigolds Rolls buiten en nam twee parkeerplaatsen in beslag. Worthington zat achter het stuur en zag er deftig uit met zijn formele pet.

Marigold zelf, zo meldde hij door het open portierraam, was met Bon-Bon gaan winkelen in Bon-Bons auto. Beide dames hadden hem een dag vrijaf gegeven en toegestaan de Rolls mee te nemen, en hij waardeerde hun ruimhartigheid, zei hij plechtig, want hij kwam me halen om naar de paardenrennen te gaan.

Besluiteloos keek ik hem aan.

'Ik ga niet mee,' zei ik. 'En waarheen ga ik niet mee?'

'Leicester. Horden. Eddie Payne is er. Rose is er. Norman Osprey is er met zijn bookmakersstand. Ik dacht dat je wilde uitzoeken wie de videoband aan Martin heeft gegeven? Wil je weten wat erop stond of wie hem heeft gestolen, en wil je weten wie mij en de kinderen en de dames met gas heeft platgespoten, of wil je hier rustig blijven zitten en leuke roze vaasjes maken om aan toeristen te verkopen?'

Ik gaf niet meteen antwoord en hij zei ruimhartig: 'Ik begrijp het wel, je wilt niet nog eens zo'n pak slaag oplopen als gisteravond, dus blijf maar hier als je wilt, dan snuffel ik in mijn eentje wel wat rond.'

'Wie heeft je over gisteravond verteld?'

Hij zette zijn pet af en veegde zijn kale kruin af met een witte zakdoek.

'Een klein vogeltje. Niet zo klein trouwens.'

'En dat vogeltje heet niet toevallig... Pigeon?'

'Je hebt het gauw door.' Hij grinnikte. 'Ja, Pigeon. Hij schijnt je hoog te hebben zitten. Hij belde me speciaal op, bij Bon-Bon thuis. Hij zegt dat ik moet rondbazuinen dat iedereen die nog een hand naar je uitsteekt met hem te maken krijgt.'

Ik was zowel dankbaar als verbaasd. Ik vroeg: 'Hoe goed ken je hem?'

Zijn antwoord was niet rechtstreeks. 'Herinner je je die tuinman van Martin die op sterven lag? Voor wie je je rijbewijs bent kwijtgeraakt, omdat je te hard reed om Martin daar op tijd te krijgen?'

'Ja, natuurlijk.'

'Die tuinman was de vader van Tom Pigeon.'

'Aha. Maar hij is niet doodgegaan. Tenminste, niet toen.'

'Dat maakt niet uit. Ga je mee naar Leicester?'

'Ja, ik kan moeilijk anders.'

Ik ging terug naar de werkplaats, trok mijn gewone kleren aan en zei tegen Irish, Hickory en Pamela Jane dat ze presse-papiers moesten blijven maken zolang ik naar de renbaan was. Ze hadden alle drie Martin, toen hij nog leefde, als mijn vriend gekend en alle drie waren ze om beurten naar een deel van zijn begrafenis geweest. Ze wensten me geluk en veel winnaars bij de rennen.

Tijdens de autorit zat ik naast Worthington. We stopten onderweg om voor mij een goedkoop horloge te kopen en ook een paardensportkrant te halen waarin stond welke paarden en jockeys zouden meedoen. In een artikel getiteld 'Actueel Nieuws' op de voorpagina las ik, tussen een tiental andere nieuwtjes, dat de stewards in Leicester vandaag Lloyd Baxter (eigenaar van het briljante springpaard Tallahassee) zouden ontvangen ter herinnering aan de jockey Martin Stukely.

Zo zo.

Na enige tijd vertelde ik Worthington uitvoerig over mijn bezoek aan Lorna Terrace. Hij fronste zijn wenkbrauwen toen hij het verhaal van moeder en zoon hoorde, dat overduidelijk niet klopte, maar hij leek even met stomheid geslagen toen ik zei: 'Heb jij me niet verteld dat het bookmakersbedrijf van Arthur Robins, gevestigd sinds 1894, nu wordt geleid door mensen die Webber, Brown... en Verity heetten?'

Zijn verbijstering duurde tien seconden. 'En die moeder en zoon in Taunton heten Verity!' Stilte. 'Dat moet toevallig zijn,' zei hij.

'Ik geloof niet in zulke toevalligheden.'

Worthington keek me zwijgend aan terwijl hij een rotonde nam en zei na enige tijd: 'Gerard, voor het geval jij enig idee hebt van wat er gaande is... wat is er dan aan de hand? Wie waren bijvoorbeeld die overvallers met de zwarte bivakmutsen van gisteravond en wat wilden ze?'

Ik zei: 'Volgens mij was het een van die lui die jou met cyclopropaan heeft platgespoten en mij met de lege cilinder knock-out heeft geslagen, maar ik weet niet wie het is. Maar ik weet wel dat een van de bivakmutsen de zoetgeurende Rose was.'

'Ik zeg niet dat ze het niet was, maar waarom?'

'Wie anders zou tegen Norman Osprey – of iemand anders, maar ik weet bijna zeker dat hij het was – schreeuwen dat hij mijn polsen moest breken? In Roses stem kun je je niet vergissen. En de manier waarop ze zich beweegt... en wat het waarom betreft... ten dele om me het werken onmogelijk te maken, denk je niet? En ten dele om me te dwingen aan haar te geven wat ik niet heb. En ook om me te beletten te doen wat we vandaag willen doen.'

Impulsief zei Worthington: 'Laten we dan naar huis gaan.'

'Jij blijft gewoon in mijn buurt, dan gebeurt er niets.'

Worthington vatte mijn woorden ernstig op en speelde voor lijfwacht alsof hij een beroeps was. Een van de bivakmutsmaniakken konden we zonder meer identificeren door zijn verbijsterde reactie toen ik aan kwam wandelen, terwijl iedereen met een greintje verstand op de bank zou liggen met een dosis aspirine en een ijszak op zijn hoofd. Martin zelf had me laten zien hoe steeplechasejockeys soms met gebroken ribben, armen en andere kwetsuren bleven rondlopen. Alleen gebroken benen, had hij gezegd, maakten het een paar maanden lang onmogelijk om races te rijden. Blauwe plekken en schaafwonden waren voor hem dagelijks werk en hij werd de pijn meester door aan iets anders te denken. 'Gewoon niet op letten,' was zijn devies. In Leicester volgde ik zijn voorbeeld zo goed en zo kwaad als het ging.

Toen Norman Osprey, die zijn bookmakersstand aan het opzetten was, me in het vizier kreeg, verstarde hij midden in zijn werkzaamheden en zijn zware schouders krompen ineen; Rose zelf beging de vergissing op datzelfde moment zorgeloos op hem af te stappen, om vervolgens zijn ongelovige blik te volgen en haar zelfgenoegzaamheid grotendeels kwijt te raken. Uit haar mond klonk een hartgrondig: 'Wel godverdomme!'

Als je je Norman Ospreys schouders in een zwarte wollen trui voorstelde, was hij moeiteloos te herkennen als de figuur die met zijn honkbalknuppel mijn horloge had stukgeslagen, toen hij op mijn polsen mikte. Op dat cruciale moment had ik met een ruk mijn benen opgetild en hem keihard tegen zijn schenen geschopt. De schrille stem die hem aanspoorde het nog eens te proberen was zonder enige twijfel die van Rose geweest.

Tegen beiden zei ik: 'De groeten van Tom Pigeon.'

Geen van beiden zagen ze eruit of ze dat erg op prijs stelden. Worthington fluisterde me nadrukkelijk in het oor dat het niet verstandig was met een stok in een wespennest te roeren. Hij creëerde ook enige afstand tussen zichzelf en Arthur Robins 1894 en ik volgde hem, snel maar onopvallend.

'Ze weten niet precies waar ze naar zoeken,' legde ik uit en ging wat langzamer lopen. 'Als ze dat wisten, hadden ze er gisteravond wel met zoveel woorden om gevraagd.'

'Misschien hadden ze dat ook wel gedaan als Tom Pigeon niet net zijn honden had uitgelaten.' Worthington wilde nog verder weg van Norman Osprey, maar keek niettemin over zijn schouder om te controleren of we niet werden gevolgd.

Mijn indruk van de gebeurtenissen die ternauwernood vijftien uur eerder hadden plaatsgevonden, was dat zowel schade toebrengen als informatie vergaren het doel was geweest. Maar áls Tom Pigeon niet was gekomen en áls ik al die polsbotjes had willen sparen die volgens Martin nooit meer goed aan elkaar groeiden, en áls ik hun vragen had kunnen beantwoorden, zou ik dan...?

Hoe beroerd ik er ook aan toe was, ik kon me geen informatie in Martins bezit voorstellen die het waard zou zijn mij nagenoeg naar de andere wereld te helpen. En het beviel me allerminst dat zij – de bivakmutsen – ten onrechte dachten dat ik wist wat zij wilden hebben en ik alleen te koppig was om hun dat te vertellen.

Pijnlijk genoeg moest ik erkennen dat áls ik zeker had geweten wat ze wilden en áls Tom Pigeon niet met zijn honden was gekomen, ik op dit moment waarschijnlijk niet op een renbaan zou rondwandelen, maar hun *alles* verteld zou hebben om ze te laten ophouden, en nu uit schaamte met zelfmoordgedachten rond zou lopen. Maar ik was *niet* van plan dat tegen wie dan ook te bekennen.

Alleen tegenover Martins schim die me nog steeds leek te volgen kon ik het ooit bekennen. Verdomme, vriend, waar heb je me in vredesnaam mee opgescheept?

Lloyd Baxter lunchte in Leicester met de stewards. Het paste helemaal bij zijn arrogante karakter dat hij deze fraaie uitnodiging niet meer dan vanzelfsprekend vond. Dat vertelde hij me in elk geval, toen onze wegen elkaar tussen de paradering en de tribunes kruisten.

Voor Lloyd Baxter was onze ontmoeting onverwacht, maar ik had hem al eerder gezien en ik wachtte, in gezelschap van Worthington en langzaam verstijvend in de koude wind, buiten totdat hij de rosbief, kaas en koffie van de stewards had verorberd.

Het koude weer benadrukte de prehistorische botstructuur van Baxters gezicht en bovenlichaam, en hoewel er nog maar een week (een succesvolle overigens) was verstreken sinds ik hem voor het laatst had gezien, leek zijn haar nog een graadje grijzer geworden.

Hij was niet blij me te zien. Ik was er zeker van dat hij spijt had van die avond in Broadway, maar hij deed erg zijn best om beleefd te zijn, en het was eigenlijk onhebbelijk van mij om te veronderstellen dat hij zo deed omdat ik van zijn epilepsie op de hoogte was. Mondeling noch schriftelijk was er ooit met een woord over zijn ziekte gerept, maar als hij bang was dat ik zijn ziekte niet alleen zou rondbazuinen, maar hem er ook achter zijn rug om zou uitlachen, had hij wel een heel weinig vleiende opvatting van mijn karakter.

Worthington verdween tijdelijk van mijn zijde en ik liep met Lloyd Baxter mee, die eerst overstroomde van de complimenten voor de lunch van de stewards en vervolgens vele trainers lovend besprak, met uitzondering van de arme Priam Jones.

Sussend zei ik: 'Het was niet zijn fout dat Tallahassee op Cheltenham is gevallen.'

Het antwoord was bits. 'Het was Martins schuld. Hij bracht hem uit zijn evenwicht in de aanloop naar de horde. Hij was te overmoedig.'

Martin had me gezegd dat hét – wat hét ook mocht zijn – voor een teleurgestelde eigenaar normaal gesproken altijd de schuld van de jockey was. 'Fout van de piloot.' Hij had berustend zijn schouders opgehaald. 'En dan is er nog een ander soort eigenaars, heerlijk om voor te rijden omdat ze begrijpen dat paarden niet onfeilbaar zijn, die zeggen: "Dat hoort nu eenmaal bij races" als er iets onaangenaams gebeurt en de jockey troosten die hun net de overwinning van hun leven door de neus heeft geboord. En geloof me,' had Martin gezegd, 'Lloyd Baxter hoort daar niet bij. Als ik met zijn paard verlies, ligt dat volgens hem altijd aan een fout van mij.'

'Maar,' vroeg ik kalm aan Lloyd Baxter, die in Leicester op zoek was naar een nieuwe trainer, 'als een paard valt, is het toch niet de fout van de trainer? Het was niet Priam Jones' fout dat Tallahassee is gevallen en de Coffee Cup aan zijn neus voorbijging.'

'Hij had het paard beter moeten trainen.'

'Luister,' betoogde ik, 'dat paard had al bewezen dat het goed kon springen. Het had al verschillende races gewonnen.'

'Ik wil een andere trainer.' Lloyd Baxter hield voet bij stuk – een kwestie van instinct, begreep ik.

Behalve de lunch hadden de stewards de eigenaar van Tallahassee ook een toegangskaart gegeven voor het balkon dat bestemd was voor speciale gasten van de stewards. Lloyd Baxter was al bezig zich bij de ingang te verontschuldigen omdat ik niet mee naar binnen kon, toen een van de stewards achter ons mij staande hield.

'Bent u niet die glasman?' bulderde hij minzaam. 'Mijn vrouw is een van uw grootste fans. Ons hele huis staat vol met spullen van u. Dat prachtige paard dat u voor haar hebt gemaakt. En u hebt toch zelf de spotjes ervoor aangebracht, niet?'

Ik herinnerde me het paard en het huis duidelijk genoeg om te worden uitgenodigd mee te gaan naar het balkon dat bestemd was voor gasten van de stewards, niet helemaal tot genoegen van Lloyd Baxter.

'Deze jongeman is volgens mijn vrouw een genie,' zei de steward tegen Baxter, terwijl hij ons naar binnen loodste. Het genie wenste alleen dat het zich wat minder beroerd voelde.

Dat Lloyd Baxter geen hoge pet op had van het oordeel van de vrouw van de steward stond duidelijk op zijn gezicht te lezen, maar misschien beïnvloedde het hem toch, want nadat het gejuich voor de volgende winnaar was verklonken, verraste hij me door zijn hand lichtjes op mijn arm te leggen ten teken dat ik moest blijven staan om aan te horen wat hij me te vertellen had. Hij aarzelde echter nog even, dus ik besloot hem alle gelegenheid te bieden.

'Ik heb me vaak afgevraagd,' zei ik vriendelijk, 'of je gezien hebt wie er op oudejaarsavond in mijn showroom is geweest. Ik bedoel, ik weet wel dat je ziek was... maar daarvoor... toen ik al op straat was... kwam er toen iemand?'

Na een lange stilte knikte hij vaag. 'Er kwam iemand die lange galerie van je binnen. Ik herinner me dat hij naar jou vroeg en ik zei dat je op straat was. Maar ik kon hem niet goed zien omdat mijn ogen... mijn gezichtsvermogen wordt soms onscherp...' Hij zweeg, maar ik vervolgde voor hem.

'Je hebt vast wel tabletten.'

'Natuurlijk heb ik die!' Hij was geërgerd. 'Maar ik was vergeten ze in te nemen omdat het zo'n vreselijke dag was geweest, en ik heb toch al de pest aan die piepkleine luchttaxi's, en ik wil een andere trainer.' Zijn stem stierf weg, maar zijn problemen had hij zo duidelijk op een rijtje gezet dat een chimpansee ze kon begrijpen.

Ik vroeg of hij ondanks zijn onscherpe gezichtsvermogen mijn onbekende bezoeker kon beschrijven.

'Nee,' zei hij. 'Ik zei dat je op straat was en toen ik weer wakker werd, lag ik in het ziekenhuis.' Hij zweeg en ik had spijt van mijn directe vraag. Met enige schroom zei hij vervolgens langzaam: 'Ik besef dat ik je voor je terughoudendheid moet danken. Je zou me nog steeds in grote verlegenheid kunnen brengen.'

'Dat heeft geen enkele zin,' zei ik.

Hij bestudeerde enige tijd mijn gezicht, zoals ik in het verleden het zijne had bekeken. Het resultaat verraste me. 'Ben je ziek?' vroeg hij.

'Nee. Moe. Niet goed geslapen.'

'De man die binnenkwam,' zei hij abrupt zonder verder commentaar, 'was mager, hij had een witte baard en was over de vijftig.'

Die beschrijving klonk erg onwaarschijnlijk voor een dief en hij moet mijn twijfel hebben gezien, want om me te overtuigen voegde hij eraan toe: 'Toen ik hem zag, moest ik onmiddellijk aan Priam Jones denken, die al jaren zegt dat hij zijn baard wil laten staan. Mijn antwoord is dan altijd dat hij er met onkruid op zijn kin niet uit zou zien.'

Ik schoot bijna in de lach: het beeld klopte.

Baxter zei dat de man met de witte baard hem vooral aan een universiteitsprofessor deed denken. Of een wetenschapper.

Ik vroeg: 'Zei hij iets? Was het gewoon een klant? Had hij het over glas?'

Dat kon Lloyd Baxter zich niet herinneren. 'Als hij al iets heeft gezegd, heb ik alleen een warwinkel van geluiden gehoord. Vaak lijkt alles dan door elkaar te lopen. Dat is een soort waarschuwing. Dikwijls kan ik het een beetje beheersen, of me in elk geval voorbereiden... maar die avond ging alles te snel.'

Hij was buitengewoon openhartig, vond ik. Zoveel vertrouwen had ik niet verwacht.

'Die man met de baard,' zei ik, 'moet in elk geval het begin van je... aanval hebben gezien. Waarom heeft hij je dan niet geholpen? Denk je dat hij eenvoudig niet wist wat hij moest doen en de benen heeft genomen, zoals mensen wel vaker doen, of was hij het die er met de buit... eh... dat geld in die canvas tas vandoor is gegaan?'

'En met de videoband,' zei Baxter.

Mijn adem stokte even. Abrupte stilte. Toen vroeg ik: 'Wat voor videoband?'

Lloyd Baxter fronste zijn wenkbrauwen. 'Hij vroeg erom.'

'Dus die heb je hem gegeven?'

'Nee. Ja. Nee. Ik weet het niet meer.'

Duidelijk was dat Lloyd Baxters herinnering aan die avond in Broadway door elkaar geklutst was als een roerei. Of er behalve in zijn verbeelding werkelijk een professor met een witte baard bestond was allerminst zeker.

We bleven nog tien minuten ongestoord zitten op de meest discrete plek op een renbaan – het balkon voor de gasten van de stewards – en ik slaagde erin Lloyd Baxter ertoe te bewegen in alle rust zijn herinneringen aan de laatste minuten van 1999 tot in alle bijzonderheden te reconstrueren, maar hoe hij zich ook inspande, hij bleef vasthouden aan het beeld van de magere man met de witte baard die waarschijnlijk

– of misschien was het een andere man op een ander moment geweest
– om een videoband had gevraagd... misschien.

Hij deed zijn best. Zijn houding tegenover mij was als een blad aan een boom veranderd, zodat hij nu eerder een bondgenoot dan een dwarsligger was geworden.

Een van de dingen die hij in het verleden nooit gezegd zou hebben was dat hij de vriendschap tussen mij en Martin nu in een ander licht zag. 'Ik begrijp dat ik je verkeerd heb ingeschat,' erkende hij met diepe rimpels in zijn voorhoofd. 'Martin steunde op jouw kracht, en ik heb altijd aangenomen dat het andersom was.'

'We hebben van elkaar geleerd.'

Na een stilte zei hij: 'Die vent met die witte baard was echt, hoor. Hij wilde echt een videoband. Als ik meer wist dan dat, zou ik het je vertellen.'

Ik geloofde hem eindelijk. Het was gewoon een ongelukkige samenloop van omstandigheden dat Baxters epileptische toeval precies op het verkeerde moment was gekomen; een samenloop van omstandigheden van Witbaards standpunt bezien dat Baxter daar aanwezig was; maar het leek nu zeker dat in de tijd dat ik buiten op straat was om het jaar 2000 in te luiden, een mager professoraal type van middelbare leeftijd met een witte baard mijn showroom was binnengekomen, iets over een videoband had gezegd en was verdwenen voordat ik terug was, met medeneming van de band en en passant ook het geld had meegeratst.

Op straat had ik geen figuur met een witte baard gezien. Het was een week te laat voor die bolle grappenmaker van de Noordpool. Lloyd Baxter zei dat hij niet wist of de baard echt was of een overblijfsel van de kerstman.

Bij het afscheid gaven we elkaar voor het eerst in de geschiedenis een hand. Ik liet hem achter bij de stewards en voegde me weer bij Worthington, die ik buiten vond staan rillen in de kou. Hij had duidelijk honger. Dus liepen we onze neus achterna, op zoek naar voedsel dat hij met een ongebreidelde eetlust razendsnel naar binnen werkte.

'Waarom eet jij niets,' vroeg hij, hoorbaar kauwend.

'Uit gewoonte,' zei ik. Een gewoonte die ik had overgenomen van een jockey die op zijn gewicht moest letten. Martin bleek mijn leven sterker te hebben beïnvloed dan ik had beseft.

Ik vertelde Worthington, terwijl hij twee volle borden steak-and-kidney pie (het zijne en het mijne) wegwerkte, dat we nu op zoek waren naar een magere man van gevorderde middelbare leeftijd die een witte baard had en eruitzag als een professor.

Worthington staarde me ernstig aan terwijl hij zijn vork vol pie laadde. 'Dat klinkt niet als iemand die een zak met geld zou stelen,' luidde zijn commentaar.

'Je verbaast me steeds weer, Worthington,' zei ik plagend. 'Jij in het bijzonder zou moeten weten dat baarden niet altijd automatisch een bewijs van eerlijkheid zijn! Dus wat denk je ervan? Veronderstel dat de heer Witbaard een band aan Martin geeft die Martin aan Eddie Payne geeft die hem op zijn beurt weer aan mij overhandigt. Toen Martin vervolgens stierf, besloot de heer Witbaard zijn videoband terug te halen, dus hij zocht uit waar de band kon zijn... dat wil zeggen, hij verscheen in Broadway. Hij vond de band, pakte hem terug en graaide in een opwelling ook de zak geld mee die ik daar stom genoeg open en bloot had laten liggen, en bijgevolg kan hij nu niemand vertellen dat hij zijn band terug heeft.'

'Omdat hij dan meteen erkent dat hij het geld gestolen heeft?'

'Precies.'

Mijn lijfwacht zuchtte en schraapte zijn bord schoon. 'En toen?' vroeg hij. 'Wat gebeurde er daarna?'

'Daar kan ik alleen maar naar gissen.'

'Doe dat dan. Gis maar. Want degene die ons met cyclopropaan platspoot was geen bejaarde. Daniel, de zoon van Bon-Bon, heeft de sportschoenen van die spuitgast beschreven en alleen een tiener zou daar dood in gezien willen worden.'

Ik was het daar niet mee eens. Een excentriekeling met een witte baard was in staat alles aan te trekken. En erotische videobanden te maken. Hij zou ook tegen iemand kunnen zeggen dat de band een vermogen waard was en dat hij zich in handen van Gerard Logan bevond. Een paar leugentjes. Verdeel-en-heers. Sla Logan in elkaar, zo murw dat hij bereid is de band af te geven of, als dat niet lukt, te spuien welke informatie erop stond.

Wat had Martin me in godsnaam in bewaring willen geven?

Wilde ik dat eigenlijk nog wel weten?

Als ik het niet wist, kon ik het ook niet vertellen. Maar als ze dachten dat ik het wist en niet wilde vertellen... verdomme, bedacht ik, dat hebben we al min of meer gehad, en ik kon moeilijk verwachten dat Tom Pigeon en zijn dobermanns me elke keer te hulp zouden schieten.

Misschien was het erger het geheim op de band niet te kennen dan het wel te kennen. Dus was het, zo besloot ik, in zekere zin niet voldoende te achterhalen wie de band had meegenomen, maar was het uiteindelijk toch nodig zowel te ontdekken wat ze verwachtten als wat ze in feite hadden.

Toen Worthingtons honger tijdelijk was gestild en we ons geld hadden verloren op een paard dat Martin had moeten rijden, liepen we terug naar de dichte rijen bookmakers die stonden te schreeuwen welke kansen die ze voor de laatste race boden.

Met Worthingtons bekende spierkracht als waarborg dat ik ongeschonden zou overleven, arriveerde ik op het territorium van *Arthur Robins sinds 1894*'s huidige activiteiten. Norman Ospreys rauwe stemgeluid klonk onbeschaamd uit boven dat van zijn buren, tot het moment dat hij zich realiseerde dat wij luisterden. De plotselinge stilte gaf de anderen een kans.

Ik stond zo dicht bij Osprey dat ik de happen van de schaar in zijn Elvis-bakkebaarden kon zien en ik zei: 'Zeg tegen Rose...'

'Zeg het zelf maar,' viel hij me luidruchtig in de rede. 'Ze staat vlak achter je.'

Zonder haast draaide ik me om, ervoor zorgend dat Worthington mij rugdekking gaf. Rose keek woest, vervuld van een haat die ik op dat moment niet kon thuisbrengen. Net als eerder leek haar kurkdroge huid een afspiegeling van haar benepen, weinig genereuze karakter, maar de vorige keer – tijdens onze eerste en laatste ontmoeting bij de rennen – speelde bij geen van ons beiden nog de herinnering mee aan vuisten, stenen muren, honkbalknuppels, een stukgeslagen horloge en een hele reeks andere fysieke gewelddaden, allemaal gecoördineerd en gestimuleerd alsof het om zondagavondamusement voor de troepen ging.

Ik kreeg kippenvel bij het idee dat ze maar een paar meter bij me vandaan stond, maar zij scheen te denken dat een bivakmuts en een zwarte maillot haar onzichtbaar hadden gemaakt.

Weer stelde ik de vraag die ze al geweigerd had te beantwoorden.

'Wie heeft Martin Stukely op de renbaan in Cheltenham een videoband gegeven?'

Deze keer zei ze dat ze het niet wist.

Ik zei: 'Bedoel je dat je niet hebt gezien dat iemand Martin een pakje gaf of dat je wel iets overhandigd hebt zien worden, maar de naam van de betrokkene niet kent?'

'Slim baasje, hè?' zei Rose sarcastisch. 'Zoek het maar uit.'

Rose was niet met woorden te vangen, besloot ik. Waarschijnlijk had ze zowel het overhandigen gezien als degene die overhandigde, maar zelfs een middeleeuwse inquisiteur zou problemen met haar hebben gehad en ik had in Logan Glas helaas geen duimschroeven bij de hand.

Zonder veel hoop dat ze me zou geloven zei ik: 'Ik weet niet waar je de band die je wilt hebben moet zoeken. Ik weet niet wie hem heeft meegenomen en ik weet niet waarom. Maar *ik* heb hem in elk geval niet.'

Minachtend trok Rose haar bovenlip op.

Toen we wegliepen slaakte Worthington een diepe zucht van teleurstelling.

'Je zou denken dat Norman Osprey de zware jongen van het team is. Hij heeft er de stem en de lichaamsbouw voor. Iedereen ziet hem als de grote man achter Arthur Robins. Maar zag je hoe hij naar Rose keek? Ze kan elke miskleun maken die ze wil, maar ik heb gehoord dat zij nog altijd het brein is. Zij is de baas. Zij zet de toon. Mijn onderwereldinformant heeft gebeld. Hij is diep onder de indruk van haar, ben ik bang.'

Ik knikte.

Worthington, een doorgewinterde kenner van de wereld, zei: 'Ze haat je. Heb je dat niet gemerkt?'

Ik zei dat ik dat inderdaad had gemerkt. 'Maar ik weet niet waarom.'

'Je hebt een psychiater nodig om het echt uit te leggen, maar ik vertel je voor noppes wat ik heb gehoord. Je bent een man, je bent sterk, je ziet er goed uit, je hebt succes in je vak en je bent niet bang voor haar. En zo zou ik nog een hele lijst kunnen opnoemen, maar dit is voldoende om te beginnen. Dus ze laat je in elkaar tremmen, en vervolgens duik je zo goed als onbeschadigd weer op – ook al voel je je niet zo – en steekt als het ware je middelvinger tegen haar op. Geloof maar dat ik een rivaal voor minder de trap af had gesodemieterd als hij maar een kik had gegeven in mijn aanwezigheid.'

Ik luisterde naar Worthingtons wijsheden, maar zei: 'Ik heb haar niets gedaan.'

'Je bent bedreigend voor haar. Je bent een maatje te groot voor haar. Jij gaat de wedstrijd winnen. Dus misschien laat ze je voor alle zekerheid om zeep helpen. Dat zal ze niet zelf doen. En luister naar wat ik je zeg. Er zijn mensen die echt uit haat moorden. Mensen die willen winnen.'

Om van moorden uit racistische of religieuze motieven maar te zwijgen, dacht ik bij mezelf, maar het bleef niettemin moeilijk zoiets op jezelf te betrekken – totdat je horloge aan gruzelementen werd geslagen natuurlijk.

Ik verwachtte dat Rose tegen Eddie Payne, haar vader, zou hebben gezegd dat ik op de renbaan was, maar dat was niet het geval. Worthington en ik wachtten hem op na de laatste race en we kregen hem zonder moeite in de tang toen hij de kleedkamer verliet om naar zijn auto te gaan.

Hij was niet blij. Als een in een hoek gedreven paard keek hij van de een naar de ander en net als tegen een nerveus dier zei ik sussend tegen hem: 'Hallo Ed. Hoe staat het leven?'

'Ik weet niets meer dan ik je verteld heb,' protesteerde hij.

Ik hoopte dat ik door wat kunstvliegen uit te gooien een onverwachte vis zou kunnen opjagen en verschalken – een forel bij wijze van spreken die zich verscholen hield in het riet.

Dus ik vroeg: 'Is Rose getrouwd met Norman Osprey?'

Zijn gezicht klaarde op en hij begon bijna te lachen. 'Rose is nog steeds Rose Payne, maar ze noemt zich Robins, en soms *mevrouw* Robins als het zo uitkomt, maar ze is niet op mannen gesteld, onze Rose. Jammer eigenlijk, maar zo is het nu eenmaal.'

'Maar ze wil ze wel graag rondcommanderen?'

'Ze heeft jongens altijd naar haar pijpen laten dansen.'

'Was je gisteravond bij haar?' Ik stelde de vraag terloops, maar hij wist meteen wat ik bedoelde.

'Ik heb geen vinger naar je uitgestoken,' zei hij vlug. 'Ik was het niet.' Hij keek van mij naar Worthington en weer naar mij, nu verwonderd. 'Luister,' zei hij vleiend, alsof hij om vergiffenis smeekte, 'ze hebben je geen enkele kans gegeven. Ik zei nog tegen Rose dat het niet eerlijk was...' Hij hakkelde en zweeg.

Belangstellend vroeg ik: 'Bedoel je dat jijzelf gisteravond in Broadway met een bivakmuts rondliep?' en zag bijna ongelovig hoe hij beschaamd mijn blik ontweek.

'Rose zei dat we je alleen maar bang zouden maken.' Hij staarde me nu ongelukkig aan. 'Ik heb geprobeerd haar tegen te houden, echt waar. Ik had nooit gedacht dat je vandaag hier zou zijn. Dus zo erg als het eruitzag kan het niet geweest zijn... maar ik weet dat het *vreselijk* was. Ik ben eerst gaan biechten om vergeving te vragen...'

'Dus jij en Rose waren erbij,' zei ik zakelijk, hoewel ik mijn oren niet kon geloven. 'En Norman Osprey, en wie nog meer? Een van de bookmakersassistenten van Norman Osprey?'

'Nee, die niet.'

Afschuw verlamde opeens zijn tong. Vanuit het gezichtspunt van zijn dochter bezien had hij al veel te veel opgebiecht en als de tot nu toe niet-geïdentificeerde vierde gedaante met bivakmuts een van de twee assistenten van Norman Osprey bij *Arthur Robins sinds 1894* was, zou Eddie dat niet gemakkelijk meer toegeven.

70

Ik wierp een andere vlieg uit.

'Ken je iemand die aan verdovingsgas kan komen?'

Geen reactie.

Nog eens proberen.

'Of iemand met een witte baard die Martin kende?'

Hij aarzelde, maar schudde uiteindelijk zijn hoofd.

'Ken je zelf iemand met een witte baard die er als een professor uitziet?'

'Nee.' Zijn antwoord was duidelijk, maar zijn manier van doen schichtig.

'Was dat pakje in bruin pakpapier dat je me op Cheltenham hebt gegeven hetzelfde dat Martin je eerder die dag in bewaring had gegeven?'

'Ja.' Deze keer knikte hij zonder nadenken. 'Het was hetzelfde. Rose was razend. Ze zei dat ik het vast had moeten houden toen Martin doodging en dat ik er niets over had moeten zeggen. We hadden het zelf moeten houden, dan was al dit gedoe niet nodig geweest.'

'Wist Rose wat erin zat?'

'Alleen Martin wist dat zeker. Ik heb hem min of meer gevraagd wat erin zat, maar hij lachte en zei iets over de toekomst van de wereld, maar dat was natuurlijk een grapje.'

Martins grap klonk me te werkelijk in de oren om grappig te zijn.

Ed was nog niet klaar. 'Een paar weken voor Kerstmis,' zei hij, nog nalachend, 'zei Martin dat hij Bon-Bon – een paar jockeys hadden het over de cadeautjes voor hun vrouw of vriendin terwijl ze zich verkleedden voor ze naar huis gingen... niets bijzonders – maar goed, hij zei dus dat hij Bon-Bon een antieke ketting van glas en goud wilde geven, maar hij lachte en zei dat hij jou een veel goedkopere, moderne kopie zou moeten laten maken. Hij zei dat jij een videoband had waarop stond hoe je dat moest doen. Maar een ogenblik later veranderde hij van gedachten omdat Bon-Bon nieuwe, met bont gevoerde laarzen wilde hebben. En eigenlijk had hij het vooral over de King George Chase in Kempton op tweede kerstdag en hoeveel hij zou moeten afvallen door geen kalkoen te eten. Ik bedoel, hij maakte zich altijd zorgen over zijn gewicht, zoals de meesten.'

'Hij vertelde je veel,' zei ik. 'Meer dan de meesten.'

Ed vond van niet. Hij praatte graag met de jongens, zei hij. Hij zou heel wat kunnen vertellen. Hij knipoogde erbij, alsof alle jockeys seksuele krachtpatsers waren, en met deze confidenties werd hij weer min of meer de rustige, efficiënte knecht die ik van Martin kende.

Onderweg naar huis vatte Worthington samen wat we die dag aan informatie hadden binnengehaald: 'Volgens mij waren Martin en die vent met de witte baard serieus over die band.'

'Ja,' bevestigde ik.

'En op de een of andere manier kan Rose via haar vader het idee hebben gekregen dat op die band te zien was hoe je een antieke ketting moest maken.'

Weifelend zei ik: 'Het moet meer zijn dan dat.'

'Nou ja... misschien staat erop waar de ketting te vinden is.'

'Schatzoeken?' Ik schudde mijn hoofd. 'Voorzover ik weet is er maar één waardevolle antieke halsketting van glas en goud – en ik heb verstand van antiek glas – en die bevindt zich in een museum. De waarde ervan is onschatbaar. Hij is waarschijnlijk vijfendertighonderd jaar geleden gemaakt in Kreta, in elk geval rond de Egeïsche Zee. Hij wordt de Kretenzische Zonsopgang genoemd. Maar ik heb er inderdaad een kopie van gemaakt en die heb ik een keer aan Martin geleend. Ik heb ook een videoband gemaakt om te laten zien hoe ik het gedaan heb. Die heb ik eveneens aan Martin geleend en die heeft hij nog – liever gezegd, de hemel mag weten waar die zich nu bevindt.'

'En als er nog eentje bestaat?' vroeg Worthington.

'Heb je het nu over twee bánden of over twee kettingen?'

'Waarom geen twee banden?' betoogde Worthington, alsof dat opeens waarschijnlijk was geworden. 'Rose kan ze hebben verward.'

Ik achtte het even waarschijnlijk dat Worthington en ik alles verward hadden, maar we arriveerden veilig en wel bij Bon-Bons huis, in elk geval voorzien van twee vaststaande nieuwe feiten: in de eerste plaats dat Rose, Norman Osprey en Eddie Payne de zondagavond in Broadway hadden doorgebracht en ten tweede dat een bejaard, mager, professoraal type met een witte baard mijn winkel was binnengewandeld op het moment dat het nieuwe jaar werd ingeluid en niet was gebleven om Lloyd Baxter tijdens diens epileptische toeval te helpen.

Toen we knerpend tot stilstand kwamen op Bon-Bons grind, rende Marigold met uitgestrekte armen de voordeur uit om ons te begroeten.

'Bon-Bon heeft me niet meer nodig,' verkondigde ze dramatisch. 'Haal de kaarten tevoorschijn, Worthington. We gaan skiën.'

'Eh... wanneer?' vroeg haar chauffeur zonder een spoor van verbazing.

'Morgenochtend natuurlijk. Zorg dat de benzinetank vol is. We stoppen onderweg in Parijs. Ik heb nieuwe kleren nodig.'

Worthington zag er berustender uit dan ik me voelde. Hij mompelde tegen mij dat Marigold bijna dag in dag uit nieuwe kleren kocht en voorspelde dat de wintersporttrip in totaal niet langer dan tien dagen zou duren. Ze zou er binnen de kortste keren genoeg van hebben en naar huis willen.

Bon-Bon begroette het nieuws van haar moeders vertrek met verholen opluchting en vroeg hoopvol aan mij of 'die verwarrende geschiedenis met de videoband' nu afgelopen was. Ze wilde rust in haar leven, maar ik had geen idee of ze die zou krijgen. Ik vertelde haar niet over het bestaan van Rose of de onrust die zij belichaamde.

Ik vroeg Bon-Bon naar Witbaard. Ze zei dat ze hem nooit had gezien of over hem had horen spreken. Toen ik uitlegde wie hij was, belde ze naar Priam Jones, die beleefd zei dat het hem speet dat hij niet kon helpen, hoewel zijn gevoel van eigenwaarde diep was gekwetst door het feit dat Lloyd Baxter hem aan de kant had gezet.

Bon-Bon probeerde nog een paar andere trainers, maar magere, bejaarde eigenaren met witte baarden van renpaarden leken dun gezaaid. Toen ze er genoeg van had, haalde ze haar moeder over om Worthington onze reis te laten vervolgen en mij te brengen naar waar ik maar heen wilde. Ik gaf haar een dankbare zoen en koos ervoor regelrecht naar mijn huis op de heuvel te gaan en in bed te duiken.

Worthington hield van skiën, zei hij toen we wegreden. Hij hield ook van Parijs. Hij hield van Marigold. Hij bewonderde regelmatig haar bizarre kledingaankopen. Het speet hem, zei hij, dat hij me alleen met dat roofdier van een Rose moest laten. Veel sterkte, zei hij opgewekt.

'Ik kan je wel wurgen,' zei ik.

Terwijl Worthington tevreden achter het stuur zat te grinniken, zette ik mijn mobiele telefoon weer aan om Irish thuis te bellen en te vragen hoe de dag in de winkel verder was verlopen, maar voordat ik het nummer kon intikken belde de berichtendienst en sprak de schimmige stem van de jonge Victor W. V. in mijn oor: 'Stuur uw e-mailadres naar vicv@freenet.com.'

Allemachtig, dacht ik. Victor heeft wat te vertellen. Mijn bed kon wachten. De enige computer met e-mail die ik ter beschikking had, stond in Broadway. Berustend veranderde Worthington van richting, stopte uiteindelijk voor mijn glazen voordeur en stond erop mee naar binnen te gaan om de zaak te controleren op bivakmutsen en ander ongedierte.

Er was geen mens. Geen Rose die me opwachtte. Worthington liep met me terug naar de Rolls, gaf me een hand, zei dat ik voorzichtig moest zijn en vertrok opgewekt, opnieuw met de voorspelling dat hij binnen twee weken terug zou zijn.

Bijna onmiddellijk miste ik mijn gespierde beschermer, als veilig vangnet en als bron van een realistische kijk op het leven. Parijs en de wintersport waren erg aantrekkelijk. Met een zucht werd ik weer met mijn kwetsuren geconfronteerd. Daarna wekte ik mijn slapende computer tot leven, bracht een internetverbinding tot stand en stuurde Victor een e-mailtje met mijn adres.

Ik verwachtte dat ik een hele tijd zou moeten wachten voordat ik antwoord van Victor zou krijgen, maar bijna onmiddellijk – wat betekende dat hij bij zijn computer had zitten wachten – vroeg het scherm van mijn laptop: 'Wie ben je?'

Ik typte en verstuurde: 'De vriend van Martin Stukely.'

Hij vroeg: 'Naam?' en ik antwoordde: 'Gerard Logan.'

Zijn antwoord luidde: 'Wat wil je?'

'Hoe kende je Martin Stukely?'

'Ik kende hem al tijden, zag hem vaak bij de rennen met mijn grootvader.'

Ik schreef: 'Waarom heb je die brief aan Martin gestuurd? Hoe had je van een videoband gehoord? De waarheid, alsjeblieft.'

'Ik hoorde dat mijn tante het aan mijn moeder vertelde.'

'Hoe wist je tante het?'

'Mijn tante weet alles.'

Ik begon mijn vertrouwen in zijn gezonde verstand te verliezen en herinnerde me dat hij eerder had gezegd dat hij een spelletje speelde.

'Hoe heet je tante?' Ik verwachtte er niet veel van, zeker niet het adembenemende antwoord dat ik terugkreeg.

'Mijn tante heet Rose. Haar achternaam verandert ze steeds. Ze is een zuster van mijn moeder.' Nauwelijks een pauze voordat zijn volgende opmerking volgde. 'Ik kan nu beter uitloggen. Ze is net gearriveerd!'

'Wacht.' Nog verbijsterd door zijn onthulling tikte ik vlug: 'Ken je soms een magere oude man met een witte baard?'

Lang nadat ik me al had neergelegd bij het uitblijven van een antwoord, verschenen er vier woorden.

'Doctor Force. De groeten.'

5

Tot mijn grote blijdschap stond Catherine Dodd weer met haar motorfiets bij het trottoir en ze zette haar helm af voordat ze over de stoep naar de voordeur liep die ik al voor haar openhield. Het leek ons beiden vanzelfsprekend elkaar met een kus te begroeten en ze liep natuurlijk naar de hoog oprijzende vleugels waarboven ik zojuist de spotjes had geïnstalleerd.

'Het is fantastisch.' Ze meende het. 'Veel te mooi voor Broadway.'

'Met vleien kom je een heel eind,' verzekerde ik haar en nam haar mee naar de werkplaats, omdat het daar veel warmer was.

Het vel papier met mijn uitgeprinte e-mailconversatie met Victor lag opgevouwen op de glasaanzetbank en ik gaf het aan haar om te lezen. 'Wat vind je ervan?' vroeg ik.

'Volgens mij heb je betere pijnstillers nodig.'

'Nee. Wat vind je van Victor?'

Deze keer ging ze wel in de leunstoel zitten, nadat ik had beloofd de volgende dag in tweedehands- en antiekwinkels op zoek te gaan naar een tweede stoel.

'Als,' vulde ik mijn belofte aan, 'als jij belooft dat je erin komt zitten.'

Ze knikte alsof dat vanzelf sprak en las Victors e-mail. Toen ze klaar was, legde ze het papier op haar met zwart leer beklede knieën en stelde haar eigen vragen.

'Goed,' zei ze. 'Vertel me om te beginnen nog eens wie Victor is.'

'De vijftienjarige kleinzoon van Eddie Payne, de renbaanknecht van Martin Stukely. Ed heeft me de videoband gegeven die hier gestolen is, die band waarvoor je de eerste keer hier kwam. Victor heeft deze brief aan Martin gestuurd.' Ik gaf haar de brief en ze trok weifelend haar wenkbrauwen op.

'Victor zei dat hij spelletjes speelde,' bevestigde ik.

'Je kunt geen woord geloven van wat hij zegt!' zei Catherine.

'In zekere zin wel. Hij heeft een spelletje gemaakt van kleine stukjes feitelijke informatie. Nou ja, hoe dan ook, hij heeft gedaan wat iedereen weleens doet – hij heeft iets gehoord en hij dacht dat het iets anders betekende.'

'Bij het verkeerde eind gehad?' suggereerde Catherine. 'En het goede eind?'

'Nou ja... het eind zoals ik het zie, dan.' Ik zweeg een paar minuten om koffie te maken. Ondanks het feit dat ze geen dienst had, gaf ze de voorkeur aan koffie boven wijn. Geen melk, geen suiker, liever lauw dan warm.

'We moeten beginnen met "Veronderstel",' zei ik.

'Veronderstel maar een eind weg.'

'Laten we beginnen met een man met een witte baard die eruitziet als een professor en misschien dr. Force heet. Veronderstel dat deze dr. Force op de een of andere manier Martin heeft leren kennen. Dr. Force heeft informatie op een videoband die hij veilig in bewaring wil geven, dus hij neemt die band mee naar de renbaan in Cheltenham en geeft hem aan Martin.'

'Krankzinnig,' verzuchtte Catherine. 'Waarom heeft hij hem niet in een bankkluisje gestopt?'

'Dat zullen we hem moeten vragen.'

'En jij bent ook krankzinnig. Hoe moeten we hem vinden?'

'Luister eens, jij bent de rechercheur,' herinnerde ik haar met een glimlach.

'Goed. Ik zal het proberen.' Ook zij glimlachte. 'En toen?'

'Toen ging dr. Force naar de renbaan zoals afgesproken. Hij gaf zijn band aan Martin. Nadat Martin was gevallen, moet onze dr. Force heel wat hebben afgepiekerd en afgetobd, en ik vermoed dat hij zich in de buurt van de kleedkamer stond af te vragen wat hij moest doen. Toen zag hij Eddie Payne de band in het bruine pakpapier aan mij geven, en hij wist dat het de juiste band was omdat hij hem zelf had ingepakt.'

'Je had bij de politie moeten gaan,' plaagde Catherine. 'Goed dus, dr. Force zoekt uit wie jij bent en begeeft zich naar Broadway, en als jij je voordeur openlaat om even wat nieuwjaarslucht op te snuiven, sluipt hij naar binnen en pakt zijn eigen videoband terug.'

'Precies.'

'En neemt in een opwelling ook je geld mee?'

'Precies. Maar tot dat moment had hij zich niet gerealiseerd dat er achter in de winkel nog iemand was, Lloyd Baxter namelijk die bezig was een epileptische toeval te krijgen.'

'Wat een onthutsende ervaring voor dr. Witbaard Force,' zei ze spottend.

Ik knikte. 'Hij maakte zich uit de voeten.'

Nadenkend zei Catherine: 'Een van onze rechercheurs heeft Lloyd

Baxter in het ziekenhuis ondervraagd. Meneer Baxter zei dat hij helemaal niemand de showroom heeft zien binnenkomen.'

'Het zal Lloyd Baxter een zorg zijn of de videoband of het geld terugkomt. Wat hem wel een zorg is, is zo weinig mogelijk ruchtbaarheid aan zijn ziekte te geven.'

Catherine leek geïrriteerd. 'Hoe kunnen wij in vredesnaam zaken oplossen als mensen ons de feiten niet vertellen?'

'Daar moet je toch aan gewend zijn.'

Ze zei dat gewend zijn aan iets dat verkeerd is het nog niet goed maakt. Even kwam de o zo deugdzame afkeuring boven die in haar beroep zo gangbaar is. Vergeet nooit, dacht ik bij mezelf, dat innerlijk de misdaadbestrijdster altijd aanwezig is, altijd paraat staat en altijd een deel van haar zal zijn. Ze rukte zich los van haar rechercheursinstelling en schakelde zichtbaar over op een luchtiger benadering.

'Goed,' knikte ze, 'dus dr. Force heeft zijn band terug. Prima. Maar wie spoot er dan verdovingsgas rond bij de Stukely's en nam hun televisietoestellen mee, en wie plunderde je eigen huis en sloeg je gisteravond in elkaar? En ik begrijp echt niet hoe die jongen, die Victor, erbij betrokken is geraakt.'

'Ik kan niet alles beantwoorden, maar ik denk Rose.'

'Roze?'

'Nee, Rose. Dat is de dochter van Ed Payne en een tante van Victor. Ze heeft een scherp gezicht, een scherpe tong en volgens mij is ze op het randje van crimineel. Ze trekt overhaaste conclusies en dat maakt haar nog gevaarlijker.'

'Bijvoorbeeld?'

'Bijvoorbeeld... volgens mij was zij degene die alle videobanden in Bon-Bons huis en het mijne heeft gestolen, omdat ze misschien verwisseld waren met de band die ik van de renbaan had meegenomen.'

'Lieve hemel!' riep Catherine uit. 'Banden zijn zo gemakkelijk te verwisselen.'

'Dat zal Rose ook wel gedacht hebben. Het lijkt me waarschijnlijk dat Rose veel met haar zuster – Victors moeder – kletst en het lijkt me heel waarschijnlijk dat Victor iets heeft opgevangen over een band die een vermogen waard zou zijn.'

Had Martin maar verteld waar hij mee bezig was! Het was te veel gissen, en zeker te veel Rose.

Zuchtend gaf Catherine Victors print terug, stond op en zei met duidelijke tegenzin: 'Ik moet gaan. Ik was heel blij je hier te vinden, maar ik heb beloofd vanavond naar mijn ouders te gaan. Ik dacht trouwens... eh... als je nu misschien naar huis wilt... eh... dat je geen rijbewijs nodig hebt om achterop mee te rijden.'

Ze had haar politiekant even afgeworpen. Nadat ik haar reservehelm, die te klein was en wiebelde, zo goed en kwaad als het ging had vastgegespt, sloeg ik mijn armen om haar middel. We vertrokken wat wankel, maar de motorfiets had voldoende vermogen om ons beiden zonder haperen de heuvels op te brengen, en ze lachte toen ze voor mijn met onkruid begroeide oprit stopte.

Ik bedankte haar voor de lift. Nog steeds lachend scheurde ze weg. Ik realiseerde me dat ik wenste dat Worthington, of misschien Tom Pigeon met zijn dobermanns, bij me was, maar er lagen deze keer geen doornige Rozen op de loer. Toen ik een zijdeur had geopend en naar binnen stapte, leek het huis vredig de jaren te weerspiegelen die de familie Logan – vader, moeder en twee zoons – er in voorspoed had doorgebracht, ieder op zijn eigen manier. Ik was de enige die nog over was, maar ik had nooit moeite gedaan een kleiner of geschikter onderkomen te vinden, want in de tien kamers hingen nog veel te veel levendige herinneringen. Later misschien. Intussen gaf het huis me in alle opzichten het gevoel thuis te zijn – een thuis voor mij, het thuis van allen die er gewoond hadden.

Ik liep met opzet alle kamers door met Catherine in gedachten. Ik vroeg me af of ze het huis prettig zou vinden en of het huis van zijn kant haar zou accepteren. In het verleden had het huis een keer een duidelijk negatief oordeel uitgesproken en toen mij, als huwelijksvoorwaarde, een ultimatum was gesteld om de lichte, effen muren te verstikken onder kleurig gebloemd behang, was ik tot ontsteltenis van haar familie op de hele zaak teruggekomen. Ten gevolge daarvan gebruikte ik het huis tegenwoordig als scheidsrechter en had ik mezelf losgeweekt van een andere jonge vrouw die zichzelf en mij als 'een vast nummer' begon te betitelen en op vragen antwoordde als 'wij'. *Wij* denken...

Nee, wij denken niet.

Ik wist dat sommige mensen me harteloos vonden. Ook dat ik te veel verschillende vriendinnen had en grillig was. Catherine zou het advies krijgen niet aan te pappen met die vent wiens reputatie even broos was als zijn glas. Ik kende die roddels, maar het feit dat het huis en ik op een dag gezamenlijk voor een levensgezel zouden kiezen was niet bedoeld om roddeltantes te plezieren.

De inbrekers die al mijn videobanden hadden ontvreemd, hadden niet veel rotzooi gemaakt. In drie ruimten hadden televisietoestellen met videorecorders gestaan: in de keuken en in de beide zitkamers waar mijn moeder en ik bijna tien jaar lang onze halfgescheiden levens hadden geleid.

Omdat ik sinds haar dood nog niets aan de kamers had gedaan, leek het alsof ze elk moment uit haar slaapkamer kon komen om me te berispen dat ik mijn vuile kleren op de grond had laten liggen.

Er was geen enkele videoband meer te vinden. Mijn moeder had een heel andere smaak in films en televisieprogramma's gehad dan ik, maar dat deed er nu niet meer toe. Uit mijn eigen kamer was een stel vrij waardevolle instructiebanden voor glasblazen verdwenen die ik misschien kon vervangen als ik kopieën kon vinden. Sommige had ik in opdracht van de universiteit gemaakt. Het betrof elementaire instructiefilms die vooral te maken hadden met het vervaardigen van wetenschappelijke benodigdheden voor laboratoria. Ik kon me niet voorstellen dat de dief het speciaal op die instructiebanden voorzien kon hebben.

De banden met televisiespelletjes, tennis, Amerikaans voetbal en kookprogramma's hadden in de keuken gelegen. Allemaal verdwenen. De politie had voorgesteld dat ik er een lijst van zou maken. Met geen mogelijkheid!

Er viel niet veel op te ruimen, alleen wat stofvlokken en een paar dode spinnen hier en daar op de plekken waar de televisietoestellen hadden gestaan.

Nu de door Rose toegebrachte verwondingen me geleidelijk aan wat minder last bezorgden, sliep ik beter, veilig achter vergrendelde deuren. Zoals gewoonlijk als ik geen auto had, wandelde ik de volgende morgen de heuvel af naar Logan Glas, waar ik vóór Irish, Hickory en Pamela Jane arriveerde. Opluchting was de voornaamste emotie die ik voelde toen ik het hoog oprijzende vleugelpaar terugzag, opluchting dat niemand erin geslaagd was het de afgelopen nacht stuk te slaan.

Irish' sokkel en mijn belichting samen maakten een toevallige breuk erg moeilijk, maar tegen een orkaan of een bijl kun je je moeilijk beveiligen.

De hele ochtend was ik bezig een vloot decoratieve zeilscheepjes te maken en tussen de middag kocht ik een comfortabele leunstoel waarin mijn nog resterende kwetsuren zo min mogelijk pijn deden. Gevolgd door een man met een steekwagen in een bruine overall (met stoel) keerde ik terug naar Logan Glas en begon het meubilair te verplaatsen. Mijn assistenten grinnikten begrijpend.

Ik ondermijnde Hickory's toenemende overmoed enigszins door hem bij wijze van oefening een zeilboot te laten maken, hetgeen resulteerde in een droevige stapel klompjes die een mast moest voorstellen en een grootzeil dat geen wind ooit zou doen opbollen.

Door zijn knappe uiterlijk en de indruk van stoere mannelijkheid die Hickory uitstraalde zou hij altijd opdrachten krijgen die te hoog gegrepen waren. Na minder dan een week in zijn aantrekkelijke gezelschap te hebben verkeerd, wist ik al meer over zijn beperkingen dan over zijn talenten, maar alle klanten waren op hem gesteld en hij was een uitstekend verkoper.

'Voor jou is het niet moeilijk,' protesteerde hij nu, terwijl hij van het bootje dat ik als voorbeeld had gemaakt naar het stapeltje gekleurde rommel keek dat het resultaat van al zijn moeite was, 'jij weet hoe een zeilboot eruitziet. Als ik ze maak, blijven ze plat.'

Bij alles wat ik deed, zo probeerde ik hem uit te leggen zonder aanmatigend te klinken, was het halve werk het innerlijk oog van de tekenaar dat een voorwerp in drie dimensies zag. Ik kon best tekenen en schilderen, maar het was de driedimensionale verbeelding waarmee ik sinds mijn geboorte was gezegend die ervoor zorgde dat zeilbootjes maken een fluitje van een cent was.

Toen ook Hickory's derde poging onder meelevend gemompel van de andere twee op de grond belandde, onderbrak de telefoon de vergezochte verklaring van onze zogenaamde superglasblazer dat op het cruciale moment druppels water op zijn werk waren gevallen waardoor het uiteengespat was, en dat het beslist niet zijn fout was dat...

Ik luisterde niet verder. De stem aan de andere kant van de lijn was die van Catherine.

'Ik heb de hele ochtend de politieagent uitgehangen,' zei ze. 'Heb je echt een tweede stoel gekocht?'

'Hij staat hier op je te wachten.'

'Fantastisch. En ik heb nieuws voor je vergaard. Ik kom langs als mijn dienst afgelopen is, om zes uur.'

Om de tijd te vullen e-mailde ik naar Victor, in de verwachting dat ik lang op een antwoord zou moeten wachten omdat hij op school hoorde te zitten, maar net als de vorige keer zat hij klaar.

Hij tikte: 'Er is veel veranderd.'

'Zeg het maar.'

Er volgde een minutenlange pauze.

'Ben je er nog?' vroeg hij.

'Ja.'

'Mijn vader zit in de gevangenis.'

E-mailberichten razen door de ether zonder dat je kunt horen op welke toon ze worden meegedeeld. Victors getikte woorden gaven geen uitsluitsel over zijn gevoelens.

Ik schreef terug: 'Waar? Waarom? Hoe lang? Ik vind het erg vervelend voor je.'

Victors antwoord had niets met de vragen te maken.

'Ik haat haar.'

Neutraal vroeg ik: 'Wie?'

Een pauze, toen: 'Tante Rose natuurlijk.'

Ik popelde om hem tot grotere snelheid te manen, maar had het gevoel dat ik hem helemaal kwijt zou raken als ik te veel aandrong.

Zonder iets te laten merken van de hartverscheurende emoties waarmee hij waarschijnlijk te kampen had, schreef hij: 'Hij zit sinds tien weken in de nor. Ze hadden me naar oom Mac in Schotland uit logeren gestuurd tijdens het proces, zodat ik het niet te weten zou komen. Ze vertelden me dat mijn vader als kok mee was met een expeditie naar de Zuidpool. Hij is namelijk kok. Hij heeft een jaar gekregen, maar ze laten hem eerder vrij. Blijf je nog met me mailen?'

'Ja,' tikte ik terug. 'Natuurlijk.'

Weer een lange pauze en toen: 'Rose heeft hem verlinkt.' Ik wachtte en er volgde meer. 'Hij heeft mam geslagen, Haar neus en een paar ribben gebroken.' Na een nog langere stilte schreef hij: 'E-mail me morgen,' en ik antwoordde snel, omdat hij misschien nog online was: 'Vertel eens wat meer over dr. Force.'

Of hij had al uitgelogd of hij wilde geen antwoord geven, maar in elk geval leverde dr. Force niets op. Victors stilte duurde de hele dag.

Ik keerde terug naar mijn instructiesessie. Hickory wist uiteindelijk een boot te produceren die was blijven drijven als hij op ware grootte en van fiberglas met een echt zeil was geweest. Hij veroorloofde zich een zelfvoldane grijns die niemand van ons hem misgunde. Glasblazen was een lastig ambacht, ook voor mensen als Hickory die op het oog alles mee hadden – jeugd, soepelheid en verbeeldingskracht. Hickory zette het bootje voorzichtig in de koeloven, in de wetenschap dat ik hem de volgende ochtend het voltooide ornamentje als aandenken cadeau zou doen.

Om zes uur was ik erin geslaagd ze allemaal de deur uit te werken en om zes uur drieëntwintig liet rechercheur Dodd zich eerst goedkeurend uit over de nieuwe leunstoel en las zij vervolgens de problemen van Victor Waltman Verity.

'Arme jongen,' zei ze.

Quasi-zielig zei ik: 'Aangezien hij zijn tante Rose haat omdat ze zijn pa heeft verlinkt, wil hij me waarschijnlijk zelf verder niets vertellen. Verlinken schijnt voor hem een doodzonde te zijn.'

'Mmm.' Ze las de uitgeprinte correspondentie nog eens door en zei toen opgewekt: 'Nou ja, of Victor je nu wel of niet helpt, je dr. Force is in elk geval boven water.' Het deed haar genoegen dat ze hem gevonden had. 'Ik heb een paar universitaire adresboeken doorgewerkt, maar dat leverde niets op. Hij is – geloof het of niet – werkelijk medisch doctor. Gepromoveerd en alles.' Met een grijns overhandigde ze me een envelop. 'Een van mijn collega's brengt zijn tijd door met het speuren naar artsen die geen praktijk meer mogen uitoefenen. Hij is op zoek gegaan en heeft Force uiteindelijk gevonden.'

'Mag hij geen praktijk meer uitoefenen?' Dat zou goed in het beeld passen, dacht ik, maar Catherine schudde haar hoofd.

'Nee, niet alleen mag hij gewoon praktijk uitoefenen, maar tot voor kort werkte hij in een of ander onderzoekslaboratorium. Daarom was hij zo lastig te vinden. Het zit allemaal in die envelop.'

'En hij is over de vijftig en heeft een witte baard?'

Ze lachte. 'Zijn geboortedatum vind je in de envelop. Een witte baard is te veel gevraagd.'

Beiden vonden we op dat moment dat het leven eigenlijk boeiender aspecten in petto had dan het opsporen van obscure medici.

Ik stelde voor bij de afhaalchinees eten te halen; zij bood me weer een lift achter op de motorfiets aan tegen de heuvel op – we deden beide. Ik had voor de gezelligheid de centrale verwarming aangelaten en Catherine liep glimlachend het hele huis door.

'Ze hebben me gewaarschuwd dat je me zult dumpen,' zei ze achteloos.

'Daar heb ik geen haast mee.'

Ik had de envelop met gegevens over dr. Force nog in mijn hand en opende hem vol verwachting, maar hij bevatte heel weinig nuttige feiten. De man heette Adam Force, was zesenvijftig jaar oud en had tientallen kwalificaties.

Teleurgesteld zei ik: 'Is dat alles?'

Ze knikte. 'Dat is het voorzover het de feiten betreft. Wat horen zeggen betreft – tja, volgens de geruchten is hij een briljant onderzoeker die al vanaf zijn tienerjaren schitterend werk heeft gepubliceerd. Over een witte baard kon niemand mijn collega iets vertellen. Hij heeft niemand gesproken die de betrokkene zelf had ontmoet.'

'Heeft dr. Force een adres?' vroeg ik.

'Niet in deze gegevens,' antwoordde ze. 'Het naslagwerk dat we hebben gebruikt geeft alleen de informatie die mensen zelf aanleveren. Dat soort boeken neemt alleen mensen op die erin willen staan.'

'Heel beschaafd.'

'Nee, heel vervelend.'

Maar ze klonk niet of ze het erg vervelend vond, omdat ze goed thuis was op het internet. Morgenochtend, besloten we, zouden we hem op het web te pakken krijgen.

We aten het afhaaleten op, ten dele althans, want onze eetlust was niet meer wat hij eerder was geweest, en ik draaide de verwarming in mijn slaapkamer wat hoger zonder te hoeven uitleggen waarom.

Op een zeker punt in haar leven moest ze kans hebben gezien haar schuchterheid, die ooit groot geweest moest zijn, kwijt te raken. De Catherine die in mijn bed kwam, deed dat met een combinatie van zelfvertrouwen en zedigheid die ik verrukkelijk en fascinerend vond. En beiden wisten we voldoende om evenveel genot te geven als te ontvangen, in elk geval voldoende om ons daarna slaperig en voldaan te voelen.

De snelheid waarmee onze gevoelens voor elkaar zich ontwikkelden leek me niet onthutsend maar natuurlijk en als ik aan de toekomst dacht, omvatte die inmiddels onveranderlijk Catherine Dodd. 'Als je mijn effen lichte muren met gebloemd behang wilt beplakken, ga je je gang maar.'

Ze lachte. 'Ik vind lichte effen wanden wel rustig. Waarom zou ik ze veranderen?'

Ik zei alleen 'Gelukkig maar' en bood haar iets tegen de dorst aan. Net als Martin leek ze de voorkeur te geven aan prikwater boven alcohol, al was de reden in haar geval niet haar gewicht, maar de combinatie van een politiebadge en een motorfiets. Voor het aanbreken van de dag vertrok ze sober en vast in het zadel naar huis. Ik keek hoe haar rode achterlicht verdween in wat er nog van het nachtelijk duister restte en wenste hevig dat ze bij me was gebleven.

Rusteloos liep ik door de trage januarischemering de heuvel af en arriveerde ver voor de anderen in de werkplaats. Toen ik eenmaal verbinding had gemaakt, bleek het internet helaas minder coöperatief inzake Adam Force dan destijds met het adres van Waltman Verity in Taunton. Er waren een heleboel Verity's geweest. Adam Force was nergens te vinden.

Op een gegeven moment kwam Hickory binnen, vroeg voor zijn doen omdat hij popelde om zijn kostbare zeilbootje uit de Lehr-koeloven te halen. Hij ontgrendelde de deur en haalde zijn nog warme schat tevoorschijn. Hoewel de transparante kleuren met meer oefening helderder zouden worden, was het geen slechte poging en dat zei ik ook. Maar dat wilde hij niet horen. Hij wilde onvoorwaardelijke lof krijgen toegezwaaid. Even zag ik op zijn gezicht een uitdrukking waaruit minachting sprak voor mijn onvermogen om zijn talenten op de juiste waarde te schatten. Er lagen problemen in het verschiet als hij zich aan werkelijk moeilijke dingen zou wagen, dacht ik, maar ik zou, zoals ik in het verleden al eens had gedaan met iemand van hetzelfde kaliber, hem goede referenties meegeven als hij op zoek ging naar een andere leraar. En dat zou hij binnenkort ongetwijfeld doen.

Ik zou hem vooral missen in de verkoop, vanwege zijn resultaten, en wat betreft de werksfeer, omdat hij prettig gezelschap was.

Irish, die een bescheidener kijk op zijn eigen vermogens had, en Pamela Jane, die nerveus was en haar eigen talent behoorlijk onderschatte, kwamen samen binnen uit de koude ochtendlucht en bewonderden het zeilbootje uitbundig, zoals het volgens Hickory verdiende. Als gewoonlijk vormden ze met z'n drieën een harmonieus team, maar ik had er weinig vertrouwen in dat dit nog lang zou voortduren.

De hele dag hielpen ze me of keken toe hoe ik bezig was de voorraad minaretvormige parfumflesjes aan te vullen, waarvan we er voor Kerstmis veel hadden verkocht. Ik werkte snel, acht stuks per uur, gebruikte afwisselend blauw, turkoois, groen, wit en paars en zette de voltooide flesjes in rijen in de ovens om af te koelen. Snelheid was een even noodzakelijke commerciële kwaliteit als een driedimensionaal oog, en de winter in de Cotswoldse heuvels is de tijd bij uitstek om een voorraad aan te leggen voor de zomertoeristen. Daarom werkte ik van 's morgens vroeg tot zes uur 's avonds zo hard ik kon en ging van zeilboten via parfumflesjes over op vissen, paarden, schalen en vazen.

Toen mijn uitgeputte team om zes uur 's avonds aankondigde dat de ovens alle zes vol stonden, stuurde ik hen naar huis, ruimde de werkplaats op en zette alles klaar voor de volgende ochtend. 's Avonds kwam Catherine Dodd regelrecht van haar dienst op haar motorfiets naar Broadway, pikte haar duopassagier op en bracht hem naar huis. Elke nacht die week sliep rechercheur Dodd in mijn bed in mijn armen, maar vertrok voordat de gewone wereld wakker werd, en al die tijd slaagde niemand erin een adres van Adam Force te vinden.

Afgezien van glasblazen hield het weekend die vrijdagmiddag weinig beloften in, aangezien Catherine vrijdagochtend was vertrokken naar een schoolreünie die al eerder was afgesproken en Worthington en Marigold drie dagen eerder opgewekt naar Parijs waren vertrokken.

Diezelfde vrijdag zocht Bon-Bon, die waarschijnlijk het dagelijkse geruzie miste, compensatie voor haar behoefte aan Martin door in zijn BMW barstensvol rumoerige kinderen omstreeks winkelsluitingstijd in Broadway voor te rijden om me op te halen.

'Eigenlijk vond Worthington het geen prettig idee dat je daar alleen zat,' bekende Bon-Bon toen we langs mijn huis op de heuvel reden om schone overhemden en sokken te halen.

'Worthington vond het geen prettig idee?'

'Nee. Hij belde van ergens ten zuiden van Parijs en vertelde uitvoerig hoe een hele bende boeven je afgelopen zondag in Broadway heeft overvallen, maar dat er gelukkig mensen hun hond aan het uitlaten waren, en dat huis van jou daar op de heuvel vraagt om moeilijkheden, zei hij. Hij zei ook dat Martin je mee naar huis genomen zou hebben.'

'Worthington overdrijft,' protesteerde ik, maar toen we bij Bon-Bons huis eenmaal uit de auto waren gestapt, gebruikte ik de avond om een wedstrijdspel voor de kinderen te verzinnen dat 'Zoek de oranje gasfles en de veters' heette.

Bon-Bon protesteerde. 'Alles wat ze weten hebben ze toch al aan de politie verteld! Iets bruikbaars vinden ze niet.'

'En na dat spelletje,' zei ik, zonder op haar te letten, 'spelen we "Zoek de brieven die papa heeft gekregen van iemand die Force heet" en voor elke schat die jullie vinden is er een prijs.'

Tot het bedtijd was, speelden ze het spel vol overgave dankzij het regelmatig uitdelen van gouden munten (geld) en toen ze eenmaal met veel rumoer naar boven waren vertrokken, stalde ik het resultaat van hun speurtochten uit op Martins bureau in het kantoor.

Ik had de kinderen onbeschaamd zien zoeken op plaatsen waar ik niet had durven kijken, zodat hun vangst in sommige opzichten spectaculair was. Het meest verbijsterd was ik over het origineel van de brief waarvan Victor een kopie aan Martin had gestuurd.

Beste Martin, begon de brief en hij was verder woord voor woord hetzelfde tot aan de handtekening, die niet in computerletters Victor Waltman Verity, maar in levensecht handschrift Adam Force luidde.

'De kinderen hebben die brief in een geheime lade in Martins bureau gevonden,' zei Bon-Bon. 'Ik wist niet eens dat er een geheime la in zat, maar zij wel.'

'Hmmm,' overwoog ik. 'Komen er soms nog meer dingen uit die lade?'

Ze zei dat ze het even zou vragen en kwam weldra terug met haar oudste, de elfjarige Daniel die met het grootste gemak een halfverborgen lade in het bureau opende en informeerde of ook dit weer voor een beloning in aanmerking kwam. Hij had de lade niet leeggehaald, zei hij, omdat hij de brief onmiddellijk had gevonden, de brief waar het hele spel om draaide, de brief die aan papa was gestuurd door iemand die Force heette.

Natuurlijk had niemand een spoor van een oranje gascilinder of herkenbare sportschoenveters gevonden.

Met veel genoegen betaalde ik weer een hoeveelheid schatgeld uit, aangezien de verborgen lade de hele breedte van het bureau onder het bureaublad bleek te beslaan en ongeveer tien centimeter hoog was. Daniel deed me geduldig voor hoe ik hem moest openen en sluiten. Slim en oplettend als hij was, bood hij opgewekt andere ontdekkingen aan, vooral toen ik hem ook een munt gaf voor elke goede verstopplek waar niets in zat. Hij vond er vier en liet zijn munten rinkelen.

Bon-Bon doorzocht de bureaulade en vond, verbaasd blozend, een stapeltje liefdesbrieven van zichzelf dat Martin had bewaard. Ze liep ermee naar de zwarte leren bank en grote, trage tranen rolden over haar wangen terwijl ik zei dat haar zoon wist dat de zogenaamde geheime lade helemaal niet geheim was, maar een ingebouwde voorziening van elk modern bureau.

'Het is bedoeld voor een laptopcomputer,' zei ik tegen Bon-Bon. 'Maar Martin had er geen laptop in, omdat hij die grote daar gebruikte, met een volledig toetsenbord en een aparte monitor.'

'Hoe weet je dat?'

'Omdat Daniel het zegt.'

Door haar tranen heen zei Bon-Bon: 'Hè, wat een teleurstelling,' en pakte een tissue om haar tranen te drogen.

Maar ik vond de laptoplade buitengewoon interessant. Misschien wemelde het er van de geheimen, want behalve de brief van Adam Force aan Martin, lag er ook een fotokopie van Martins brief aan Force, niet veel langer dan Forces korte antwoord.

Hij luidde:

Beste Adam Force,

Ik heb nu de tijd gehad om de kwestie van uw formules en methoden te overwegen. Ik verzoek u er werk van te maken en ze op videoband vast te leggen, zoals u zelf al voorstelde, en die dan op oudejaarsdag mee te nemen naar de rennen op Cheltenham. Geef de band aan mij zodra u me ziet, behalve natuurlijk als ik op weg ben naar de start voor een race.

Hoogachtend,

Martin Stukely

Ik staarde niet alleen naar de brief, maar overwoog ook onthutst wat hij impliceerde.

Daniel las over mijn schouder mee en vroeg wat formules waren. 'Zijn dat geheimen?' zei hij.

'Soms.'

Toen Bon-Bon de laatste liefdevolle brief had gelezen en haar tranen had gedroogd, vroeg ik hoe goed Martin dr. Adam Force had gekend.

Met ogen die donker waren van het huilen zei ze dat ze het niet wist. Ze had wanhopig veel spijt van al die uren die ze samen hadden verspild met zinloze ruzies. 'We konden nooit ergens over praten zonder ruzie te krijgen. Je weet hoe we waren. Maar ik *hield* van hem... en hij hield van *mij*, dat weet ik zeker.'

In al die vier jaar dat ik hen beiden had gekend, hadden ze hevig ruziegemaakt en elkaar hevig liefgehad. Het was te laat om te wensen dat Martin haar meer had verteld, ondanks haar neiging tot kletsen, maar voor één keer hadden ze samen besloten dat ik, en niet Bon-Bon, Martins geheim moest bewaren.

Welk geheim? Goeie God, welk geheim?

Toen ik alleen was in het kantoor nadat Bon-Bon en Daniel naar boven waren gegaan naar de andere kinderen, doorzocht ik alles wat in de lade zat en sorteerde de vele losse brieven in stapeltjes op onderwerp. Er lagen een paar gebruikte oude chequeboekjes, waar op de afgescheurde stompjes wel bedragen stonden, maar meestal geen data of begunstigden. Martin moest een ramp voor zijn boekhouder zijn geweest. Hij leek belastingformulieren, reçu's, uitgaven en inkomsten gewoon in zijn verborgen lade te hebben gepropt.

Maar er gebeuren af en toe halve wonderen, en op een stompje, gedateerd november 1999 (geen datum), vond ik de naam Force (geen dr., geen Adam). Op de regel eronder stond het woord BLAASBALG, en in het hokje voor het bedrag dat was overgemaakt stonden drie nullen, 000, zonder hele getallen of cijfers achter de komma.

Het doorbladeren van drie andere lege chequeboekjes bracht een aantal soortgelijke onvolledige gegevens aan het licht: verdomme, Martin verdiende geheimen, als hij er zelf zoveel creëerde.

De naam Force verscheen opnieuw op een bloknootje, waarop in Martins handschrift gekrabbeld stond: 'Force, Bristol, woensdag als P in Newton Abbot Legup niet aanmeldt.'

Legup in Newton Abbot... Stel dat Legup een paard is en Newton Abbot de renbaan waar het was ingeschreven? Ik stond op van het bureau en pakte de raceregisters uit Martins boekenkast, maar hoewel Legup in de herfst en het voorjaar gedurende vier of vijf jaar in ongeveer acht races had gelopen, en toevallig zelden op woensdag, stonden de dagen dat hij wel ingeschreven was, maar thuis was gebleven er niet in vermeld.

Terug naar de lade.

Een losbladig notitieboek dat het nauwkeurigst van de hele slordige papierkraam was bijgehouden, bleek een ordelijke goudmijn in vergelijking met de rest. Het bevatte een lijst, met data, van de bedragen die Martin sinds afgelopen juni aan Eddie Payne, zijn renbaanknecht, had betaald. Zelfs de dag dat hij stierf stond erin vermeld, want hij had blijkbaar vast opgeschreven wat hij van plan was hem te betalen.

Omdat er, voorzover ik wist, vrij vaste afspraken bestonden over de vergoeding die jockeys aan renbaanknechten betaalden, leek het notitieboek op het eerste gezicht minder interessant dan veel andere zaken in de lade, maar op de eerste bladzijde had Martin de namen van Ed Payne, Rose Payne, Gina Verity en Victor neergekrabbeld. In een hokje in een hoek, achter dikke stalen tralies, had hij de naam Waltman geschreven. Er stonden kleine schetsjes van Ed met zijn voorschoot, Gina met krulspelden, Victor met zijn computer en Rose... Rose had een stralenkrans van scherpe punten rond haar hoofd.

Ik bedacht dat Martin dit gezin bijna zo lang gekend moest hebben als Ed zijn knecht was geweest. Toen Martin de brief van Victor Waltman Verity had ontvangen, had hij geweten dat het een spelletje van een vijftienjarige was. Achteraf begreep ik dat ik niet de juiste vragen had gesteld, omdat ik van de verkeerde veronderstellingen was uitgegaan.

Met een zucht legde ik het notitieboek neer en las de brieven door. De meeste waren afkomstig van eigenaren van paarden die door Martins kundige hand als eerste over de finishlijn waren geloodst. Uit alle brieven sprak respect voor een eerlijke jockey en geen enkele had ook maar iets te maken met geheimen op videobanden.

Het volgende was een agenda. Die vond ik niet in de lade, maar hij was door een van de kinderen op het bureau neergelegd. Het was een jockeyagenda, waarin alle data stonden vermeld waarop er paardenrennen plaatsvonden. Martin had omcirkeld waar hij had gereden en de namen van de paarden erbij geschreven. Op de laatste dag van de eeuw, de laatste dag van zijn leven, had hij Tallahassee ingevuld.

Ik zat in Martins stoel te tollen. Ik treurde om hem en wenste tegelijkertijd geërgerd dat hij even vijf minuten terug kon komen.

Mijn mobiele telefoon die op het bureau lag, begon te zoemen en ik schakelde hem in, hopend dat het Catherine was.

Het was Catherine niet.

Victors overslaande stem sprak gehaast.

'Kun je zondag naar Taunton komen? Zeg alsjeblieft dat je dezelfde trein neemt als de vorige keer. Ik heb niet genoeg geld voor de telefoon. Zeg nou ja.'

Ik luisterde naar de urgentie, de paniek bijna.

Ik zei: 'Ja, oké' en de verbinding werd verbroken.

Ik zou die zondag in zalige onnozelheid naar Taunton zijn gegaan, als Worthington niet vanaf een bergtop via een krakende lijn alarmerende waarschuwingen had geroepen.

'Heb je dan helemaal niets geleerd? Over niet in hinderlagen lopen?'

'Victor niet,' protesteerde ik. 'Die zou me niet in een val lokken.'

'O nee? En begrijpt het lam dat het naar de slachtbank wordt geleid?'

Slachtbank of niet, ik nam de trein.

6

Tom Pigeon die met zijn drie energieke dobermanns op loopafstand woonde, wandelde zaterdag aan het eind van de morgen Logan Glas binnen om te vragen of ik zin had een biertje met hem in een pub te gaan drinken. Welke maakte niet uit, als het maar niet de Draak aan de overkant was, zei hij.

Terwijl de honden waren vastgelegd aan een bank buiten en zich rustig hielden, sloeg Tom Pigeon in een donker, druk café in één keer het grootste deel van zijn pint achterover en vertelde dat ik volgens Worthington meer moed dan verstand had als het om de Verity-Paynes ging.

'Hmmm. Het heeft inderdaad iets van een wespennest,' gaf ik toe. 'Wanneer heb je hem precies gesproken?'

Tom Pigeon keek me over de rand van zijn glas aan terwijl hij het laatste restje bier naar binnen liet glijden. 'Hij zei dat het met je hersens wel in orde was. Vanmorgen was dat.' Hij glimlachte. 'Hij belde uit Gstaad. Alleen het beste is natuurlijk goed genoeg voor zijn werkgeefster.'

Hij bestelde een tweede pint terwijl ik nog met mijn eerste zat te treuzelen. Door zijn donkere piratenbaardje en zijn krachtige verschijning draaiden veel hoofden in onze richting. Ik mocht dan dezelfde leeftijd en lengte hebben, maar niemand ging automatisch opzij als ik eraan kwam of zag me instinctief als een bedreiging.

'Morgen is het pas een week geleden dat ze je zo hebben afgetuigd dat je nauwelijks op je benen kon staan,' zei hij.

Ik dankte hem dat hij me uit hun klauwen had gered.

Hij zei: 'Worthington wil dat je je verre houdt van dat soort problemen. Vooral, zei hij, zolang hij in Zwitserland is.'

Maar wat ik hoorde doorklinken was Tom Pigeons visie op deze weinig doortastende gang van zaken. Het leek of hij de veilige weg naar het pensioen even vervelend vond als Worthington op die dag dat hij me zover had gekregen dat ik meeging naar de races in Leicester.

'Worthington klinkt als een vader,' zei Tom.

'Een lijfwacht,' antwoordde ik bitter, 'en ik mis hem.'

Terloops maar onmiskenbaar oprecht zei Tom Pigeon: 'Laat mij dan zijn plaats innemen.'

Een ogenblik schoot de gedachte door mijn hoofd dat Toms aanbod niet was wat Worthington voor ogen had gestaan, en ik vroeg me af wat mijn lieve rechercheur Dodd ervan zou denken als ik gemene zaak maakte met een ex-gevangene bijgenaamd De Terugslag. Niettemin zei ik: 'Ja, als je doet wat ik vraag...'

'Misschien.'

Ik lachte en stelde voor hoe hij zijn zondag zou kunnen doorbrengen. Zijn ogen begonnen te glinsteren en leken opeens het leven weer leuk te vinden. 'Zolang het binnen de wet blijft,' was zijn antwoord. 'Want ik ga niet terug naar de nor.'

'Het blijft binnen de wet,' verzekerde ik hem, en toen ik de volgende morgen in de trein stapte, had ik een nieuwe achterhoede in de bagagewagon, in gezelschap van drie van de vervaarlijkste zwarte honden die ooit je vingers hebben gelikt.

Er was maar één combinatie van treinen die we konden nemen om op dezelfde tijd in Lorna Terrace te arriveren als de vorige zondag. Dat was ongetwijfeld het tijdstip dat Victor bedoelde. Tom had het hele plan willen veranderen en met de auto willen gaan. Hij zou wel rijden, zei hij. Ik schudde mijn hoofd en wist hem te overtuigen.

Veronderstel, opperde ik, dat dit niet de hinderlaag is waarvoor Worthington bang is, maar alleen een panische jongen die me wil spreken. Geef hem een kans, zei ik.

Maar we sloten een compromis over de lastige terugreis. We zouden een auto met chauffeur huren die ons vanaf het station in Taunton zou volgen, ons trouw schaduwen en ons op zou halen zodra we dat wilden en terugbrengen naar Broadway en naar huis.

'Duur,' was Tom Pigeons bezwaar.

'Ik betaal,' zei ik.

Victor zelf stond op het perron in Taunton te wachten toen de trein het station binnenreed. Ik zat in een van de voorste wagons om een eventueel verdacht ontvangstcomité te kunnen opmerken en passeren, zodat ik ruimte genoeg zou hebben om de situatie te beoordelen, maar de jongen leek alleen te zijn. En ook zenuwachtig en bang, dacht ik. Koud, in de januariwind. Maar verder een raadsel.

Toms honden, achter in de trein, sprongen het perron op en veroorzaakten een scherpe scheiding tussen hondenliefhebbers en degenen die zo hun reserves hebben ten aanzien van scherpe kaken.

Ik ging ervan uit, of hoopte in elk geval, dat Victor Tom of zijn honden niet van gezicht zou kennen, ook al zou dat voor Rose en de rest van haar familie waarschijnlijk wel gelden na de aanval van de bivakmutsen in Broadway.

Voor mijn ontmoeting met Victor had ik geen bivakmuts nodig, maar ik droeg – een voorzorgsmaatregel die ik van de politie in burger had overgenomen – een honkbalpet achterstevoren op het hoofd, volgens de mode, en een marineblauw trainingspak met een lichtblauwe doorgestikte bodywarmer eroverheen. Voor velen normale kleding, maar heel anders dan mijn gebruikelijke grijze broek en witte overhemd.

Omdat Bon-Bons kinderen achter hun hand hadden gegiecheld en Tom zijn blik zonder een blijk van herkenning over me heen had laten glijden, alsof ik een vreemde was, liep ik nu vol zelfvertrouwen en geluidloos op mijn sportschoenen naar Victors rug en zei zachtjes in zijn oor: 'Hallo.'

Hij draaide zich razendsnel om en bekeek mijn veranderde verschijning verbaasd, maar hij scheen toch voornamelijk enorm opgelucht dat ik er in elk geval was.

'Ik was bang dat je niet zou komen,' zei hij, 'toen ik ze hoorde zeggen dat ze je in elkaar getremd hadden. Ik weet niet wat ik moet doen. Jij moet zeggen wat ik moet doen. Zij liegen alleen maar tegen me.' Hij trilde een beetje, meer van de zenuwen dan van de kou, leek mij.

'Eerst gaan we eens van dit winderige perron af,' zei ik, 'en dan vertel je me waar je moeder denkt dat je nu bent.'

Beneden voor het station stond de chauffeur die ik had gehuurd een donkerblauwe stationcar te poetsen die groot genoeg was voor deze gelegenheid. Tom Pigeon kwam met zijn honden het station uit, groette de chauffeur en laadde de dobermanns in de grote ruimte achterin die daarvoor was bedoeld.

Victor, die nog niet besefte dat de auto en de honden iets met hem te maken hadden, beantwoordde mijn vraag en nog een reeks andere. 'Mam denkt dat ik thuis ben. Ze is pa in de gevangenis gaan opzoeken. Het is bezoekdag. Ik heb gehoord hoe zij en tante Rose aan het verzinnen waren wat ze tegen mij zouden zeggen, en ze hebben het verhaal bedacht dat mam een vrouw zou gaan opzoeken die een walgelijke ziekte had die ik afschuwelijk zou vinden. Elke keer dat ze pa bezoekt, verzinnen ze een andere reden waarom ik thuis moet blijven. En later hoorde ik ze zeggen dat ze, nadat mam pa had opgezocht, opnieuw zouden proberen jou te dwingen te vertellen waar de band is die opa Payne je heeft gegeven. Volgens hen is die miljoenen waard. Tante Rose zegt dat het nonsens is dat jij beweert dat je het niet weet. Dus vertel ze alsjeblieft waar hij is of wat erop staat, want ik kan het niet uitstaan als ze mensen *dwingt* dingen te vertellen. Ik heb ze twee keer op onze zolder horen schreeuwen en kreunen en zij lacht alleen maar en zegt dat ze kiespijn hebben.'

Ik draaide me om zodat Victor niet het afgrijzen zou zien dat zich van me meester maakte en vast en zeker op mijn gezicht te lezen stond. Alleen al het idee dat Rose tanden en kiezen als martelmethode gebruikte, deed elk theoretisch verzet verdwijnen waartoe ik mezelf eventueel in staat had geacht.

Tanden!

Tanden en polsen en God mag weten wat nog meer...

De behoefte om uit te vinden wat voor geheimen ik geacht werd te kennen en vervolgens te beslissen wat ik met die kennis zou doen was onweerstaanbaar. Wellicht zou Victor, vermoedde ik, in staat zijn uit de halfbewuste krochten van zijn geheugen de fragmenten boven water te halen die ik nog nodig had om een geloofwaardig geheel in elkaar te passen. Ik had stukjes. Maar niet genoeg.

Innerlijk huiverend vroeg ik: 'Waar is je tante Rose vandaag? Is ze ook op bezoek bij je vader?'

Hij schudde van nee. 'Ik weet niet waar ze is. Ze is niet mee naar de gevangenis omdat pa niet meer met haar praat sinds ze hem heeft verlinkt.' Hij zweeg even en zei toen heftig: 'Ik wou dat ik in een gewoon gezin woonde. Ik heb Martin een keer geschreven om te vragen of ik een poosje bij hem kon wonen, maar hij zei dat ze geen plaats hadden. Ik heb hem gesmeekt...' Zijn stem sloeg over. 'Wat moet ik doen?'

Het was duidelijk dat Victors behoefte aan iemand die hem goede raad gaf niet van vandaag of gisteren dateerde. Het was dan ook niet gek dat hij nu op het punt stond psychisch af te knappen.

'Ga je mee een eindje rijden?' vroeg ik vriendelijk en hield de deur achter de stationcarchauffeur voor hem open. 'Ik zorg dat je weer thuis bent voordat ze je missen, en daarvoor kunnen we bespreken wat je nodig hebt.'

Hij aarzelde heel even. Maar tenslotte had hij me hierheen laten komen om hem te helpen, en het had er alle schijn van dat hij hulp zocht bij iemand die hij vertrouwde, al werd diegene door zijn familie dan ook als een vijand beschouwd. Victor kon in zijn wanhoop niets anders doen of verzinnen.

Als dit een hinderlaag was, dan was Victor het lam dat van niets wist.

Ik vroeg of hij wist waar ik Adam Force kon vinden. Die vraag leidde tot een veel langere aarzeling en vervolgens tot hoofdschudden. Hij wist het, vermoedde ik, maar misschien viel die informatie aan mij vertellen onder het hoofdje verlinken.

Tom Pigeon zat naast de chauffeur, die alleen door zijn aanwezigheid al nerveus werd. Victor en ik zaten op de achterbank en achter ons zaten weer de honden achter een stalen gaasscherm. De chauffeur, die van begin tot eind zwijgzaam bleef, startte zodra we allemaal aan boord waren en reed via de kronkelende landweggetjes van Somerset naar de weidse uitgestrektheid van Exmoor. Zelfs in de zomer, stelde ik me voor, zou de natuur hier kaal en overweldigend zijn, grimmig, met onvervulde dromen van zon en lange einders die in de vochtige mist vervaagden. Op die zondag in januari was de wolkeloze lucht helder, koud en opmonterend. De chauffeur stopte op een verharde parkeerplaats die voor toeristen was bedoeld en wees met een enkel woord op een pad dat nauwelijks te onderscheiden was. Dat pad zou op het ongebaande heideland uitkomen als ik ver genoeg doorliep, zei hij.

Hij zou op ons wachten en we konden de tijd nemen. Hij had een picknicklunch voor ons allemaal meegebracht, zoals ik had geregeld.

Tom Pigeons honden sprongen naar buiten, renden in extase rond en snuffelden met onvoorstelbaar genoegen rond de heidewortels in de vruchtbare donkerrode aarde. Tom zelf stapte uit de auto, strekte zijn armen en borst en vulde zijn longen met volle teugen schone lucht.

Victors gezicht was volledig veranderd nu hij het rijtjeshuis in Taunton had verwisseld voor de weidse openlucht en hij zag er zorgeloos, bijna gelukkig uit.

Tom en zijn zwarte metgezellen begonnen in hoog tempo het pad af te lopen en werden weldra door het golvende landschap opgeslokt. Victor en ik volgden, maar langzamer, en Victor stortte zijn hart uit over zijn verschrikkelijke gezinsleven en zijn persoonlijke problemen zoals hij vermoedelijk nog nooit had gedaan.

'Mam is wel oké,' zei hij. 'En pa eigenlijk ook, behalve als hij uit het café komt. Als mam of ik dan te dicht in de buurt komen, verkoopt hij ons een oplawaai.' Hij slikte. 'Nee, dat wilde ik eigenlijk niet zeggen. Maar de laatste keer heeft hij haar ribben en haar neus gebroken en haar gezicht was aan de ene kant helemaal zwart en toen tante Rose dat zag, is ze naar de politie gegaan, en eigenlijk was dat gek, want andere keren heb ik *haar* mijn vader zien slaan. Ze heeft vuisten als mokers als ze eenmaal de smaak te pakken heeft. Ze kan eroplos timmeren totdat die arme sukkels haar smeken op te houden, en dan lacht ze ze uit, en vaak geeft ze ze dan nog een paar klappen en doet dan een stap achteruit en lacht... En soms geeft ze ze dan een *zoen.*' Hij keek me zenuwachtig van opzij aan om te zien wat ik van het gedrag van zijn tante Rose dacht.

Ik overwoog dat ik er misschien nog genadig af was gekomen toen de bivakmutsen me onder handen namen, dankzij het feit dat Rose haar evenknie in gewelddadigheid had gevonden in mijn vriend met de honden die nu voor ons uit op de hei liep.

Ik vroeg Victor: 'Is Rose jou persoonlijk ooit te lijf gegaan?'

Hij keek verbaasd. 'Nee, natuurlijk niet. Ze is mijn tante.'

Ik gaf hem nog een jaar of twee, dacht ik, voordat zijn tante hem als een volwassen man en niet meer als een kind zou beschouwen.

Zwijgend liepen we een eind door en ik bedacht intussen hoe weinig ik van de psychologie van vrouwen als Rose begreep. Mannen die het een genot vonden door vrouwen te worden geslagen waren niet het soort mannen waartoe Rose zich aangetrokken voelde. Om haar te bevredigen moesten ze het juist afschuwelijk vinden.

Het pad was zo smal geworden dat ik voor Victor uit liep, wat praten moeilijk maakte. Toen eindigde het opeens in een breed, vlak terrein vanwaar je in bijna alle richtingen een goed uitzicht had. Beneden ons was Tom Pigeon te zien en zijn dobermanns, die in blijde opwinding om hem heen zigzagden.

Nadat ik hen een paar ogenblikken had gadegeslagen, liet ik een oorverdovend gefluit horen, een kunstje dat ik had geleerd van mijn vader en broer, die beiden tot het nagenoeg onmogelijke wapenfeit in staat waren in Londen in de regen een taxi aan te houden.

In de lager gelegen heuvels bleef Tom onmiddellijk staan, draaide zich in mijn richting, wuifde en begon terug te lopen naar de plek waar ik stond. Zijn honden snelden in een kaarsrechte lijn op me toe.

'Wow!' zei Victor, onder de indruk. 'Hoe heb je dat voor elkaar gekregen?'

'Je tong opkrullen.' Ik liet hem zien hoe hij het moest doen en vroeg hem opnieuw meer over dr. Force te vertellen. Ik moest hem spreken, zei ik.

'Wie?'

'Je weet heel goed wie. Dr. Adam Force. De man die de brief heeft geschreven waarvan jij een kopie aan Martin hebt gestuurd.'

Victor, uit het veld geslagen, had even nodig om weer op gang te komen.

Uiteindelijk zei hij: 'Martin wist dat het een spelletje was.'

'Ja, vast en zeker,' bevestigde ik. 'Hij kende jou goed, hij kende Adam Force en Adam Force kent jou.' Ik keek hoe Tom Pigeon in onze richting de heuvel op sjokte. 'Jij kent misschien hun geheim, dat geheim dat op die band stond waar iedereen het over heeft.'

'Nee, niet waar,' zei Victor.

'Lieg niet,' vermaande ik hem. 'Jij houdt niet van leugenaars.' Verontwaardigd zei hij: 'Ik lieg niet. Martin wist wat er op die band stond, en dr. Force natuurlijk ook. Toen ik die brief aan Martin stuurde deed ik alleen maar of ik dr. Force was. Ik doe vaak alsof ik andere mensen ben, of dieren. Het is maar een spelletje. Soms praat ik met mensen die niet echt bestaan.'

Het konijn Harvey, dacht ik – en ik was in mijn tijd treinmachinist en jockey geweest. Victor zou er snel overheen groeien, maar niet snel genoeg voor nu, januari 2000.

Ik vroeg hoe hij aan een kopie van de brief van Adam Force was gekomen met zijn eigen naam eronder in plaats van die van Force.

Hij gaf geen antwoord en haalde alleen zijn schouders op.

Ik vroeg nog eens of hij wist waar ik dr. Force kon vinden, maar hij zei aarzelend dat Martin het beslist ergens opgeschreven moest hebben.

Waarschijnlijk klopte dat. Victor wist waar, maar dat vertelde hij ook niet. Er moest een manier zijn om hem zo ver te krijgen. Een manier om hem zo ver te krijgen dat hij het *wilde* vertellen.

Tom Pigeon en zijn drie springerige metgezellen hadden nu het vlakke uitzichtspunt bereikt waar wij stonden en het was duidelijk dat ze alle vier van een heerlijke dag genoten.

'Dat is nog eens fluiten!' zei Tom bewonderend, dus ik demonstreerde mijn kunstje nog eens, zo hard ik kon, en de honden bleven als bevroren staan met snuivende neusgaten en spiedende ogen, hun snuit in mijn richting gekeerd. Tom aaide ze even en hun stompe staarten kwispelden uitgelaten.

Terwijl we terugliepen naar de auto deed Victor zijn best een fluitje te produceren dat dezelfde uitwerking op de honden zou hebben, maar ze waren niet onder de indruk. Bakken water en handenvol hondenbrokken, door hun eigenaar van huis meegenomen, vielen beter in de smaak als voorspel op een dutje achter in de auto.

Tom zelf, de chauffeur, Victor en ik aten onze sandwiches op in de auto, uit de wind, en daarna duurde het niet lang of de ogen van de andere drie vielen dicht. Ik stapte uit, liep langzaam terug over het pad en probeerde intussen Victors verwarrende verwisselingsspelletje te ontwarren en de Verity-Payne-videobandperikelen te reduceren tot waarschijnlijkheden. Maar het allereerste wat ik nu moest doen was en bleef Adam Force vinden, en de weg naar hem liep nog steeds via Victor.

Ik moest er dus voor zorgen dat Victor instinctief zoveel vertrouwen in me zou hebben dat hij zonder er erg in te hebben zijn diepste gedachten zou uitspreken. En dat moest snel gebeuren, en ik wist niet of zo'n soort volledige hersenspoeling mogelijk, laat staan moreel verantwoord was.

Toen er wat beweging rond de auto ontstond, liep ik terug en zei tegen de geeuwende passagiers dat het volgens mijn nieuwe goedkope horloge tijd was om te vertrekken als we op tijd in Lorna Terrace terug wilden zijn, namelijk voor het tijdstip waarop Victor zijn moeder terugverwachtte.

Tom verdween achter de bosjes en beduidde me met een hoofdbeweging mee te gaan.

Plannen voor onvoorziene rampen bleken hem bezig te houden. De dag was veel te glad verlopen. Had ik stilgestaan bij mogelijke 'wat-als-en'?

We overwogen alle eventualiteiten en keerden terug naar de auto, waar de zwijgzame chauffeur intussen genegenheid voor Victor bleek te hebben opgevat en met hem in een esoterisch gesprek over computers was verwikkeld.

Onze voldoening over de dag op de hooggelegen heidevelden zakte langzaam weg naarmate de stationcar Lorna Terrace dichter naderde. Victors zenuwtrekken kwamen terug en hij sloeg me benauwd gade, wetend dat hij terug zou moeten keren naar zijn weinig bevredigende gezinsleven. Hij wist heel goed dat hij, omdat hij vijftien was, was overgeleverd aan de genade van de rechtbank en dat die genade er zonder twijfel op neer zou komen dat hij aan de zorgen van zijn moeder werd toevertrouwd. Zijn moeder Gina, zelfs een kettingrokende Gina met roze krulspelden, zou hoogstwaarschijnlijk worden beschouwd als de zielige moeder van een ondankbaar kind. In tegenstelling tot haar zuster Rose, van wie altijd een zekere dreiging uitging, zou elke rechtbank Gina Verity zien zoals ik haar aanvankelijk ook had gezien – een ontspannen, tolerante, lieve moeder die er onder moeilijke omstandigheden het beste van probeerde te maken.

De chauffeur stopte waar Tom Pigeon hem vroeg te stoppen, om de hoek namelijk, teneinde buiten het gezichtsveld van nummer 19 te blijven. Victor en ik stapten daar uit en ik voelde mee met de kommer, kwel en uitzichtloosheid die weer uit zijn hangende schouders spraken. Ik liep mee naar de voordeur van nummer 19, waarheen, zoals bij zoveel rijtjeshuizen, een betonnen paadje door een vierkant voortuintje met stoffig gras leidde. Victor haalde een sleutel uit zijn zak, opende de deur en ging me net als eerder voor door de gang naar het lichte keukentje waar het leven zich afspeelde en waar ik beloofd had hem gezelschap te houden totdat zijn moeder terugkwam, ook al zou ze dat misschien niet leuk vinden.

De aanblik van de keukendeur deed Victor plotseling niet-begrijpend en ongerust stilstaan.

'Ik weet zeker dat ik de deur op slot heb gedaan voordat ik wegging,' zei hij. Hij haalde zijn schouders op. 'En ik weet ook dat ik de grendel voor de poort naar het pad achter de tuinen heb geschoven. Mam wordt razend als ik dat vergeet.'

Hij deed de deur open en ging de kleine, door hoge muren omgeven achtertuin in. Aan de overzijde van het onkruid en het bruine gras bevond zich een grote bruingeverfde poort in de hoge bakstenen muur, en het was die poort waarover Victor opnieuw van streek raakte omdat de grendels, boven en beneden, niet dichtgeschoven waren.

'Schuif ze nu meteen dicht,' drong ik aan, maar Victor bleef verbijsterd en ontzet stokstijf voor me staan en hoewel ik in een flits begreep wat er aan de hand was, kon ik niet snel genoeg om hem heen komen. De poort naar het pad ging open op het moment dat ik er over het gras heen wilde rennen.

Rose kwam vanuit het pad de achtertuin binnen. Gina en de halve gorilla Norman Osprey kwamen triomfantelijk het huis achter ons uit. Zowel Rose als Osprey was gewapend met een eind tuinslang. Aan dat van Rose zat een kraan.

Victor, naast me, stond als aan de grond genageld en wilde zijn ogen niet geloven. Toen hij eindelijk sprak, kwam er een stotterend 'Je bent eerder teruggekomen' tegen zijn moeder uit.

Rose sloop als een leeuwin op jacht tussen mij en de tuinpoort heen en weer, zwaaide de zware koperen kraan aan de flexible groene tuinslang rond en likte bijna haar lippen af.

Gina, nu eens zonder krulspelden en dus best aardig om te zien, probeerde wat ging gebeuren te rechtvaardigen door tegen Victor te kermen dat zijn vader in de gevangenis had gezegd dat ze beter kon weggaan, dat hij niet in de stemming was voor haar stomme geklets. In haar boosheid vertelde ze Victor voor het eerst dat zijn vader 'zat' en dat het zijn verdiende loon was.

'Hij kan een gemene klootzak zijn, je vader,' zei Gina. 'En we hadden die hele reis gemaakt! Dus Rose heeft me weer naar huis gebracht, en dat wijf van hiernaast vertelde dat jij stiekem naar het station was verdwenen. Ze volgde je omdat ze toch die kant uit moest en jij had daar afgesproken met die vent, die kerel daar van wie Rose zegt dat hij ons een miljoen afhandig maakt. Hoe *kun* je dat doen, Vic? Rose zegt dus dat ze er deze keer voor zal zorgen dat hij vertelt wat we willen weten, maar jij bent niet erg behulpzaam, zegt ze.'

Ik hoorde maar een gedeelte. Ik keek naar Victors gezicht en zag opgelucht dat hij Gina's zelfgenoegzame verhaal niet pikte. Hoe meer ze zei, des te minder beviel het hem. Je zag het tienerverzet groeien.

De huidige en toekomstige situatie strookte niet precies met de 'wat als'-veronderstellingen die Tom en ik in de struiken hadden overwogen, maar wat als... als ik het snel genoeg kon verzinnen... als ik Victors ontzette reactie op de woordenvloed van zijn moeder... als ik kans zag wat overtuigingskracht van Rose te doorstaan... dan zou Victor – zeker na die zorgeloze dag op de hei – misschien eindelijk bereid zijn me te vertellen wat hij volgens mij zeker wist. Misschien zou de daadwerkelijke aanblik van de gewelddadigheid van zijn tante Rose hem ertoe bewegen me iets aan te bieden om het goed te maken... iets waarvan hij wist dat ik het graag wilde hebben. Misschien was die beloning het ongemak wel waard. Toe maar, zei ik dus bij mezelf. Als je het doet, doe het dan snel.

Vorige week zondag hadden de bivakmutsen me onvoorbereid overvallen, dacht ik. Deze zondag stonden de zaken anders. Ik kon de aanval regelrecht uitlokken, en dat deed ik door naar de tuinpoort te rennen, recht op Rose en haar zwaaiende kraan af.

Ze was snel en meedogenloos en slaagde erin me twee keer te raken voordat ik haar rechterarm te pakken had en achter haar rug omdraaide. Haar gezicht was vlak bij het mijne, haar droge huid en sproeten duidelijk zichtbaar en haar lippen vertrokken in een grimas van haat en plotselinge pijn. Gina rukte vloekend en schreeuwend aan mijn oor om haar zuster te bevrijden.

Ik ving een glimp op van Victors ontzetting in de fractie van een seconde voordat Norman Osprey van achteren met zijn eind tuinslang naar me uithaalde. Rose ontworstelde zich aan mijn greep, duwde Gina opzij en zwiepte opnieuw rond met haar kraan. Het lukte me een kickbokstrap in de rondte te geven die gorilla Norman tijdelijk op zijn snuffert in het gras deed belanden, maar in ruil daarvoor kreeg ik een enorme klap van Rose langs mijn kaak die de huid openschaafde.

Genoeg, dacht ik. Veel te veel. Overal druppelde bloed. Ik gebruikte het enige echte wapen dat ik had, het doordringende alarmfluitje waarvan Tom en ik in de struiken hadden afgesproken dat het 'onmiddellijk komen' betekende.

En als ik fluit en hij komt niet...?

Ik floot opnieuw, harder en langer, niet om een taxi in de Londense regen te roepen, maar om de rest van mijn leven zonder verminkingen door te brengen en natuurlijk om mijn zelfrespect te bewaren. Ik had

Rose niet kunnen vertellen waar ze die videoband kon vinden, maar als de nood erg hoog gestegen was, had ik wel iets verzonnen. Of ze me geloofd zou hebben was een tweede en ik hoopte daar niet achter te komen.

Gelukkig kwam ik er ook niet achter wat Rose verder van plan was geweest op haar zondagse sportmiddagje. Er klonk een enorm kabaal, gerinkel van belletjes en Toms stem die tegen zijn honden brulde, en vervolgens stortten drie grommende dobermannpinchers zich als een wervelwind uit de wagenwijd openstaande keukendeur het tuintje in.

Tom had een ijzeren staaf bij zich die hij even van een plaatselijk hekwerk had geleend. Norman Osprey week achteruit. Zijn tuinslang sleepte krachteloos en nutteloos over de grond en zijn zondagse genoegen leek niet langer één groot feest.

De honden hadden het voorzien op Rose, die zich met de staart tussen de benen door een smalle kier van de tuinpoort wurmde, het toneel ijlings verliet en de poort achter zich dichttrok.

Ik vertrouwde erop dat de honden me voldoende kenden om hun scherpe kaken niet te gebruiken toen ik tussen hen door liep en grendels voor de tuinpoort schoof om de terugweg voor Rose te blokkeren.

Gina gilde één keer tegen Tom, zonder veel overtuiging aangezien Toms angstaanjagende fysieke nabijheid al haar protesten smoorde. Ze deed zelfs geen mond open toen ze ontdekte dat Tom was binnengekomen door haar voordeur in te trappen. Ze deed geen poging haar zoon tegen te houden toen hij langs haar heen de gang in rende naar de voordeur en mij riep, net toen ik die paar stappen zette voordat ik op straat stond.

Tom en de dobermanns liepen al over het trottoir terug naar de auto.

Ik bleef onmiddellijk staan toen Victor me riep en wachtte tot hij me had ingehaald. Nu zou hij het me vertellen of niet. De tuinslang en de kraan waren het waard geweest of niet. Tijd om te incasseren.

'Gerard...' Hij was buiten adem, niet omdat hij had gerend, maar door wat hij in de achtertuin had gezien. 'Ik kan hier niet meer tegen. Als je het wilt weten... dr. Force woont in Lynton,' zei hij. 'Op de Valley of the Rocks Road.'

'Bedankt,' zei ik.

Met een ongelukkig gezicht keek Victor hoe ik met tissues die ik uit zijn moeders keuken had meegegraaid, het bloed dat langs mijn gezicht stroomde probeerde te stelpen. 'Er is altijd e-mail, onthou dat,' zei ik.

'Hoe kun je nog met me praten?'

Ik grijnsde tegen hem. 'Ik heb al mijn tanden nog.'

'Kijk uit voor Rose,' waarschuwde hij me bezorgd. 'Ze laat het er nooit bij zitten.'

'Probeer eens of je niet bij je grootvader kunt wonen,' opperde ik. 'Dat is veiliger dan hier.'

Zijn kommer en kwel leken iets minder te worden. Bij wijze van afscheid legde ik mijn hand op zijn schouder en liep Lorna Terrace af naar de plek waar Tom Pigeon stond te wachten.

Tom bekeek mijn gehavende gezicht en merkte op: 'Het duurde verdomd lang voor je floot.'

'Mmm,' glimlachte ik. 'Stom van me.'

'Je hebt het expres zo laat gedaan!' riep hij met plotseling inzicht. 'Je hebt die harpij je met opzet laten mishandelen.'

'Je krijgt in het algemeen waarvoor je betaalt,' zei ik.

De meeste kwetsuren verdwenen binnen een week, had Martin altijd gezegd. En deze keer ging ik 's maandags naar de dokter om de ergste sneden met plakstrookjes dicht te laten maken.

'Ik veronderstel dat je weer tegen een deur met een bivakmuts bent aangelopen,' raadde rechercheur Dodd ontzet. 'Rose mag jou dan niet bang maken, maar na alles wat ik heb gehoord zou ik als de dood zijn.'

'Rose nam niet eens de moeite een bivakmuts op te zetten,' zei ik terwijl ik maandagavond een pikant rijstmaaltje in de keuken van mijn huis op de heuvel aan het koken was. 'Houd je van knoflook?'

'Niet zo erg. Wat ben je van plan aan Rose Payne te doen? Je moet naar de politie in Taunton gaan en aangifte doen van mishandeling. Die wond zou best eens ZLL kunnen zijn.'

Zwaar Lichamelijk Letsel, vertaalde ik. Bij lange na niet zo zwaar als Rose voor ogen had gestaan.

'Wat moet ik hun dan vertellen – dat een mager vrouwtje me in elkaar heeft geramd, waarna een vriend van mij met een strafblad haar voordeur heeft ingetrapt en zijn honden op haar heeft losgelaten?'

Ze vond het niet leuk en herhaalde eenvoudig: 'Dus wat ben je van plan eraan te doen?'

Ik gaf geen direct antwoord. In plaats daarvan zei ik: 'Morgen ga ik naar Lynton in Devon en ik wil liever niet dat ze dat weet.' Boven een groene paprika zei ik later peinzend: 'Een wijs man kent zijn vijanden, en ik ken onze Rose.'

'In bijbelse zin?'

'God behoede me!'

'Maar Rose is er maar één,' zei Catherine en sloeg nog wat prikwater achterover. 'Er waren vier bivakmutsen, zei je.'

Ik knikte. 'Norman Osprey, de bookmaker, was nummer twee, en Ed Payne, Roses vader en vroeger Martin Stukely's renbaanknecht, was nummer drie en hij heeft er spijt van. En die drie weten allemaal dat ik ze heb herkend. De vierde kwam me wel bekend voor, maar ik moet me vergist hebben. Hij was degene die me vasthield zodat de anderen me konden aftuigen, en ik noem hem maar Nummer Vier. Hij stond het grootste deel van de tijd achter me.'

Catherine luisterde zwijgend en leek te wachten.

Af en toe dook de tot nu toe ongeïdentificeerde figuur die ik Bivakmuts Vier noemde in een flits als een halve herinnering op, en wat vooral in mijn geheugen stond geprent was de onmenselijke manier waarop hij zijn opdracht uitvoerde. Norman Osprey was de man die mijn horloge kapot had geslagen, maar Bivakmuts Vier was degene geweest die mijn vingers voor hem bij elkaar had gehouden. Ondanks de indrukwekkende kracht van Norman Osprey was het, achteraf gezien, Bivakmuts Vier geweest voor wie ik het meest in de rats had gezeten en die nu, negen dagen later, door mijn dromen spookte, nachtmerries waarin Bivakmuts Vier me in het gloeiendhete gesmolten glas in de tank van de oven wilde gooien.

Die nacht was het de vredig in mijn armen slapende rechercheur Dodd die Bivakmuts Vier een vlammende dood bezorgde.

Zwetend en Rose Payne vervloekend in termen die ik zelden eerder had gebruikt werd ik wakker. Met nog meer tegenzin dan anders liet ik Catherine vertrekken om zich te gaan blootstellen aan de risico's van haar operaties in burger.

'Zorg maar dat je deze keer zelf heelhuids terugkomt,' zei ze bezorgd toen ze bij het ochtendgloren wegscheurde. En ik, van plan haar instructies naar de letter uit te voeren, wandelde naar mijn onschuldige oven en had mijn werk voor die dag al af toen mijn drie helpers arriveerden.

Een dag eerder hadden ze grappen gemaakt over mijn herhaalde maandagse verwondingen, die volgens Irish niet anders dan het gevolg van caféruzies konden zijn. Ik had ze in die waan gelaten en liet ze die dinsdag opgewekt achter met de opdracht de hele dag te oefenen op schalen, waarna ik anderhalve kilometer het dorp uit liep om de bus te nemen.

Rose noch Gina viel te ontwaren, en evenmin iemand anders die ik kende en toen ik voor een drukke kranten- en tijdschriftenwinkel in het volgende stadje uitstapte om over te stappen op weer een gehuurde auto met chauffeur, was ik ervan overtuigd dat niemand me gevolgd kon zijn. Tom Pigeon, die 'de eenvoudige uitweg voor glasblazers' had ontworpen, had me dringend gevraagd in elk geval een van zijn honden mee te nemen als ik hemzelf dan niet mee wilde hebben. Had ik nog niet genoeg op mijn falie gehad? vroeg hij. Had hij me niet twee keer te hulp moeten komen? Was ik niet stapelgek om nu beslist alleen te willen reizen?

Ja, waarschijnlijk wel, gaf ik toe. Dus geef me raad.

Dankzij hem arriveerde ik dus onbeschadigd in Lynton aan de kust van Noord-Devon, en ik vond in het kiesregister het volledige adres van dr. Adam Force op de Valley of the Rocks Road.

De grootste teleurstelling na dit geslaagde stukje research was dat er niemand thuis bleek te zijn.

Ik klopte, belde, wachtte en probeerde het nog eens, maar het hoge, grijze oude huis zag eruit of het onbewoond was en toen ik de achterdeur probeerde klonk het binnen hol, alsof het leeg was. Aan de buren had ik niet veel. De ene was niet thuis en de andere was stokdoof. Een passerende huisvrouw zei dat dr. Force volgens haar door de week in Bristol werkte en alleen het weekend in Lynton was. Niet waar, protesteerde een oude man die voorbij schuifelde en woedend met zijn wandelstok zwaaide, op dinsdag was dr. Force altijd in het verpleeghuis op Hollerday Hill te vinden.

De woede van de bejaarde man, legde de huisvrouw uit, was een vorm van krankzinnigheid. Dr. Force ging elke dinsdag naar Hollerday Phoenix House, bleef de wandelstok volhouden.

Mijn chauffeur – 'zeg maar Jim' – draaide lijdzaam om en keerde terug naar het centrum van het stadje, en het dubbele schot in de roos deed ons allebei min of meer in lachen uitbarsten. Dr. Force werkte de helft van de tijd in Bristol én verbleef op zondag en maandag in zijn treurige huis aan de Valley of the Rocks Road én ging op dinsdag naar Hollerday Phoenix House. Een klein meisje met blonde vlechten wees ons de weg naar Hollerday Phoenix House en zei daarna dat we er niet heen moesten gaan vanwege de spoken.

Spoken?

Phoenix House was een spookhuis, wisten we dat niet?

Op het stadhuis wuifden ze het idee van spoken weg, bang om vakantiegasten in voorjaar en zomer op de vlucht te jagen.

Volgens 'een woordvoerder' was het landhuis op Hollerday Hill, gebouwd door Sir George Newnes, in 1913 totaal uitgebrand ten gevolge van brandstichting door een of meerdere – nog steeds onbekende – personen en later als onderdeel van een legeroefening opgeblazen. Het recentelijk gebouwde Phoenix House, vlak bij de overwoekerde ruïnes, was een particulier verpleeghuis. Er waren beslist geen spoken. Dr. Force had patiënten in het verpleeghuis die hij op dinsdag bezocht.

Mijn chauffeur bleek in bovennatuurlijke verschijnselen te geloven en weigerde lafhartig de heuvel naar Hollerday Phoenix House op te rijden, maar hij bezwoer me dat hij zou wachten tot ik terugkwam. En ik geloofde hem op zijn woord, want ik had hem nog niet betaald.

Ik dankte 'een woordvoerder' voor zijn hulp. En kon hij dr. Force ook beschrijven, zodat ik hem zou herkennen als ik hem zag?

'O ja,' zei 'een woordvoerder', 'je herkent hem zo. Hij heeft helblauwe ogen, een korte witte baard en hij heeft oranje sokken aan.'

Ik knipperde met mijn ogen.

'Hij kan geen rood van groen onderscheiden,' zei 'een woordvoerder'. 'Hij is kleurenblind.'

7

Ik nam de oude, rustige weg door de bossen en liep omhoog over de zacht hellende, bijna dichtgegroeide oprijlaan die de zorgzame Sir George Newnes met springstof door de rots had laten banen om te voorkomen dat zijn paarden zijn koets over een hartverlammende helling naar het huis boven zouden moeten zeulen.

Die dinsdag in januari liep ik alleen tussen de bomen. Af en toe passeerde op een moderne weg aan de andere kant van de heuvel wat verkeer, bijna onhoorbaar in de verte, op weg naar het nieuwe complex dat op de herinnering aan het oude was verrezen.

Vogels waren er niet. Er klonk geen gezang. Zelfs overdag was het donker, want de toppen van de dicht opeenstaande naaldbomen boven mijn hoofd waren in elkaar gegroeid. Mijn voeten gingen geluidloos voort over een tapijt van dennennaalden en hier en daar staken nog kale stukken ruwe grijze opgeblazen rots uit de grond. De sfeer van het honderd jaar oude pad bezorgde me kippenvel. Ik zag de ruïne van een tennisbaan waar, lang geleden in een andere wereld, mensen hadden gelachen en gespeeld. Griezelig was het juiste woord, vond ik, maar ik zag geen spoken.

Ik daalde af naar Hollerday Phoenix House via een helling, zoals 'een woordvoerder' had voorspeld, en zag dat een groot deel van het dak bedekt was met grote glaspanelen in metalen lijsten die de open en dicht konden zoals het dak van een kas. Het glas interesseerde me na-tuurlijk – het was dik floatglass, licht gekleurd om de ultraviolette A- en B-stralen zonlicht te filteren – en ik dacht aan vroeger tijden toen mensen met tuberculose in sanatoria weinig romantisch hun hart uit hun lijf hoestten in de ijdele hoop dat zonneschijn en frisse lucht hen zouden genezen.

Hollerday Phoenix House strekte zich in de breedte uit en bestond uit een middengedeelte en twee lange vleugels. Ik liep om het complex heen naar de indrukwekkende voordeur en zag dat het gebouw dat ik aan het einde van mijn spookachtige weg betrad uitgesproken eenen-twintigste-eeuws was en in niets leek op een trefpunt van geestverschij-ningen.

De entreehal zag eruit als een hotel, maar ik kon niet verder in het binnenste van het verpleeghuis kijken vanwege de twee mensen in witte jassen die op de receptiedesk leunden. Een van hen was een vrouw en de andere had een vuilwitte baard en droeg inderdaad oranje sokken.

Ze keken even op toen ik binnenkwam, maar ze kwamen pas met professionele belangstelling overeind, toen ik naderbij kwam en ze de sneden en builen zagen die ikzelf in feite al was vergeten, totdat ze me aanstaarden.

'Dr. Force?' probeerde ik en Witbaard antwoordde, zoals ik had gehoopt: 'Ja?'

Hij was een elegante vijfenzestigjarige. Zijn keurig geborstelde haar in combinatie met zijn baard maakten zijn hoofd tot de karakteristieke kop waar acteurs geld mee verdienen. Patiënten stelden vertrouwen in hem, vermoedde ik. Misschien had ik het zelf wel prettig gevonden hem als behandelend arts te hebben. Uit zijn optreden sprak zoveel gezag dat het duidelijk moeilijk zou worden hem op de manier die ik van plan was van zijn stuk te brengen.

Bijna onmiddellijk begreep ik ook dat de moeilijkheid niet zozeer was hem van zijn stuk te brengen, als wel de merkwaardige kronkels van zijn geest te volgen. Terwijl ik met hem praatte, merkte ik hoe hij heen en weer zwenkte tussen ogenschijnlijk oprechte, vriendelijke reacties enerzijds en achterbaks gedrag en onderdrukte boosaardigheid anderzijds. Hij was snel, hij was slim en hoewel ik voornamelijk sympathie voor hem koesterde, voelde ik af en toe een zweem van antipathie. De charme van Adam Force, die over het geheel genomen een buitengewoon prettig mens leek, vloeide af en aan als eb en vloed.

'Meneer,' zei ik uit respect voor zijn gevorderde leeftijd, 'ik ben hier vanwege Martin Stukely.'

Zijn gezicht nam een het-spijt-me-u-te-moeten-zeggen-uitdrukking aan en hij meldde dat Martin Stukely dood was. Tegelijkertijd verstrakten zijn gezichtsspieren – het was niet een naam die hij op Hollerday Hill in Lynton had verwacht. Ik zei dat ik wist dat Martin Stukely dood was.

Argwanend vroeg hij: 'Bent u een journalist?'

'Nee,' zei ik. 'Ik ben glasblazer.' Ik noemde mijn naam: 'Gerard Logan.'

Zijn hele lichaam verstarde. Hij slikte, verwerkte zijn verrassing en vroeg uiteindelijk vriendelijk: 'En wat wilt u?'

Eveneens zonder enige dreiging zei ik: 'Ik zou graag de videoband terughebben die u op oudejaarsavond hebt meegenomen uit de showroom van Logan Glas in Broadway.'

'Die zou u graag terughebben?' Hij glimlachte. Hij was op de vraag voorbereid. Hij was niet van plan gehoor te geven aan mijn verzoek en zijn zelfvertrouwen keerde terug. 'Ik weet niet waar u het over hebt.' Langzaam monsterde dr. Force van top tot teen het keurige pak en de das die ik met opzet had aangetrokken en ik wist zeker, bijna alsof hij het hardop had gezegd, dat hij zich afvroeg of ik over voldoende invloed beschikte om hem het leven zuur te kunnen maken. Blijkbaar was hij realistisch genoeg om tot een eerlijk, maar weinig welkom antwoord te komen, want hij adviseerde me niet onmiddellijk op te sodemieteren, maar stelde voor dat we de zaak in de buitenlucht zouden bespreken.

Met buitenlucht bleek hij het pad te bedoelen waarlangs ik zojuist naar beneden was gekomen. Hij ging voor en wierp af en toe een blik opzij om vast te stellen of ik me al beroerd voelde, maar hij ving steeds bot. Glimlachend vertelde ik dat ik op de klim omhoog aan de andere kant van de heuvel geen spoken was tegengekomen.

Als hij wat kleine kwetsuren en dergelijke op mijn gezicht opmerkte, zei ik, dan waren die het resultaat van het feit dat Rose Payne ervan overtuigd was dat ik ofwel zijn videoband in mijn bezit had ofwel wist wat erop stond. 'Ze denkt dat ik haar, als ze maar onaangenaam genoeg is, de band of die kennis zal leveren, maar ik beschik over geen van beide.' Ik zweeg even en vroeg toen: 'Wat zou u me aanraden?'

Onmiddellijk zei hij: 'Geef die vrouw wat ze wil. Alle banden zijn hetzelfde.'

'Zij denkt dat uw band een miljoen waard is.'

Adam Force zei niets.

'Klopt dat?' vroeg ik.

Force mompelde iets dat klonk als de waarheid: 'Ik weet het niet.'

'Martin Stukely schreef een cheque aan u uit met een heleboel nullen erop,' fluisterde ik zonder vijandigheid.

Hevig geschrokken snauwde Force: 'Hij had beloofd nooit iemand te zeggen...'

'Hij heeft het niet gezegd.'

'Maar...'

'Hij is dood,' zei ik. 'Hij heeft leeggescheurde chequeboekjes nagelaten.'

Ik zag dat hij zich afvroeg: 'Wat heeft Martin *verder* nog nagelaten?' en ik stelde hem niet gerust. Uiteindelijk vroeg hij, merkbaar zorgelijk: 'Hoe hebt u mij gevonden?'

'Dacht u dat me dat niet zou lukken?'

Met een zwakke glimlach schudde hij zijn hoofd. 'Het is niet bij me opgekomen dat u me zou gaan zoeken. De meeste mensen laten dat soort dingen aan de politie over.'

Ik had hem zonder moeite sympathiek kunnen vinden, dacht ik, als ik die epileptische aanval van Lloyd Baxter en die ontbrekende zak met geld had kunnen vergeten.

'Rose Payne,' zei ik opnieuw duidelijk – en deze keer raakte die naam blijkbaar een gevoelige zenuw in Adam Force – 'Rose,' herhaalde ik, 'is ervan overtuigd dat ik weet waar uw videoband is en ze is, zoals ik al eerder zei, er zeker van dat ik weet wat erop staat. Tenzij u een manier vindt om haar nogal letterlijk van mijn lijf te houden, is het mogelijk dat ik haar attenties binnenkort onverdraaglijk ga vinden en haar dus zal vertellen wat ze zo graag wil weten.'

Alsof hij geen snars begreep van wat ik zei vroeg hij: 'Moet ik hieruit opmaken dat u aanneemt dat ik die Rose ken? En ook dat ik in enige zin verantwoordelijk ben voor uw... eh... kwetsuren?'

Opgewekt zei ik: 'Twee keer raak.'

'Dat is onzin.' Op zijn gezicht stond louter berekening te lezen. Hij wist blijkbaar niet zeker hoe hij deze vervelende situatie moest aanpakken, maar sloot niet uit dat hij fysieke kracht zou moeten gebruiken.

Ik stond op het punt hem te vertellen waarom ik meende mijn eigen vragen te kunnen beantwoorden, maar opeens had ik de indruk dat ik zowel Worthington als Tom Pigeon waarschuwend hoorde roepen dat ik voorzichtig moest zijn met stokken en wespennesten. De stilte van het donkere dennenbos werd als het ware verscheurd door hun dringende alarmkreten. Ik wierp een blik op het peinzende gezicht van de welwillende dokter en trok een spijtig gezicht.

Hoofdschuddend erkende ik dat wat ik had gezegd natuurlijk nonsens was. 'Niettemin,' vervolgde ik, nadat ik mijn twee afwezige lijfwachten had geconsulteerd, 'hebt u de band uit mijn galerie meegenomen, dus kunt u me in elk geval vertellen waar hij zich nu bevindt?'

Hij ontspande zich innerlijk door de andere toon die ik aansloeg. Worthington en Tom Pigeon hielden zich weer rustig. Dr. Force consulteerde zijn eigen innerlijke veiligheidsagenten en beantwoordde mijn vraag niet naar genoegen.

'Veronderstel dat u gelijk hebt en ik in het bezit ben van de band. Misschien is het wel zo dat er niet langer behoefte is aan de informatie omdat Martin die niet veilig kon bewaren. En wellicht heb ik er daarom een sportprogramma overheen opgenomen. Misschien zijn paardenrennen het enige dat er nu op staat.'

Hij had Martin geschreven dat de informatie op de band dynamiet was. Als hij dat dynamiet had gewist door er paardenrennen overheen op te nemen en nu met veel aplomb beweerde dat hij miljoenen over de balk (beter gezegd: over de opnamekop) had gegooid, stond het als een paal boven water dat hij beschikte over het materiaal om een kloon te maken.

Niemand wist achteloos een vermogen als hij niet zeker weet dat hij het terug kan krijgen. Niet *met opzet* in elk geval.

Dus ik vroeg: 'Hebt u de band opzettelijk of bij vergissing gewist?' Hij lachte in zijn baard. 'Ik maak geen vergissingen,' was zijn antwoord.

De huivering die me beving was geen winterse rilling in een angstaanjagend naaldbos, maar veel prozaïscher: het herkennen van een vertrouwde, door en door menselijke tekortkoming – ondanks al zijn charme verkeerde de dokter in de veronderstelling dat hij God was.

Bij een omgevallen boomstam bleef hij staan, liet zijn voet er even op rusten en deelde mee dat hij nu terugging omdat hij patiënten moest bezoeken. 'Uit ervaring weet ik dat de zaak in het algemeen is afgehandeld als we bij dit punt zijn aangekomen,' vervolgde hij en zijn stem klonk alsof het hiermee was afgedaan. 'Ik ben er zeker van dat u de weg naar de uitgang alleen weet te vinden.'

'Er zijn nog een paar dingen,' zei ik. Mijn stem klonk vlak, want er was geen akoestiek tussen de bomen.

Hij haalde zijn voet van de stam en begon de heuvel weer op te lopen. Tot zijn duidelijke ergernis liep ik mee.

'Ik zei,' zei hij op een toon die geen tegenspraak leek te dulden, 'dat ons gesprek was afgelopen, meneer Logan.'

'Ja...' aarzelde ik, maar Worthington en Tom Pigeon hielden zich rustig en zelfs de honden gaven geen kik, 'hoe hebt u Martin Stukely leren kennen?'

Rustig zei hij: 'Dat gaat u niets aan.'

'U kende elkaar, maar u was niet echt bevriend.'

'Hebt u mij niet verstaan?' protesteerde hij. 'Daar hebt u niets mee te maken.'

Hij versnelde zijn pas enigszins, als wilde hij ontsnappen.

Ik zei: 'Martin heeft u een aanzienlijke som geld gegeven in ruil voor informatie die u zelf dynamiet hebt genoemd.'

'Nee, u hebt het bij het verkeerde eind.' Hij liep nog sneller, maar ik hield hem zonder enige moeite bij. 'U begrijpt er helemaal niets van,' zei hij, 'en ik wil dat u verdwijnt.'

Ik zei dat ik niet van plan was binnenkort te verdwijnen nu ik naast me het vermoedelijke antwoord op tal van raadsels zag.

'Wist u,' vroeg ik, 'dat Lloyd Baxter, de man die u met een epileptische aanval in mijn showroom hebt laten liggen, de eigenaar is van Tallahassee, het paard dat Martin Stukely om zeep heeft geholpen?' Hij liep nog sneller naar boven. Ook ik versnelde mijn pas en bleef vlak bij hem.

'Wist u,' vroeg ik terloops, 'dat Lloyd Baxter ondanks het begin van zijn toeval in staat was u tot en met uw sokken te beschrijven?'

'Hou op.'

'En natuurlijk weet u dat Norman Osprey, Rose en Gina buitengewoon gewelddadig zijn...'

'Nee.' Zijn stem was luid en hij begon te hoesten.

'En wat mijn geld betreft dat u tegelijk met die band hebt meegenomen...'

Adam Force bleef opeens staan en in de stilte die plotseling ontstond kon ik zijn ademhaling fluitend en piepend door zijn borstkas horen gaan.

Het was onrustbarend. In plaats van hem verder te treiteren, vroeg ik bezorgd of hij zich wel goed voelde.

'Nee. U wordt bedankt.' Het gefluit en gepiep ging door totdat hij uit de zak van zijn witte jas een soort inhalator had gehaald die ik vaak voor astma had zien gebruiken. Hij inhaleerde twee keer diep en staarde me intussen aan met blikken vol afkeer.

Ik was geneigd 'Sorry' te zeggen, maar ondanks zijn charmante manieren en aangename uiterlijk was hij de reden geweest dat ik zowel met de bivakmutsen in Broadway als met een stuk tuinslang in een achtertuin in Taunton te maken had gekregen, en ik mocht me gelukkig prijzen als het daarbij bleef. Dus liet ik hem de rest van de helling piepend en puffend afleggen. Ik liep mee om er zeker van te zijn dat hij onderweg niet van zijn stokje ging. Eenmaal in de entreehal aangekomen, zette ik hem in een gemakkelijke stoel en verdween om iemand te zoeken aan wie ik de zorg voor hem kon overdragen.

Ik hoorde zijn hijgende stem achter me roepen dat ik terug moest komen, maar tegen die tijd was ik al halverwege een van de vleugels van het gebouw zonder ook maar een levende ziel tegen te komen, geen verpleegster, patiënt, dokter, schoonmaker, bloemenschikster of dame met de boekenkar. Het was niet zo dat er in de kamers aan die gang geen bedden stonden. In alle kamers waren bedden, bedtafeltjes, leunstoelen en aangrenzende badkamers te zien, maar geen mensen. Elke kamer had openslaande glazen deuren die uitkwamen op een keurig aangeveegd terras. De luiken in het glazen dak stonden zo ver mogelijk open.

Ik bleef even staan bij een kamer met het opschrift 'Apotheek'. Een open dakraam en een afgesloten deur voorzien van decoratief tralie-werk. Binnen stonden reeksen apothekersspullen waarvan ik de op-schriften kon lezen, maar ik zag nog steeds geen mensen.

Ergens moest toch *iemand* te vinden zijn, dacht ik en achter de eni-ge gesloten deur, aan het einde van de gang, trof ik inderdaad een be-trekkelijk levendige drukte aan.

Ruim twintig bejaarde mannen en vrouwen in dikke witte badjas-sen leken tevreden deel te nemen aan uitvoerige medische onderzoe-ken. Elke test stond vermeld in kleurige kleuterschoolletters, bijvoor-beeld 'Hier wordt uw bloeddruk gemeten' en 'Hoe staat het vandaag met uw cholesterol?'. Een hoogbejaarde dame liep ingespannen op 'een gezellige tredmolen' en op de wand van een apart hokje hing een bordje 'Hier röntgenfoto's. Alleen betreden als u wordt opgeroe-pen.'

De resultaten werden zorgvuldig op een klembord geschreven en vervolgens bij een desk in het midden van de zaal in computers inge-voerd. De sfeer had iets optimistisch.

Bij mijn binnenkomst stevende onmiddellijk een verpleegster op me af, die bezig was geweest de gordijnen dicht te trekken rond een hokje waar alleen maar 'Urologie' op stond. Haar rubberen zolen piepten over de geboende vloer en met een glimlach deelde ze mee dat ik laat was, en riep vervolgens alleen 'Lieve hemel,' toen ik haar liet weten dat de brave dr. Force wellicht bezig was zijn laatste adem uit te blazen.

'Hij heeft vaak aanvallen als hij bezoek heeft,' bekende de moederlij-ke verpleegster. 'Wanneer u weg bent, zal hij wel even gaan liggen om een dutje te doen, neem ik aan.'

De brave dr. Force was dat allerminst van plan. Ziedend van woede dook hij opeens naast me op en wees naar een deur waarop quasi-leuk stond 'Hier is het' en daaronder 'Ook uitgang'. Ik legde, zogenaamd onschuldig, uit dat ik alleen maar hulp voor zijn astma had willen ha-len en hij antwoordde nijdig dat hij die niet nodig had. Hij kwam op me af met een injectiespuit in een metalen bakje en naderde me zo dicht dat ik kon zien dat de spuit nagenoeg vol vloeistof zat. Hij pakte het onheilspellende instrument uit het bakje en stak het in mijn rich-ting en in die van de uitgang – en deze keer dankte ik hem voor zijn belangstelling en vertrok.

De deur waardoor ik de onderzoeksruimte verliet leidde langs luxu-euze kleedkamers naar een grote lobby en vandaar naar een voorplein.

Tot mijn verrassing stond de Rover daar te wachten en beende Jim, mijn chauffeur, er zenuwachtig naast heen en weer. Hij hield de deur voor me open en verklaarde intussen dat zijn bezorgdheid voor mijn welzijn het had gewonnen van zijn instinctieve angstgevoelens. Ik dankte hem oprecht.

Dr. Force volgde me naar buiten en wachtte tot ik in de auto zat. Hij ging pas naar binnen toen ik hem opgewekt en onschuldig vaarwel had gewuifd, zonder terug te zwaaien.

'Is dat de vent die u wilde bezoeken?' vroeg Jim.

'Ja.'

'Niet erg vriendelijk, hè?'

Ik kon niet precies vaststellen wat er mis was met die kliniek en ik werd ook niet wijzer toen ik een grote bus kalm de toegangspoort zag indraaien en rustig tot stilstand komen. De naam, *Avon Paradise Tours*, stond in zwart-wit op een lila ondergrond op de zijkant van de bus, en in kleinere letters eronder stond een adres in Clifton, Bristol.

Jim reed in hoog tempo de heuvel af totdat we de – in zijn ogen bovennatuurlijke – veiligheid van het stadscentrum weer bereikten. Maar hij was genegen in Lynton rond te rijden om het stadje een beetje te bekijken, op voorwaarde dat er verder geen sprake meer was van griezelige ondernemingen.

Eerlijk gezegd was ik in allerlei opzichten ontevreden over mezelf en ik wilde wat tijd hebben om na te denken voordat we terugreden. Ik miste mijn eigen auto en de vrijheid die daarmee samenhing, maar zo was het nu eenmaal. Ik had inderdaad vaak te hard gereden zonder dat ik betrapt was, totdat ze me, op weg naar de stervende tuinman, te pakken kregen en ik zag in dat ik mijn voet op het gaspedaal zou moeten beheersen, wilde rechercheur Catherine Dodd een permanente vinger in mijn toekomstige levenspap krijgen.

Intussen wist ik Jim ertoe te bewegen op een zijweg te stoppen. Vandaar vond ik, met de plattegrond van het gemeentehuis in de hand, de weg naar North Walk, een pad langs de zeezijde van een met gras begroeide klip, dat in de koude januariwind nagenoeg verlaten was.

Hier en daar stond een bank. Op een daarvan zat ik een poosje te vernikkelen en dacht na over de Adam Force die kleurenblind, astmatisch, grillig en wankelmoedig van aard was en een onbekend verpleeghuis alleen bezocht om goed te doen. Een onbelangrijke huisarts, scheen het, maar met een reeks diploma's en een reputatie als briljant onderzoeker. Een man die zijn talenten verspilde. Een man die een bezoeker meenam naar buiten op een opmerkelijk koude dag en zichzelf een astma-aanval bezorgde.

Ik sjokte langzaam voort, nam het spectaculaire uitzicht vanaf North Walk in me op en wenste dat het zomer was. Ik dacht na over ongerijmdheden als toeval, uithoudingsvermogen en videobanden die een miljoen waard waren en de wereld van de ondergang konden redden. Ik dacht ook aan het sieraad dat ik van glas en goud had gemaakt en dat er niet alleen echt oud uitzag, maar ook niet te onderscheiden was van het vijfendertighonderd jaar oude origineel. Een halsketting die een miljoen waard was... maar er was er maar één die zoveel waard was, de echt oude in het museum. De kopie die ik had gemaakt en opnieuw kon maken was letterlijk niet meer waard dan zijn gewicht in 18-karaats goud plus de kosten van de onderdelen van gekleurd glas en dat geheel misschien verdubbeld vanwege de kennis en vaardigheid die nodig waren om het sieraad te maken.

Zoals veel kunstenaars op allerlei verschillende gebieden kon ik alleen tegenover mezelf erkennen welk niveau ik in mijn vak had bereikt. Het was ook aan mijn oom Rons verbod op arrogantie te danken dat de door mij vervaardigde objecten zonder trompetgeschal het licht zagen.

Dat het bestaan van de videoband met instructies voor het maken van de halsketting algemeen bekend was bij jockeys in de kleedkamers baarde me geen zorgen. Ik had hem zelf gemaakt. Op de band was mijn stem te horen en waren mijn handen te zien terwijl ik de gang van zaken stap voor stap uitlegde. Ik had het procédé vastgelegd op de manier die ik als tiener van mijn oom Ron had geleerd. De kopie van de gouden halsketting zelf bevond zich in een kluisje bij mijn bank en normaal gesproken bewaarde ik daar ook de band. Ik moest dat maar eens controleren, bedacht ik. Ik had de instructievideo natuurlijk aan Martin geleend en het kon me niet schelen of hij hem aan iemand anders had laten zien, maar ik wenste van ganser harte dat hij de band had teruggegeven voordat hij samen met alle andere banden uit zijn kantoor was ontvreemd.

Aan het einde van de North Walk keerde ik om, stapte op de terugweg stevig door en trof Jim opnieuw heen en weer benend bij de auto aan, pogend zijn vingers te warmen. Ik veronderstelde dat hij er weinig voor zou voelen deze ervaring de volgende dag te herhalen, maar tot mijn verrassing ging hij akkoord. 'Tom Pigeon stuurt zijn honden op me af als ik het niet doe,' zei hij. 'Hij belde me daarnet in de auto om te informeren hoe het met u stond.'

Ik onderdrukte een lach. Ik vond die lijfwachten niet erg, integendeel, ik stelde ze juist op prijs.

Jim zei verontschuldigend dat hij wat kickboksen betrof niet aan Worthington en Tom kon tippen.

'Ik kan koppen tegen de muur slaan,' zei hij,

Lachend zei ik dat dat ook goed was.

'Ik wist niets van u toen ik u ophaalde,' bekende Jim. 'Ik dacht dat u een lullig soort lapzwans was. Maar aan de telefoon heeft Tom van alles over u verteld, en als Tom zegt dat hij voor iemand zijn vuisten zal gebruiken, kunt u ook op de mijne rekenen.'

'O, dank je,' zei ik beleefd.

'Dus waar gaan we morgen heen?'

'Ik zei: 'Wat dacht je van Bristol? Bij voorkeur een ziekenhuiscomplex?'

Door zijn brede glimlach veranderde zijn gezicht op slag. Hij keek niet zuur meer, maar dolblij. Hij kende de weg in Bristol. Op Horfield Road zouden we een ziekenhuis vinden, of anders op Commercial Road bij de rivier. Geen enkel probleem. Hij had daar een jaar lang op een ambulance gereden, zei hij.

Jim zei dat vuisten of voeten niet zijn sterkste punt waren, maar dat in een auto niemand hem te pakken kon krijgen. We bezegelden dit met een handdruk en nu beschikte ik over lijfwacht nummer drie, die vaardiger door bochten kon scheuren dan een Formule Een-coureur.

Jim bracht me naar huis en ging, blijkbaar op aandringen van Tom Pigeon, mee naar binnen om alle tien de kamers op ongenode gasten te inspecteren.

'U moet een kleiner huis hebben,' oordeelde hij, nadat hij de controle van de raamsloten had voltooid. 'Of...' hij wendde zijn ogen af, 'een zwerm kinderen.'

Op dat moment arriveerde Catherine op haar motorfiets. De chauffeur wierp een verlekkerde blik op haar en ik moest uitleggen waar die 'zwerm kinderen' op sloeg. Rechercheur Dodd leek het geen slecht idee te vinden.

Grinnikend vertrok de chauffeur. Catherine leefde mee met mijn laatste oogst aan problemen en zei dat de schoolreünie van begin tot eind stomvervelend was geweest.

Ik zei: 'De volgende keer ontworstel je je aan die verveling en kom je gewoon naar huis.'

De woorden rolden er zonder nadenken uit. Ik was niet van plan geweest 'naar huis' te zeggen. Ik had het huis alleen als toevluchtsoord willen aanbieden. Legde ik uit. Ze knikte. Pas later, toen ze in mijn armen in bed lag, dacht ik aan Sigmund Freud en zijn befaamde *slip of the tongue*.

Bristol glom nat in de motregen.

Mijn chauffeur – 'Zeg maar Jim' – was klein en gezet en hij verklaarde ontdaan te zijn over mijn voorkeur voor stilte in de auto boven voortdurende radiomuziek.

Hij stelde de redelijke vraag waar we precies heen gingen in de stad. Een telefoonboek zoeken, antwoordde ik, en ik vond in de Gouden Gids zonder moeite Avon Paradise Tours. Volgens hun advertentie organiseerden ze avontuurlijke ritten door heel Cornwall, Devon en Somerset en reden ze vanuit allerlei punten naar Londen.

Met zijn ambulance-ervaring die nuttiger was dan welke papieren plattegrond ook reed Jim regelrecht naar hun lilakleurige hoofdkantoor en richtte met een flamboyant gebaar, als een goochelaar die een konijn uit zijn hoge hoed haalt, mijn aandacht op de drukke parkeerplaats voor bussen.

Toen de vrouwen in het kantoor van Avon Paradise Tours eenmaal begrepen wat ik vroeg, waren ze redelijk behulpzaam, maar ze wilden niet te veel zeggen voor het geval ze inbreuk maakten op de huisregels. Dat begreep ik toch, nietwaar?

Ik begreep het.

Vervolgens zetten ze alle ongevaarlijke sluizen open en vertelden alles.

Dinsdags maakten leden van de associatie van fitnesscentra, regio Bristol, een mooie busrit naar het verpleeghuis Hollerday Phoenix House in Lynton voor medische check-ups en adviezen over gezond leven. Dr. Force, die de kliniek leidde omdat hij in Lynton woonde, werd voor die ene dag werk per week gezamenlijk betaald door Avon Paradise Tours en de fitnesscentra. Na enig onderling overleg erkende het kantoorpersoneel dat dr. Force *outplaced* (ontslagen, als ik het goed begreep?) was door het onderzoekslaboratorium waar hij vroeger werkte.

Welk onderzoekslaboratorium? Wisten ze niet. Ze schudden stuk voor stuk hun hoofd, maar een van hen zei dat ze gehoord had dat hij onderzoek naar longziekten had gedaan.

Met behulp van een ander telefoonboek – waarin alle medische instituten stonden – dat ik van de Avon Paradise-dames leende, kon ik alle instellingen die maar in de verste verte iets met geneeskunde te maken hadden afbellen via de Paradise Tour-telefoon. Ik informeerde naar een zekere dr. Force. Dr. Force? Onbekend, onbekend, onbekend. Denkend over de eeuwig onbekende dr. Force staarde ik uit het raam naar het verre wateroppervlak van de rivier de Avon bij vloed en vroeg me af wat ik verder moest doen.

Longziekten.

Leeggescheurde chequeboekjes. Een hoop nullen. Betaal aan... Blaasbalg. In Martins handschrift had het Bon-Bon en mij niets gezegd. Blaasbalg stond niet in het telefoonboek van Bristol, en ook de Inlichtingen had nooit van hem gehoord.

Toch had Martin BLAASBALG duidelijk en in hoofdletters geschreven. Longen waren natuurlijk blaasbalgen.

Mijn gedachten dwaalden af. Regen kletterde tegen het raam. De dames werden onrustig en maakten me duidelijk dat ik nu lang genoeg bezig was geweest.

BLAASBALG.

Tja... misschien, waarom niet?

Abrupt vroeg ik of ik hun telefoon nog een keer mocht gebruiken en kreeg knorrig toestemming. Ik spelde BLAASBALG in telefooncijfers, hetgeen resulteerde in 23.55.697. Zorgvuldig toetste ik het in. Ik had niets te verliezen.

Na lang wachten, een keer of twaalf overgaan, stond ik op het punt neer te leggen, toen een zakelijke vrouwenstem haastig zei: 'Ja? Wie is dat?'

'Kan ik dr. Force spreken?' vroeg ik.

Er volgde een lange stilte. Ik wilde al neerleggen en de tijdverspilling voor lief nemen, toen een andere stem, diep en mannelijk, informeerde of ik degene was die dr. Force wilde spreken.

'Ja,' zei ik. 'Is hij aanwezig?'

'Nee, het spijt me. Sinds een paar weken werkt hij hier niet meer. Hoe heet u?'

Ik wist niet wat ik moest zeggen. Ik had inmiddels geleerd op mijn hoede te zijn. Ik zei dat ik zo dadelijk terug zou bellen en legde neer. De Paradise-dames waren duidelijk nieuwsgierig, maar ik bedankte hen alleen hartelijk en vertrok onmiddellijk, met Jim in mijn kielzog.

'Waarheen?' vroeg hij.

'Naar een pub om te lunchen.'

Jims gezicht lichtte op als een wolkeloze hemel. 'Jij bent het soort klant dat ik de hele dag rond zou kunnen rijden.'

Toen puntje bij paaltje kwam, dronk hij een klein glas shandy en dat strookte met mijn opvattingen van een goede chauffeur.

De pub had een munttelefoon. Toen we op het punt stonden te vertrekken, belde ik opnieuw BLAASBALG en kreeg onmiddellijk de mannenstem aan de lijn.

Hij zei: 'Ik heb contact gehad met Avon Paradise Tours.'

Met een glimlach zei ik: 'Dat dacht ik al. Waarschijnlijk hebt u ook het nummer van deze pub op het moment voor uw neus staan. Waarom spreken we niet af, om tijd te sparen? Zegt u maar waar en ik zorg dat ik er ben.'

De plek die hij voorstelde herhaalde ik tegen Jim, die bevestigend knikte. 'Een half uur,' zei Jim, en tweeëntwintig minuten later stopte hij op een verboden-te-parkeren-plek bij de ingang van een winters park. Hoewel Worthington, Tom Pigeon en Jim me gezamenlijk op het hart hadden gedrukt me niet naar onbekende oorden te begeven zonder dat iemand van hen in de buurt was, stapte ik uit de auto, wuifde tegen Jim dat hij verder moest rijden en wandelde in mijn eentje het park in.

De motregen stopte geleidelijk.

De instructies voor de afspraak hadden geluid: 'Linksaf, doorlopen tot standbeeld' en op het pad bij een steigerend koperen paard ontmoette ik een lange, beschaafde man die er verstandig uitzag en tot zijn voldoening vaststelde dat ik de man was die hij verwachtte.

8

Als bij zichzelf zei hij: 'Hij is één tachtig lang, misschien een centimeter of vijf meer. Bruin haar. Donkere ogen. Tussen de achtentwintig en vierendertig, lijkt me. Knap om te zien, op een recente wond aan de rechterkant van zijn kaak na, die medisch behandeld en aan het genezen is.'

Hij praatte in een microfoontje dat hij in de palm van zijn hand hield. Ik maakte hem duidelijk dat ik begreep dat hij me beschreef voor het geval ik hem op de een of andere manier zou belagen. Het idee alleen al zou me elke andere dag van het jaar in lachen hebben doen uitbarsten.

'Hij is in een grijze Rover gearriveerd.' Hij noemde Jims kenteken en beschreef vervolgens mijn kleren.

Toen hij klaar was, zei ik: 'Hij is glasblazer, heet Gerard Logan en is te vinden bij Logan Glas in Broadway, Worcestershire. En wie bent u?'

Hij was de stem van de telefoon. Hij lachte om mijn ironische toon en stopte de microfoon in zijn zak. Hij noemde zijn naam, George Lawson-Young, en zijn beroep, hoogleraar longziekten.

'En 23.55.697?' vroeg ik. 'Heeft dat een adres?'

Hij begreep niet hoe ik hem had gevonden, ondanks de moderne technologie.

'Ouderwets doorzettingsvermogen en een beetje geluk,' zei ik. 'Dat vertel ik u later wel, in ruil voor informatie over Adam Force.'

Ik vond de professor onmiddellijk sympathiek en de reserves die me bij Force parten hadden gespeeld voelde ik nu niet. Professor Lawson-Young had, voorzover ik kon zien, geen kwade bedoelingen en hijzelf liet nu ook zijn aanvankelijke achterdocht varen. Mijn eerste indruk van montere opgewektheid en gezond verstand werd daardoor versterkt, zodat ik hem zonder omwegen vertelde over Martins belofte de videoband van dr. Force te bewaren, toen hij me vroeg waarom ik zoveel belangstelling had voor Adam Force.

'Martin vroeg op zijn beurt weer of ik de band voor hem wilde bewaren,' zei ik, 'en toen hij stierf kreeg ik de band in handen. Force volgde me naar Broadway en haalde zijn band terug, en ik heb geen idee waar die zich nu bevindt.'

Op de weg buiten reed Jim in de grijze Rover langzaam voorbij en hield het park met argusogen in de gaten.

'Ik heb een lijfwacht bij me,' zei ik en wuifde geruststellend in de richting van de straat.

Geamuseerd bekende professor Lawson-Young dat hij alleen maar in zijn microfoon hoefde te roepen om hulptroepen te mobiliseren. Hij leek even opgelucht als ik dat hij daar geen gebruik van hoefde te maken. Zijn spieren ontspanden zich. Mijn eigen waakzaamheid, tot nu toe door het duo Worthington-Pigeon wakker gehouden, sukkelde in slaap.

De professor zei: 'Hoe komt u aan die diepe snee op uw gezicht?'

Ik aarzelde. Wat ik in de achtertuin van Lorna Terrace nummer 19 had gedaan zou buitengewoon dwaas klinken. Omdat ik niet antwoordde, stelde Lawson-Young de vraag nog eens, nu op nieuwsgieriger toon, als wilde hij als een toegewijd journalist feiten horen. Ik antwoordde nietszeggend dat ik gevochten had en helaas het onderspit had gedolven.

Vervolgens vroeg hij waarom ik had gevochten en met wie, en in zijn stem klonk het gezag door dat hij ongetwijfeld in zijn werk nodig had.

Ik vertelde hem niet de hele waarheid, maar wel een deel. 'Ik was op zoek naar dr. Force en in de loop van mijn zoektocht ben ik in botsing gekomen met een waterkraan. Heel onhandig.'

Hij keek me onderzoekend aan, met zijn hoofd wat scheef. 'Het spijt me, maar u liegt tegen mij.'

'Waarom denkt u dat?'

'Het is niet erg gebruikelijk met een kraan te vechten.'

Ik schonk hem een glimlachje. 'Oké dan, ik kreeg een mep met een kraan die nog aan een tuinslang vastzat. Het is niet belangrijk. Ik heb ontdekt hoe ik Adam Force kon vinden en ik heb hem gisteren in Lynton gesproken.'

'Waar in Lynton? In dat nieuwe verpleeghuis?'

'Phoenix House.' Ik knikte. 'De kliniek van dr. Force lijkt bedoeld voor kinderen.'

'Niet voor kinderen. Voor geestelijk gehandicapte patiënten. Hij doet daar goed werk met bejaarden, heb ik gehoord.'

'Ze maakten inderdaad een gelukkige indruk.'

'En wat vindt u er in het algemeen van?'

Zonder aarzelen vertelde ik dat. 'Force kan buitengewoon charmant zijn als hij wil, maar hij heeft ook iets van een oplichter.'

'Iets van een oplichter!' De professor slaakte een zucht. 'Adam Force leidde hier een project dat ten doel had snurken te bestrijden door middel van fijne optische vezels en microlasers...' Hij zweeg even. 'Ik wil u niet vervelen...'

Maar mijn nieuwsgierigheid was opeens gewekt, want ik had in het verleden glaswaren voor dat soort onderzoeken ontworpen en vervaardigd. Toen ik mijn belangstelling had uitgelegd, was de professor op zijn beurt verbaasd. Hij beschreef in alle details het werk waarmee Force bezig was geweest en dat hij vervolgens had gestolen.

'We waren aan het experimenteren met een microlaser die via een dunne optische vezel in de zachte weefsels van de keel scheen. De microlaser verwarmt het weefsel enigszins, waardoor het samentrekt en voorkomt dat de betrokkene gaat snurken. Wat Adam Force heeft ontvreemd waren de resultaten van onze tests om de golflengte van het laserlicht te vinden die het meest geschikt is om in het weefsel door te dringen en het exact tot de juiste temperatuur te verwarmen... Kunt u me volgen?'

'Min of meer.'

Hij knikte. 'Een betrouwbare manier om snurken te voorkomen zou voor zware patiënten van onschatbare waarde zijn. Adam Force ontvreemdde die gegevens en verkocht ze aan een marketingfirma die zich richt op het adverteren voor en het informeren van eventuele kopers over beschikbare goederen. Force verkocht onze laatste, nog onvolledige gegevens aan mensen met wie we eerder af en toe te maken hadden gehad en die dus geen enkele reden hadden om aan te nemen dat er iets niet in de haak was. Adam kon de juiste documenten tonen. Het heeft weken geduurd voordat de diefstal werd ontdekt, en niemand kon zijn oren geloven toen wij de marketingfirma benaderden en die ons vertelde dat ze het materiaal al van Adam Force hadden gekocht en hem hadden betaald voor wat we hun nu wilden verkopen.'

'Dus hij werd ontslagen,' zei ik.

'Nou ja, dat hadden we eigenlijk moeten doen. Waarschijnlijk dacht hij ook dat we dat zouden doen, maar hij was onmisbaar voor ons onderzoeksprogramma.' De professor leek eerder treurig dan woedend.

Ik zei: 'Laat me raden: u hebt hem in feite laten begaan. U diende geen aanklacht in omdat iedereen hem zo graag mocht.'

Lawson-Young knikte spijtig. 'Adam bood ongeveer op zijn knieën zijn verontschuldigingen aan en beloofde het geld in termijnen terug te betalen, als we hem niet voor de rechter sleepten.'

'En heeft hij dat gedaan?'

Neerslachtig antwoordde de professor: 'Twee maanden lang betaalde hij stipt op tijd, en toen ontdekten we dat hij probeerde nog geheimere informatie te verkopen... en dan bedoel ik echt onbetáálbare informatie in financiële zin...' Hij zweeg plotseling, blijkbaar verlamd door de enormiteit van Adam Forces trouweloosheid.

Ten slotte vervolgde hij: 'Hij vergoedde onze ruimhartigheid door de meest recente gegevens in ons hele laboratorium, gegevens die werkelijk als een bom zullen inslaan, te ontvreemden en we zijn ervan overtuigd dat hij die nu wereldwijd te koop aanbiedt tegen het hoogste bod. Dat is de informatie die op de videoband staat die Force bij u heeft teruggehaald, en dat is de band waarvan we hoopten en smeekten dat u hem zou vinden.'

Ongelovig zei ik: 'Maar u wist niet eens dat ik bestond!'

'We wisten wel dat u bestond, onze speurders hebben niet stilgezeten. Maar we wisten niet of u door Adam was gehersenspoeld, zoals uw vriend Stukely.'

'*Martin?*'

'O ja. Force kan buitengewoon charmant en overtuigend zijn, zoals u weet. We achten het waarschijnlijk dat hij ook Stukely voor een behoorlijk bedrag heeft opgelicht, onder het voorwendsel dat het zou worden gebruikt voor ons onderzoek.'

'Maar Martin was geen idioot,' protesteerde ik.

'Hoogst waarschijnlijk had Stukely er geen flauw idee van dat de informatie op de band gestolen was. Geloof me, je hoeft geen idioot te zijn om in de netten van een zwendelaar verstrikt te raken. Ik vind mezelf geen idioot, maar hij heeft mij ook belazerd. Ik beschouwde hem als een vriend.'

'Waar heeft Martin dr. Force ontmoet? Dat weet u vermoedelijk niet?' vroeg ik.

'Jawel. Ze hebben elkaar ontmoet bij een sponsordiner ten behoeve van kankeronderzoek. Adam Force was daar om geld voor dat liefdadige doel in te zamelen en Stukely was aanwezig als gast van een man voor wie hij reed en die zelf ook sponsor van de stichting was. Ik ben toevallig ook sponsor en die avond sprak ook ik even met Martin Stukely.'

Ik herinnerde me vaag dat Martin iets over dat diner had verteld, maar ik had er niet veel aandacht aan besteed. Het was overigens kenmerkend voor Martin dat hij op de meest onverwachte plekken nieuwe vrienden opdeed. Zelf had ik hem tenslotte bij een juryzitting ontmoet.

Na enige tijd zei Lawson-Young: 'We hebben werkelijk overal naar bewijs gezocht voor het feit dat Adam in het bezit was van materiaal dat eigendom was van het laboratorium. We weten... voor negentig procent zeker... dat hij elk detail van enig belang heeft vastgelegd op de videoband die hij aan Martin Stukely in bewaring heeft gegeven.'

Tot mijn opluchting hoorde ik niets over pogingen om mij te laten vertellen waar de band zich bevond door middel van bivakmutsmethoden of dreigementen met genadeloze gebitsbehandelingen. Maar ik merkte wel dat de vroegere gespannenheid van de professor was teruggekeerd en ik vroeg me af of hij dacht dat ik hem belazerde, net als Adam Force.

Ik zei alleen: 'Force heeft de band. Vraagt u hem maar. Maar gisteren vertelde hij mij dat hij over uw formules en conclusies heen een sportprogramma heeft opgenomen en dat paardenrennen het enige is dat nu nog op de band staat.'

'O God!'

Ik zei: 'Maar ik geloof hem niet.'

Na een paar ogenblikken zei de professor: 'Hoe vaak kunt u zien of iemand liegt?'

'Dat hangt ervan af wie het is en waar hij over liegt.'

'Mmm,' zei hij.

Toen ik mijn geheugen controleerde, vond ik een lange reeks halve waarheden, waaronder die van mijzelf.

'Zift de leugens eruit,' zei George Lawson-Young vriendelijk, 'en wat je overhoudt is waarschijnlijk de waarheid.'

Even later herhaalde hij: 'We hebben werkelijk overal naar bewijs gezocht dat Adam materiaal in zijn bezit had dat eigendom van het laboratorium was. We denken dat hij elk detail van enig belang op de videoband heeft vastgelegd, want een van onze onderzoekers meent dat hij hem daarmee bezig zag, maar omdat hij op een heel ander gebied werkzaam is, geloofde hij Adam toen deze zei dat hij alleen maar de gangbare aantekeningen maakte. Adam zelf vertrouwde de band aan Martin Stukely toe tijdens de paardenrennen in Cheltenham. Toen Stukely overleed, hoorden we na enig rondvragen dat zijn knecht de band had doorgegeven aan Stukely's vriend, zoals van tevoren was afgesproken.' Hij zweeg. 'En omdat u die vriend bent, kunt u ons dus vertellen waar we de ontbrekende videoband het beste kunnen zoeken. Of, nog beter, hem zelf aan ons overhandigen... want volgens ons kunt u dat.'

Kortaf zei ik: 'Dat kan ik niet. Ik denk dat Force hem heeft.'

Lawson-Young huiverde opeens in de koude, vochtige wind en mijn eigen gedachten begonnen een dikke, trage klont te vormen. Ik stelde voor een warmere plek op te zoeken als we verder wilden praten en de professor nodigde me, na enige aarzeling en overleg via zijn microfoon, uit zijn laboratorium te bezoeken, als ik daarvoor voelde.

Niet alleen voelde ik daar veel voor, ik voelde me ook vereerd door de uitnodiging. Die reactie stond blijkbaar op mijn gezicht te lezen, te oordelen naar de uitdrukking op dat van de professor. Zijn vertrouwen reikte echter niet zo ver dat hij bij mij in de auto wilde stappen en dus reed hij er in een wagen heen die uit het niets opdoemde, en ik volgde met Jim.

Het onderzoekslaboratorium van de professor besloeg de begane grond van een indrukwekkend negentiende-eeuws huis en had een hoofdingang die met zuilen was gedecoreerd. Maar daarmee hield elke verwijzing naar de klassieke oudheid op – alles achter de voordeur had betrekking op de toekomst.

George Lawson-Young, weer helemaal de professor in zijn element, stelde me voor aan zijn team jonge onderzoeksartsen. Hun belangstelling voor mijn persoon beperkte zich voornamelijk, zo niet geheel, tot het feit dat ik lang geleden een manier had ontwikkeld om perfecte glazen verbindingen te maken tussen buisjes met verschillende diameters, zodat vloeistof of gas zich met de gewenste snelheid van de ene buis naar de andere kon bewegen.

Verder hadden ze niet veel werk van mij, maar de geëtste woorden 'Logan Glas' op minipipetjes en een paar bijzondere experimenteerbuisjes droegen ertoe bij dat ik meer als een soort vakbroeder dan als een nieuwsgierige bezoeker werd beschouwd. Hoe het ook zij, het feit dat ik voorwerpen als vacutaires, celseparatoren, kamers voor weefselculturen en distillatiekolven kon thuisbrengen, betekende dat ik antwoord kreeg, toen ik voor de tweede keer vroeg wat Adam Force precies had gestolen.

'In feite denken we nu dat het al de derde keer was,' zei een jonge vrouw in een witte jas zacht en verdrietig. 'Het ziet ernaar uit dat hij ook de formule van ons nieuwe astmamedicijn heeft meegenomen, dat bedoeld is om permanent littekenweefsel in de luchtwegen van chronische astmapatiënten te voorkomen. Pas onlangs is ons duidelijk geworden wat er is gebeurd, omdat we hem destijds natuurlijk geloofden toen hij verzekerde dat hij alleen wat voltooid werk van verleden jaar had geleend.'

Rondom ons knikten de anderen instemmend. Ondanks alles bleven ze Adam Force vriendelijk gezind. Ten slotte was het de professor zelf, wie de schellen inmiddels van de ogen waren gevallen, die me vertelde wat ik al die tijd had willen weten.

'Op de videoband die Adam Force gemaakt en gestolen heeft was de formatie te zien van een bepaalde weefselcultuur en de samenstellende delen ervan. De weefselcultuur was van kankercellen van de gebruikelijker soorten kanker, long- en borstkanker bijvoorbeeld. Ze hadden te maken met de ontwikkeling van genetische mutaties die de kankercelreeksen gevoeliger moeten maken voor gewone geneesmiddelen. Alle normale vormen van kanker zijn misschien te genezen als het gemuteerde gen wordt geïmplanteerd bij mensen die de kanker al hebben. Op de band zijn waarschijnlijk ook foto's te zien van de chromatografie van de verschillende componenten van de genetische constituenten van de kankercel. Het is heel gecompliceerd. Voor wie geen specialist is, ziet het er op het eerste gezicht uit als rotzooi. Helaas is het heel waarschijnlijk dat iedereen die dat wil het etiket "niets overheen opnemen" aan zijn laars kan lappen.'

Halverwege de technische details raakte ik het spoor bijster, maar ik begreep in elk geval dat de videoband die de wereld kon redden een methode bevatte om een reeks vormen van kanker te genezen.

Ik vroeg aan de professor: 'Is dit allemaal waar?'

'Het is een belangrijke stap vooruit,' zei hij.

'Maar als Force er miljoenen voor vraagt, is het dan miljoenen waard?' overwoog ik.

Somber zei Lawson-Young: 'We weten het niet.'

Adam Force had hetzelfde gezegd: 'Ik weet het niet.' Blijkbaar geen leugen, maar een verklaring dat het procédé nog niet uitvoerig was getest. De band was het verslag van een mogelijkheid, of van een bijna-zekerheid naar de waarde waarvan alleen nog gegist kon worden.

Ik zei: 'Maar u hebt vast reservekopieën van alles wat op die band staat, nietwaar? Ook als op de band zelf nu alleen nog paardenrennen staan?'

Alsof hij zich min of meer neerlegde bij een onvermijdelijke executie bracht de professor het vernietigende nieuws: 'Voordat Adam met de videoband verdween, heeft hij al onze gegevens, die op het moment nog onvervangbaar zijn, vernietigd. We hebben die band dringend nodig en ik hoop bij God dat u gelijk hebt en dat hij liegt. Het betekent twee jaar werk. Ook anderen zijn op dit gebied actief en zouden de grote doorbraak eerder dan wij kunnen bewerkstelligen. Dan verliezen we de miljoenen die we hadden kunnen verdienen.'

In de stilte zoemde de telefoon. George Lawson-Young nam de hoorn op, luisterde en overhandigde hem zonder een woord te zeggen aan mij. Aan de andere kant van de lijn klonk de stem van Jim, in staat van hevige opwinding.

Gealarmeerd zei hij: 'Die arts die u gisteren hebt bezocht, die met die witte baard?'

'Ja, wat is daarmee?'

'Die staat hier op straat.'

'Verdomme... wat doet hij?'

'Hij wacht. Hij zit in een auto die vijftig meter verderop met de neus in uw richting geparkeerd staat, en naast hem zit een forse krachtpatser. Hij heeft een andere auto staan wachten die vanaf de andere kant in uw richting staat. Het is een klassieke tang, en u zit in het midden. Dus wat wilt u dat ik doe?'

'Waar ben je precies?' vroeg ik. 'Moet ik naar links of rechts om je te vinden?'

'Naar links. Ik sta vier auto's voor Witbaard, in de richting van de deur waarin u verdwenen bent. Ik sta daar geparkeerd, maar er waart hier een parkeerwacht rond en ik sta op een dubbele gele streep. Witbaard niet, en ik kan me niet nog meer parkeerbonnen permitteren, dat is niet goed voor mijn reputatie.'

'Blijf op die gele strepen staan,' zei ik. 'Alleen gaan rijden als je niet anders kunt vanwege de parkeerwacht. Dr. Force heeft jou en je auto gisteren gezien. Niets aan te doen.'

Jims stem sloeg bijna over: 'Witbaard is uit zijn auto gestapt. Wat moet ik doen? *Hij komt deze kant uit...*'

'Jim,' zei ik kalm, 'raak niet in paniek. En kijk dr. Force niet aan als hij bij je in de buurt komt en doe het raam niet open. Blijf tegen mij praten. En mocht je in de buurt iets hebben liggen dat je kunt lezen, lees dat dan nu hardop aan mij voor.'

'Grote God.'

De wenkbrauwen van Lawson-Young hadden zijn haargrens bereikt.

Ik zei tegen hem: 'Adam Force staat hier buiten op straat mijn chauffeur lastig te vallen.' En ik zei niet dat de dokter mij bij onze laatste ontmoeting de deur had uitgewerkt met een giftig uitziende injectiespuit.

In mijn oor stamelde Jims stem de inleidende alinea's van de handleiding van de Rover en rees vervolgens weer een octaaf toen hij zei: 'Hij staat op het portierraam te tikken. Meneer Logan, wat moet ik doen?'

'Doorgaan met lezen.'

Ik gaf de telefoon aan de professor en vroeg hem te blijven luisteren. Zonder tijd te verliezen spoedde ik me de laboratoriumruimte uit en rende door de gang de straat op. Verderop links stond Adam Force op de rijweg aan de bestuurderskant op het raam van de grijze Rover te bonken en raakte duidelijk geërgerd dat Jim op geen enkele manier reageerde.

Snel liep ik het trottoir af, stak vervolgens wat minder haastig de straat over, naderde dr. Force bijna geluidloos van achteren en zei 'Hallo' ter hoogte van zijn schouder, net zoals ik bij Victor op het station in Taunton had gedaan.

Worthington en Tom Pigeon zouden het niet hebben goedgekeurd. Stomverbaasd draaide Adam Force zich vliegensvlug om.

'Zoekt u mij?' vroeg ik.

Binnen in de auto priemde Jim geagiteerd met zijn vinger in de richting van de voordeur van het laboratorium en de weg daar voorbij. Er was weinig verkeer in deze zijstraat, maar een van de naderende auto's, zo wilde Jim me duidelijk maken, betekende superslecht nieuws.

'Adam Force,' zei ik luid, 'is veel te bekend in deze straat,' en zonder enige planning, maar met trefzeker instinct pakte ik de charmante dokter bij zijn pols en draaide die met geweld om, zodat hij met zijn gezicht in de richting van de naderende auto stond, zijn arm achter zijn rug was gedraaid en door mij in een stevige greep werd gehouden die het resultaat was van het jarenlang hanteren van zwaar gesmolten glas.

Adam Force schreeuwde, eerst van pijn en daarna om over zijn overgave te onderhandelen. 'Je doet me pijn. Niet doen. Ik vertel je alles. Niet doen... God... Laat me *alsjeblieft* gaan.'

In de paar momenten tussen deze twee stadia, verzet en smeekbede, viel een klein voorwerp uit de hand die ik in mijn greep had op de grond. Het lag in de goot vlak bij een afvoerputje en ik zou er verder geen aandacht aan hebben besteed als Force niet zoveel moeite deed om het door het putje het riool in te schoppen, zodat het voor altijd verdwenen zou zijn.

Ik wist niet wat hij bedoelde toen hij 'alles' zei, maar ik had er niets op tegen om het te vernemen. Hij gilde opnieuw onder mijn geruk aan zijn arm en ik vroeg me af wat professor Lawson-Young van dit alles zou vinden als hij nog steeds luisterde. De naderende auto stopte bij de aanblik van Adam Forces benarde positie en de ongeduldige bestuurders van de vier auto's erachter begonnen te toeteren, omdat ze niet begrepen wat er aan de hand was.

'Alles,' drong ik achter Forces oor aan.

'Rose,' begon hij, maar bedacht zich toen. Rose zou iedereen de stuipen op het lijf jagen.

Ik rukte nog eens flink aan zijn arm om hem te stimuleren en zag intussen tot mijn ontzetting dat de forse krachtpatser die uit zijn auto klauterde om hem te hulp te snellen, Norman Osprey met zijn gorilla-schouders was. Over mijn schouder zag ik de tweede auto van de klassieke tang in mijn richting komen. Ten gevolge van deze onwelkome verrassingen rukte ik nog eens aan de arm van mijn gevangene, maar was even bang dat ik zijn schouder zou breken of ontwrichten. Tranen van echte pijn stonden in de ogen van de dokter.

Half snikkend, half smekend om zijn vrijheid, kermde hij wanhopig: 'Ik heb het cyclopropaangas voor Rose geregeld... uit de apotheek van de kliniek... ik kan geen rood van groen onderscheiden, maar oranje is geen probleem... laat me nu *los*.'

Hij was moeilijk te verstaan vanwege de straatgeluiden en de toeterende claxons, en zijn 'alles' bevestigde alleen wat al waarschijnlijk had geleken, maar ik handhaafde de druk net lang genoeg om hem het antwoord te laten uitgillen dat ik zo graag wilde hebben op de vraag: 'Hoe kent u Rose?'

De vraag leek hem onbelangrijk. Hij antwoordde ongeduldig: 'Haar zuster Gina kwam met haar schoonmoeder in mijn kliniek. Ik heb Rose bij Gina thuis ontmoet.'

Voldaan liet ik mijn grip op zijn arm wat verslappen zonder dat hij werkelijk beschadigd was. De auto's stonden nu radiateur tegen radiateur, konden niet voor of achteruit en blokkeerden de straat. De bestuurder van de tweede stapte gehaast uit en ik zag tot mijn afgrijzen dat het Rose was. Andere auto's die er niets mee te maken hadden zorgden voor een constante kakofonie. De ijverige parkeerwachter, bonnenboekje in de aanslag, merkte van een afstand de opstopping op en boog af in de richting van Jim en zijn parkeerovertreding.

Norman Osprey, de wandelende vleesberg, kwam vastberaden op Force en mij af om de dokter te ontzetten en misschien het vrolijke vermaak voort te zetten dat in Broadway door Tom Pigeon en zijn honden was verstoord.

De parkeerwachter en Norman de bookmaker, die beiden alleen recht voor zich uit staarden, kwamen hevig met elkaar in botsing, verloren daardoor aan snelheid en doelgerichtheid en begonnen elkaar om hun wederzijdse stommiteit uit te schelden.

Jim hield helaas zijn blikken strak gericht op het Rover-handboek, zoals ik hem had gezegd, en bleef onverstoorbaar doorlezen.

Door te schreeuwen probeerde ik tevergeefs zijn aandacht te trekken, dus ik moest uiteindelijk mijn toevlucht nemen tot mijn doordringendste Londense taxifluitje, dat zelfs Jims concentratie wist te doorbreken.

'Raam,' schreeuwde ik.

Hij begreep het eindelijk, maar het duurde eeuwen voordat hij de auto startte en op het knopje drukte om het raam te openen. Rose begon te rennen. De parkeerwachter maakte zich los van Norman Osprey. Claxons toeterden oorverdovend vanwege de geblokkeerde weg.

Ik schreeuwde tegen mijn chauffeur: 'Jim, haal die auto hier weg. Ik bel je wel.'

Jim bewees nu dat zijn stuntrijderstalenten niet alleen een gerucht waren. Met niet veel meer dan twee handbreedtes ruimte, zette hij de wielen van zijn Rover vast en draaide als een circuspaard. Hij sprong over het trottoir, veegde mij en mijn gevangene met de achtervleugel uit de weg en liet ons achter op de plek waar eerder de auto had gestaan. De dokter met zijn witte baard verging niet meer van de pijn, maar kon nog steeds geen poot verzetten zolang ik hem in mijn greep had. Jims achterlichten gloeiden even op toen hij rond de eerste bocht scheurde en uit het zicht verdween.

Iedereen leek doelloos rond te rennen en maar wat te schreeuwen. Ik liet Forces pols los en duwde hem tegelijkertijd met kracht in de gezamenlijke armen van de parkeerwachter en Osprey, en door het onverwachte gewicht verloren ze alle drie hun evenwicht.

In die warrige paar seconden bukte ik, raapte razendsnel het voorwerpje op dat Force had laten vallen en rende, rende alsof ik wegspoot uit de startblokken op een atletiekbaan. Het was uitsluitend mijn onverwachte snelheid, zo wist ik, die het verschil zou uitmaken. Ik rende tussen auto's en woedende bestuurders door, ontweek Roses greep als een rugbyspeler die aan een tackle ontsnapt en geloofde – liet mezelf geloven – dat ik fit genoeg was om ze allemaal voor te blijven zolang geen vreemde bemoeial me pootje haakte.

Ik hoefde het lot niet al te erg te tarten. De voordeur van het laboratorium zwaaide open en George Lawson-Young, nog steeds met de telefoon in zijn hand, verscheen tussen de zuilen van de entree, keek in mijn richting en wenkte me zijn veilige haven binnen. Ik stormde min of meer de zware, glimmende zwarte deur door en bleef uiteindelijk lachend en naar adem snakkend in de hal staan.

Hij sloot de deur. 'Ik begrijp niet wat er te lachen valt,' zei hij.

'Het leven is een gok.'

'En vandaag hebt u goed gegokt?'

Ik mocht de professor wel. Ik grinnikte, stak hem het dingetje toe dat ik uit de goot had gehaald en vroeg met enige aandrang: 'Kunt u onderzoeken wat hierin zit?'

Onthutst keek hij naar wat ik hem overhandigde en ik knikte, als

om te bevestigen dat ik het bij het juiste eind had. Streng vroeg hij of ik wel wist wat hij daar nu in zijn hand hield.
'Ja. Een soort injectiespuit. Je kunt de naald in elk vloeibaar medicijn steken en het in het ballonnetje zuigen,' zei ik. 'Dan prik je de naald in de patiënt en drukt het ballonnetje leeg om het spul toe te dienen. Dierenartsen gebruiken het soms bij paarden die van streek raken als ze een normale injectiespuit zien.'
Hij zei: 'U hebt gelijk. U lijkt er een hoop van af te weten.'
'Ik was een keer bij Martin...' Ik zweeg. Wat had mijn leven toch veel raakpunten gehad met dat van Martin.
Lawson-Young zei niets over Martin, maar wel: 'Deze kleine injectiespuiten kunnen ook bij manische patiënten worden gebruikt om ze te kalmeren en handelbaar te maken.'
In Phoenix House werden geesteszieke patiënten behandeld. Adam Force had toegang tot een welvoorziene apotheek.
George Lawson-Young draaide zich om en ging me voor, het ballonnetje nog steeds voorzichtig vasthoudend, naar dat deel van het laboratorium waar de gaschromatograaf stond opgesteld.
Het ballonnetje, niet groter dan een duimnagel, was nog gevuld met vloeistof en ook aan de buitenkant nat omdat het in de goot had gelegen. George Lawson-Young deponeerde het voorzichtig op een schaaltje en vroeg een van de jonge artsen zo snel mogelijk de inhoud van het miniatuurballonnetje te analyseren.
'Als het een of ander soort gif is,' waarschuwde hij, 'is het misschien niet mogelijk erachter te komen wat het precies is.'
'Het moet iets zijn dat al in de apotheek van Phoenix House aanwezig was,' zei ik. 'Ik heb Force gistermiddag voor het eerst ontmoet. Hij had niet veel tijd om iets heel ingewikkelds in stelling te brengen.'
De inhoud van het ballonnetje bleek voornamelijk voor glimlachjes te zorgen.
Nog geen tien minuten later keerde de jonge onderzoeksarts met een analyse terug. 'Het is insuline,' zei hij, zeker van zijn zaak. 'Gewone, normale insuline zoals suikerziektepatiënten gebruiken.'
'Insuline!' riep ik teleurgesteld uit. 'Is dat alles?'
Zowel de onderzoeksarts als de professor glimlachte om mijn naïviteit. De professor zei: 'Als je suikerziekte hebt, is de hoeveelheid insuline in dat spuitje voldoende om je in coma te laten raken. Als je géén suikerziekte hebt, is het voldoende om je te vermoorden.'
'Te *vermoorden*?'
'Jazeker,' knikte Lawson-Young. 'Die hoeveelheid is een dodelijke dosis. De veronderstelling lijkt redelijk dat het voor u bestemd was,

niet voor uw chauffeur, maar ik kan het nauwelijks van Adam geloven.' Hij klonk of zijn wereld instortte. 'We weten dat hij dingen ontvreemdde, maar moorden...' Hij schudde zijn hoofd. 'Weet u zéker dat dat spuitje van hem komt? U hebt het niet gewoon op straat gevonden?'

'Ik weet zeker dat hij het in zijn hand had, en ik heb hem gedwongen het te laten vallen.'

De professor en ik zaten tegen die tijd op draaistoelen in het kantoorgedeelte van het laboratorium, zijn persoonlijke domein.

'In feite is de grote vraag *waarom?*' mompelde ik.

George Lawson-Young wist het niet.

'Doe me een plezier,' verzocht hij me ten slotte. 'Begin bij het begin.'

'Ik bel eerst even naar mijn chauffeur.'

Ik gebruikte mijn mobieltje. Toen Jim zijn autotelefoon beantwoordde, klonk hij aanvankelijk opgelucht dat ik vrij was en met hem kon praten, meldde vervolgens dat hij bang was dat hij te laat thuis zou komen voor de risotto van zijn vrouw en vroeg ten slotte heel bezorgd waar hij me veilig en alleen zou aantreffen. Ik was blij dat hij voorstelde op me te wachten. De professor nam het mobieltje over en gaf Jim duidelijke instructies voor over een uur, en stelde mij vervolgens voor dat we daar geen minuut van zouden verspillen.

'Het gaat om twee videobanden,' begon ik aarzelend.

'Twee?' vroeg de professor.

'Ja, twee,' antwoordde ik, maar aarzelde vervolgens.

'Ga door.' De professor had natuurlijk haast.

'De ene is hier opgenomen en werd door Adam Force gestolen,' zei ik. 'Hij wist Martin Stukely ervan te overtuigen dat die de band voor hem moest bewaren, zodat hij niet te vinden zou zijn.'

'We hebben van de rechtbank een vergunning tot huiszoeking en inbeslagneming gekregen en waren al bezig overal naspeuringen te doen,' zei Lawson-Young, 'ook in Adams eigen huis, maar het was niet bij ons opgekomen dat hij de band aan een jockey had toevertrouwd.'

'Daarom heeft hij dat natuurlijk gedaan,' zei ik. 'Maar voorzover ik het begrijp, dacht Martin dat de band van Force nog veiliger bij mij zou zijn, want ik heb geen vier nieuwsgierige kinderen.' En geen kibbelende, loslippige vrouw, had ik eraan kunnen toevoegen. Maar – zo dacht ik – zou Martin me werkelijk de band hebben gegeven als hij had geweten dat de inhoud gestolen was?

De professor glimlachte.

Ik vervolgde: 'Martin Stukely kreeg de gestolen band van Force bij de races in Cheltenham en gaf hem tijdelijk in bewaring aan zijn knecht, toen hij wegging om in de race waarvan hij niet terugkeerde een paard genaamd Tallahassee te berijden.'

Lawson-Young knikte. 'Toen Martin Stukely verongelukte, gaf zijn knecht Eddie de band aan u, omdat hij wist dat Martin dat van plan was geweest.'

'Eddie, de knecht,' vervolgde de professor, 'was een van de mensen met wie onze onderzoekers hebben gesproken en hij zei dat hij niets wist van een gestolen laboratoriumband. Hij zei dat hij dacht dat het ging om een band die u zelf had gemaakt, een band waarop stond hoe een oude halsketting van onschatbare waarde gekopieerd kon worden.'

'Dat is de tweede band,' zei ik. 'Die is ook weg.'

'Eddie had uw duplicaat van de halsketting in de kleedkamer van de jockeys gezien. En hij zei overigens...' George Lawson-Youngs glimlach deed het kantoortje oplichten, 'dat uw kopie van de ketting verbijsterend was. Misschien wilt u mij die ook eens laten zien als dit allemaal voorbij is.'

Ik vroeg wat hij als 'voorbij' beschouwde en zijn glimlach verdween. 'Wat mij betreft is het voorbij zodra we de videoband met ons werk hebben gevonden.'

Hij wist, veronderstelde ik, dat het betrekkelijk gemakkelijk was om kopieën van videobanden te maken. En dat de informatie erop grote gelijkenis vertoonde met de inhoud van de doos van Pandora – als het eenmaal naar buiten komt, kan het er niet meer in terug worden geduwd. Zelfs als op de gestolen band zelf nu paardenrennen stonden, konden de gegevens van het kankeronderzoek nu al vrij door de wereld zwerven en zou de professor er nooit meer greep op krijgen. Voor hem wás alles misschien al voorbij.

Voor mij, dacht ik, zou het pas voorbij zijn als Rose en Adam Force me met rust lieten – maar opeens, uit het niets, kwam de schim van die vierde bivakmuts me weer voor de geest. Voor mij zou het pas voorbij zijn als zijn bivakmuts was afgerukt.

Zo terloops mogelijk bracht ik Nummer Vier tegenover de professor ter sprake, bang dat hij mijn idee als onzin zou afdoen, maar hij nam het serieus.

'Voeg uw Nummer Vier aan alle vergelijkingen toe,' maande hij, 'en wat krijgt u dan als antwoord? Krijgt u een reden waarom Force u dood wil hebben? Krijgt u een reden waarom iemand u aanvalt? Denkt u daar eens over na.'

Ik dacht dat dit de methode moest zijn die hij voor bijna al zijn onderzoek gebruikte: als ik een factor x, een 'onbekende' toevoegde aan alles wat ik had gezien en gehoord en niet volledig begreep, wat kreeg ik dan?

Voordat ik de techniek werkelijk onder de knie had, kwam een van de jonge artsen vertellen dat Adam Force op het trottoir aan de overzijde stond in gezelschap van een magere vrouw met bruin haar – mijn vriendin Rose. Dr. Force staarde naar de ingang van zijn vroegere werkplek alsof hij overwoog hoe hij het beste de Bastille kon bestormen. De jonge arts daarentegen leek er genoegen in te scheppen een ontsnappingsroute uit het fort te verzinnen.

Nadenkend zei de professer: 'Adam kent de weg in dit gebouw en de omgeving zeker zo goed als wijzelf. Zijn andere man, de man die niet te zien is, heeft hij ongetwijfeld neergezet bij de deur die in het straatje hierachter uitkomt. Dus hoe krijgen we meneer Logan hier weg zonder dat Adam Force het merkt?'

De briljante onderzoeksartsen verzonnen verschillende oplossingen waarbij ik als Tarzan over afgronden moest zwaaien, maar met beleefd respect voor elkaars hersenspinsels stemden ze unaniem voor de uitweg die ik in feite koos.

De knappe, blozende vrouwelijke arts die me het idee aan de hand deed gaf me levensgevaarlijke instructies. 'Ga de trap op. Boven aan de trap op de zesde verdieping vindt u een vergrendelde deur. Schuif de grendel weg. Doe de deur open. U staat dan op het dak. Laat u langs de dakpannen naar beneden glijden totdat u een balustrade bereikt. Kruip achter de balustrade langs zodat de man achter het huis u niet ziet. Kruip naar rechts. Houd uw hoofd naar beneden. Er zijn zeven huizen aan elkaar gebouwd. Kruip langs de balustrades van alle zeven huizen totdat u bij de brandtrappen aan het eind komt. Klim daarlangs naar beneden. Er is een vergrendelingsmechanisme waarmee de laatste ijzeren ladder tot op de begane grond kan worden verlengd. Wanneer u op straat staat, schuift u het laatste deel van de ladder weer omhoog totdat u een klik hoort. Mijn auto staat in dat straatje geparkeerd. Ik rij over een half uur weg. Tegen die tijd moet u op de begane grond zijn aangekomen zonder dat dr. Force iets heeft gezien. Ik haal u op en breng u naar uw chauffeur. Als ik u ophaal, moet u op de bodem van de auto gaan liggen, zodat het lijkt of ik er alleen in zit.'

Iedereen knikte.

Ik schudde George Lawson-Young de hand. Hij gaf me een aantal nummers waar hij te bereiken was en zei grinnikend dat ik het telefoonnummer van het lab al had. Hij verwachtte dat ik de gestolen band zou vinden. Deductie en intuïtie zouden daarvoor zorgen.

Ik zei: 'U verwacht erg veel!'

'Het is onze enige hoop,' antwoordde hij eenvoudig.

De bedenkster van mijn ontsnappingsroute en een stel van haar collega's liepen in opperbeste stemming mee naar de bovenste verdieping en ontgrendelden de deur naar het dak.

Vrolijk maar fluisterend vanwege de man ver beneden ons op straat, hielpen de onderzoekers me langs de zacht hellende dakpannen naar de lage balustrade langs de rand glijden. Toen ik daar eenmaal veilig op mijn knieën was aangeland, wuifden ze me opgewekt vaarwel en schoven de grendel weer voor de deur.

Ik had inderdaad op handen en knieën voort kunnen kruipen, maar Norman Osprey, die beneden stond te wachten, zou me dan kunnen zien. Mijn raadgeefster was klein van stuk en had niet beseft dat ik bijna twee keer zo volumineus was als zij. Om onzichtbaar te blijven zou ik op mijn buik voort moeten schuiven, omdat de balustrade nog geen veertig centimeter hoog was.

Ik zweette en schoof op mijn buik voort achter de karige dekking die de lage balustrade bood en moest mijn zenuwen de baas blijven en mijn fantasie uitschakelen om afbrokkelende delen oud metselwerk te durven oversteken. Het was een heel eind naar beneden.

De schemering viel, het zicht werd minder en dat maakte alles nog erger.

De zeven huizen leken er wel vijftig.

Toen ik eindelijk de brandtrappen bereikte was ik zo ver heen dat over de balustrade vallen me minder afschrikwekkend leek dan erachter centimeter voor centimeter moeizaam voort te schuiven.

Als Adam Force ooit op het dak van dit laboratorium was geweest, dacht ik grimmig, zou hij in elk geval niet verwachten dat ik daarop was geklommen.

Toen mijn knappe, dierbare redster in de nood me ophaalde, merkte ze op dat ik er de tijd voor had genomen om beneden te komen. Mijn droge mond maakte een antwoord onmogelijk. Ze verontschuldigde zich voor het feit dat de recente regen het dak en dus mijn kleren doornat had gemaakt. Geeft niets, bracht ik schor uit. Ze schakelde de koplampen en de verwarming in. Ik hield geleidelijk aan op met rillen – van kou en angst.

We troffen Jim op het afgesproken punt aan in zijn gebruikelijke opgewonden toestand. Mijn redster in de nood droeg me over en rapporteerde dat de leuke ontsnapping een groot succes was geweest. Ze wilde geen vergoeding voor de benzine hebben, maar aanvaardde wel een hartgrondig gemeende dankbare omhelzing en een lange, lange kus.

9

Op weg naar huis maakte ik een omweg om met Bon-Bon te praten en ontdekte dat haar tranen minder en haar geheugen beter waren geworden. De vragen die ik haar stelde, beantwoordde ze naar beste vermogen. Met de strategie die ik voorstelde, stemde ze bereidwillig in. Tegen de tijd dat Jim me geeuwend afzette bij mijn huis op de heuvel waren we allebei doodmoe en hij moest nog een paar kilometer verder rijden. Hij was zonder twijfel de meest traditionele van mijn drie zelfbenoemde oppassers en woonde het dichtst in de buurt. Zijn vrouw, vertelde hij, had gezegd dat hij moest vragen of hij me niet regelmatig kon rijden totdat ik mijn rijbewijs terugkreeg. Ik overwoog de kosten en hij overwoog mijn verbod op radio en muziek. We spraken af dat we het elkaar zouden laten weten.

Die woensdag stond Catherines motorfiets op de standaard voor de keukendeur. Toen Jim weg was, leek de warme, gezellige etensgeur in de keuken even vanzelfsprekend als het met andere meisjes vroeger gekunsteld had geleken.

'Het spijt me van die eieren.' Ze wees met haar elleboog naar de roereieren die ze aan het bakken was. 'Ik wist niet wanneer je terugkwam en ik had honger.'

Ik vroeg me af hoe zorgvuldig er was nagedacht over dat 'terug' in plaats van 'thuis'.

Ze keek me onderzoekend aan, met opgetrokken wenkbrauwen.

'Ik ben een beetje nat geworden,' zei ik.

'Vertel me dat later maar.' Ze maakte meer eieren terwijl ik droge kleren aantrok. We aten in pais en vree.

Ik zette voor ons allebei koffie en dronk de mijne op terwijl ik naar haar frisse gezicht, haar golvende blonde haar en haar vlekkeloze huid keek, en zonder veel hoop vroeg ik me af hoe zij zou vinden dat ik eruitzag.

Ik zei: 'Ik heb dr. Force vandaag weer gezien...'

Catherine lachte. 'En, was hij nog steeds charmant, knap en bezig het geloof in de mensheid te prediken?'

Ik zei: 'Nee, niet direct. Hij was van plan me naar de andere wereld te helpen als hij de kans had gekregen.' Ik geeuwde en vertelde haar bij stukjes en beetjes en zonder overdrijving hoe mijn dag was verlopen. Ze luisterde aandachtig en was ontzet.

Ik pakte haar koffiebeker en zette hem in de gootsteen. We waren nog steeds in de keuken, waar dankzij mijn moeder twee grote gemakkelijke stoelen bij een warme kachel stonden.

We zaten samen in één stoel, zowel vanwege de geestelijke steun als vanwege het fysieke genoegen.

Ik vertelde haar over de professor en zijn factor x-onderzoeksmethode. 'Dus nu,' zo besloot ik, 'ga ik alles na wat door iedereen gezegd en gedaan is, ik voer een x in en kijk wat er dan uitkomt.'

'Klinkt ingewikkeld.'

'Anders, in elk geval.'

'En als je hem vindt? Bivakmuts Nummer Vier?'

'Ik krijg nachtmerries van hem,' zei ik.

Ik streelde over haar haar. Ze nestelde zich in mijn armen en voelde zich daar blijkbaar thuis.

Als ik Bivakmuts Vier aan het beeld wilde toevoegen vanaf het moment dat zijn bestaan voor het eerst tot me was doorgedrongen, diende ik me elke afzonderlijke klap tijdens die ontmoeting op de stoep in Broadway weer voor de geest te halen en met weerzin besefte ik dat ik in mijn herinnering zou moeten teruggaan en opnieuw elk woord van Rose zou moeten aanhoren.

Ze had geschreeuwd: 'Verbrijzel zijn polsen...'

Catherine bewoog in mijn armen en kroop nog dichter tegen me aan. Ik zette Rose uit mijn hoofd en koos voor mijn bed.

Catherine was vroeg wakker en vertrok al voor het licht was naar haar werk; ik liep in het donker de heuvel af naar Logan Glas. Ik overdacht tijdens mijn wandeling de afgelopen twee dagen in Lynton en Bristol en vroeg me, net als professor Lawson-Young, af of dr. Force nog in het bezit zou zijn van de onvervangbare gegevens die hij had gestolen en ze dus te koop kon aanbieden.

Strikt genomen was dit in geen enkel opzicht een zaak voor een provinciale glasblazer, maar mijn snel genezende huid herinnerde me eraan dat niet iedereen het met die opvatting eens was.

Strikt genomen was dit evenmin een zaak voor een dode steeplechasejockey, maar zijn vrouw en kinderen waren overvallen met gas en beroofd van al hun videospullen.

De toegewijde professor was afhankelijk van mijn deductievermogens, zo had hij vol verwachting gezegd, maar in mijn opinie zette hij zijn laatste duit in op een verliezer, zoals Martin het zou hebben uitgedrukt.

Ik begon de jacht op de videoband te beschouwen als een reeks af-ritten naar wegen die allemaal nergens heen leidden – een krans van doodlopende wegen. De professor was ervan overtuigd dat een van die wegen uiteindelijk naar zijn schat zou voeren, maar ik zag Lloyd Baxter en Ed Payne, Victor en Rose, Norman Osprey en Bon-Bon en Adam Force allemaal als straten die nergens heen gingen. Ik dacht aan alles wat ze hadden gezegd en gedaan, en de professor had gelijk: als ik kans zag de leugens uit te ziften, zou ik de waarheid overhouden.

Het kostte veel meer tijd en geestelijke energie om na te gaan of zijn stelling – de factor x (Bivakmuts Vier) in al mijn onoplosbare vergelij-kingen inbrengen – steekhoudend was.

Hoewel ik een halfuur voor de normale openingstijd in de werk-plaats arriveerde, was Hickory al aanwezig en probeerde opnieuw kop-pig een perfecte zeilboot te maken. De boot zelf had hij nu veel groter gemaakt, langs de mast toetsen rood en blauw verwerkt en het geheel zag er nu lichter en leuker uit.

Ik complimenteerde hem, maar kreeg een nors gegrom terug. Ik bedacht hoe snel zijn opgewekte humeur kon omslaan in een donder-wolk en hoopte, terwille van hemzelf en terwille van ons competente kleine team, dat de bui even snel over zou trekken als hij gekomen was. Intussen ruimde ik de planken van de voorraadkasten achter in de werkplaats op. Daar stond de smeltoven, waarin Hickory het ge-smolten glas op een werktemperatuur van 1000 graden Celsius had gebracht. Om Hickory recht te doen, moet ik zeggen dat hij het half-gesmolten glas hanteerde met het lef dat hij nodig zou hebben om uiteindelijk publieke erkenning te krijgen. Bij mezelf dacht ik echter dat hij zou blijven steken in 'heel aardig' en nooit 'fantastisch' zou bereiken. Diep in zijn hart begreep hij waar zijn grenzen lagen en hij wist dat ik beter was, en daarom vroegen zijn huidige lichte wrokge-voelens om geduld en een opgewekte lach, ongeacht of hij zou blijven of in goede verstandhouding zou vertrekken.

Zoals zo vaak kwamen Irish en Pamela Jane samen binnen en kib-belden deze keer over een film die ze hadden gezien en waarin een slechte glasblazer voorkwam. Ze vroegen Hickory wat hij ervan vond en betrokken hem zo intensief in hun discussie dat Hickory's kostbare nieuwe zeilboot met een fatale luide klap in vijf, zes stukken uit elkaar sprong. Hij had los op de stalen werkbank gestaan en de buitenkant koelde sneller af dan de gloeiendhete kern. De innerlijke spanningen die het gevolg waren van de ongelijkmatige krimpsnelheid waren het broze glas te veel geworden. Hij was uit elkaar gesprongen en de scher-ven lagen nu op de vloer.

Mijn assistenten stonden er alle drie ontdaan bij. Hickory zelf keek op zijn horloge en zei dof: 'Drie minuten, dat is alles. Ik wilde hem in de oven zetten... Godverdomme, die *stomme* film.'

Niemand raakte de stukken aan of probeerde ze op te rapen. De temperatuur lag nog dicht bij het smeltpunt en ze zouden je vingers verkolen.

'Geeft niet,' zei ik en haalde mijn schouders op bij de treurige aanblik van de scherven, 'dat kan gebeuren.' En ik hoefde hen er niet aan te herinneren dat oefenglas goedkoop was. Het kon iedereen overkomen, ook de beste.

We werkten de hele morgen ijverig aan vliegende vogels voor mobiles, die altijd uitstekend verkochten. Vooral Pamela Jane hield er erg van en zij was degene die er de volgende morgen vroeg touwtjes aan maakte en ze om twaalf uur zorgvuldig in dozen zou pakken, zodat ze er gemakkelijk uitgetrokken konden worden en meteen wegvlogen.

Hickory kon keurige vogeltjes maken en tegen de tijd dat Worthington in Marigolds Rolls voor de werkplaats stopte, had hij ook zijn goede humeur weer terug. Gehuld in een dramatische zwart-wit gestreepte kaftan en met wimpers vol mascara die open en dicht klapten als die van een giraf stapte Marigold zelf uit haar glanzende automobiel. Ze kwam me halen, kondigde ze aan, om te gaan lunchen in de Draak van Wychwood. Ze wilde me een gunst vragen, zei ze.

Worthington, zoals altijd een stap achter Marigold als hij als lijfwacht optrad, had tijdens hun skivakantie de meeste kleur opgedaan. Hij had het grootste deel van de tijd op de lange latten doorgebracht, zei hij tevreden, terwijl Marigolds garderobe met drie enorme koffers was uitgebreid. En het was duidelijk dat ze beiden een heerlijke tijd hadden gehad.

Als gewoonlijk bracht Marigolds intense vitaliteit iedereen in haar omgeving aan het giechelen en net als andere keren waren zij en Hickory binnen de kortste keren bezig elkaar frank en vrij seksuele balletjes toe te kaatsen.

Verrukt over dit spelletje bleef Marigold een halfuur hangen – voor haar doen een eeuwigheid – terwijl Worthington mij intussen met een zachte, maar dwingende hand op mijn arm naar de smeltoven achter in de ruimte leidde en me met een doodongelukkig gezicht vertelde dat de ondergrondse broederschap van bookmakers mijn totale vernietiging, zoal niet mijn dood voorspelde.

'Rose waart nog steeds hier in de buurt rond en loert op een kans om wraak te nemen, omdat ze niet begrijpt waarom je niet voor haar in het stof ligt. Ze wordt uitgelachen omdat jij, Tom en ik aan twee van haar best georganiseerde kloppartijen zijn ontsnapt en ze piekert er niet over dat gezichtsverlies te accepteren. Dus kijk maar uit, want ik heb gehoord dat iemand in Broadway je nu in de kijker heeft en elke beweging van jou regelrecht aan Rose rapporteert.'

'Kijker?'

'Ja, kijker. Word eens wakker. Verrekijker. Renbaankijker. Maar serieus, Gerard, Tom Pigeon zegt dat het niet om te lachen is.'

Ik beloofde voorzichtig te zijn, maar wie kon er nu voortdurend op zijn hoede zijn? Ik zei: 'Ik kan je dan maar beter zeggen dat Adam Force en Rose gisteren hebben geprobeerd me om zeep te helpen. Dat denk ik tenminste.'

Hij luisterde met een grimmig gezicht en stelde de onbeantwoordbare vraag: 'Waar is Rose nu?'

Marigold en Hickory, die van hun flirt evenzeer genoten vanwege als ondanks het leeftijdsverschil van twintig jaar, gaven elkaar bij wijze van afscheid een vluchtige kus op de wang, en Marigold en ik maakten onze opzienbarende entree in de eetzaal van de Draak van Wychwood. De Draak zelf kwam met opgezette zeilen tussen de tafels door stevenen om zich aan Marigolds zijde te posteren – twee prachtige dames die elkaar het licht in de ogen niet gunden.

Wat bizarre kleding betrof achtte ik het gelijk spel, en in de mascarasector was het een gemakkelijke zege voor Marigold. Er verstreken bijna twee uur voordat Marigold genoeg kreeg van de onderhuidse competitie en me eindelijk de reden van haar invitatie voor de lunch vertelde.

Pathetisch begon ze (onnodig) met: 'Ik ben Bon-Bons moeder!'

'Aha,' zei ik. Dat wist ik al.

'Met Kerstmis,' vervolgde Marigold, 'heeft Martin zijn vrouw namens de kinderen een videocamera gegeven en hij wilde haar ook een halsketting als eigen cadeau geven.'

Ik knikte. 'Maar zij had liever warme winterlaarzen.'

'Dat arme kind heeft geen smaak.'

'Maar wel koude voeten.'

Marigold vond mode belangrijker dan comfort. 'Martin heeft me verteld dat jij eens een spectaculaire ketting hebt gemaakt en dat je diezelfde ketting nog eens kon maken. Dus... wil je die voor Bon-Bon maken? Als cadeau van mij natuurlijk. En ik wil hem graag eerst zien.'

Ze keek me hoopvol aan en wachtte een ongebruikelijk lange tijd op mijn antwoord. Ik wist eigenlijk niet wat ik moest zeggen. Ik wilde haar niet beledigen door te zeggen dat de ketting veel meer dan de winterlaarzen en de videocamera samen zou kosten, al zou ze dat moe-

138

ten weten, maar de videoband waarop stond hoe de ketting gemaakt moest worden, inclusief de volledige lijst van alle benodigdheden in grammen, was niet alleen zoek, maar bevond zich mogelijk intussen op Roses lijst van dingen die het waard waren iemand voor om zeep te helpen. Toen ik zei dat ik een ketting voor Bon-Bon zou maken, kende ik Rose nog niet.

Toen ik te lang had gezwegen vroeg Marigold: 'Wat is het probleem? Kun je het niet doen?'

Nu kon ik een antwoord, wat voor antwoord ook, niet langer uitstellen. 'Heeft dat idee van een ketting de zegen van Bon-Bon zelf?' vroeg ik.

'Ze weet er niets van. Ik wil haar een mooie verrassing bezorgen om haar op te monteren. Eerst wilde ik iets in Parijs voor haar kopen, maar toen herinnerde ik me wat Martin jou wilde laten maken. Dus doe je het?'

Ze kreeg zo zelden een ontkennend antwoord dat ze mijn aarzeling niet begreep. Ik zette mijn meest overtuigende glimlach op en vroeg om bedenktijd. Ze begon te pruilen en ik herinnerde me dat Martin lachend had gezegd dat Marigolds gepruil betekende dat het mes op tafel lag.

Verdomme, dacht ik, ik wilde dat hij nog leefde. Hij was nu éénentwintig dagen dood en elk dag zonder hem had ik een bezoeking gevonden.

Tegen Marigold zei ik: 'De ketting die ik heb gemaakt ligt in een bankkluis hier vlakbij. Ik ben het met je eens dat je hem moet zien voordat we iets doen.'

De pruillip veranderde in een brede, begrijpende glimlach en hoewel we de afstand gemakkelijk te voet hadden kunnen afleggen, liet Marigold met een royaal gebaar Worthington komen, betaalde even royaal voor onze lunch en won de hele weg naar de Rolls moeiteloos op punten van de arme Draak.

In de bank boog de manager bijna tot de grond voor Marigold, terwijl onderknuppels ijlings aan het werk werden gezet om mijn kluisbox naar een privé-ruimte te brengen waar ik de inhoud kon controleren. Ik opende de metalen doos, legde de smalle blauwfluwelen cassette met de kopie van de Kretenzische Zonsopgang op de tafel en klikte de doos open om te horen wat zij ervan vond.

Het antieke origineel had ik alleen verlicht achter glas gezien, dus ik kon de twee niet helemaal vergelijken, maar in het kille licht van het bankkantoor glansde mijn duplicaat als het ware van innerlijk leven, en ik voelde zo'n golf van zelfvoldaanheid dat mijn oom Ron van schaamte zijn handen voor zijn gezicht geslagen zou hebben.

Vol verbazing riep Marigold 'Oohhh', haalde adem en zei 'O, lieve hemel' en wist niet of ze het mooi vond of niet.

De ketting, die vijfendertighonderd jaar geleden was ontworpen, bestond uit twintig vlakke stukjes aquamarijnkleurig en donkerblauw glas aaneengesmeed met gesmolten goud. Elk glanzend vlak stukje, ongeveer vijf centimeter lang en een duimnagel breed, droeg de afdruk van een bloem. Als de ketting werd gedragen spreidden de langwerpige stukjes, rond de hals losjes aan de korte kanten bijeengehouden, zich straalvormig uit als een zonsopgang en lagen de bloemafdrukken aan het einde vlak op de huid. Het sieraad was van een barbaarse, antieke pracht en uitgesproken zwaar. Ik kon me voorstellen dat de tengere Bon-Bon het niet wilde dragen.

Marigold was van haar verrassing bekomen en vroeg of Martin het had gezien.

'Ja,' knikte ik. 'Hij dacht dat het bij Bon-Bon zou passen, maar zij wilde liever laarzen.' Ik had hem de ketting zonder enig voorbehoud geleend en hij had hem in de kleedkamer van de jockeys laten zien. Tientallen mensen hadden hem bewonderd.

Hoe ongelooflijk ook, Marigold was opnieuw met stomheid geslagen en zei geen woord terwijl ik de ketting teruglegde in de fluwelen cassette en die weer in de metalen kluisbox opborg. De andere documenten daarin controleerde ik opnieuw – testament, verzekeringspolis, eigendomsbewijs van het huis op de heuvel, de hele gebruikelijke papierkraam van het leven, maar geen spoor van een instructieve videoband.

Opnieuw doorzocht ik zorgvuldig de stapel enveloppen.

Er was geen band. Niets. Met enig leedvermaak bedacht ik dat de ketting allesbehalve eenvoudig na te maken zou zijn, zelfs als je de instructieband stap voor stap volgde. Ik had de band gedeeltelijk bewaard vanwege de vele moeizame uren die de ketting mij had gekost.

De onderknuppels van de bank deden alles weer op slot en gaven mij mijn sleutel terug. Marigold gaf Worthington opdracht ons allemaal terug te brengen naar Logan Glas. Afgezien van haar woorden tegen de chauffeur was ze buitengewoon stil tijdens het korte ritje en ook was haar ginconsumptie, zoals ik al in de eetzaal van de Draak van Wychwood had kunnen vaststellen, nagenoeg tot de nullijn gedaald.

Eenmaal terug in Logan Glas paradeerde ze heen en weer in de helder verlichte showroom alsof ze er nooit eerder was geweest, bleef ten slotte staan bij Catherines vleugels en begon ons allemaal – Worthington, Irish, Hickory, Pamela Jane en mijzelf – toe te spreken alsof we een lagereschoolklas waren. Ze zei dat we geluk hadden in een atelier te werken dat in de hele wereld zo goed stond aangeschreven. Zij zou onze reputatie nog met sprongen doen stijgen omdat 'Gerard...' ze wierp me een kushandje toe... 'met hulp van jullie allemaal natuurlijk, een prachtige ketting voor mij gaat maken die ik de Marigold Knight Trofee zal noemen en die elk jaar op oudejaarsdag aan de winnaar van een steeplechaserace op Cheltenham zal worden uitgereikt ter nagedachtenis aan mijn schoonzoon Martin Stukely... en,' ze breidde haar armen uit, 'wat denken jullie *daarvan?*'

Wat we ook dachten, we staarden zwijgend en stomverbaasd voor ons uit.

'En Gerard,' wilde ze nu weten, 'wat vind jij ervan?'

Ik zei niet 'Te gek om los te lopen. Gauw uit je hoofd zetten,' maar ik dacht het wel.

'Weet je,' vervolgde Marigold triomfantelijk, 'iedereen wordt er beter van. Bij Logan Glas zullen de klanten toestromen.'

Afgezien van het feit dat haar plan huizenhoge problemen met de verzekering zou opleveren, was het huiveringwekkend waarschijnlijk dat ooit iemand ergens zou proberen de moderne ketting te verruilen voor de antieke en Marigold daarmee in conflict met de wet brengen.

'Ik vind het een *fantastisch* idee,' zei Pamela Jane tegen Marigold, en de anderen stemden daarmee in. Zelfs bij Worthington gingen geen rode lampjes branden.

Verrukt als Marigold was over het plan dat ze binnen tien minuten had bedacht, begon ze nu haastig de details in te vullen. Ze zou onmiddellijk contact opnemen met de Trofeeëncommissie van de renbaan in Cheltenham... Gerard kon onmiddellijk aan het werk... de pers diende te worden ingelicht...

Ik luisterde nauwelijks naar die plannen. Alles zou beter als trofee kunnen dienen dan een kopie van een sieraad dat een miljoen waard was. Het monument voor Martin dat ik nog niet had gemaakt zou geschikter zijn. Glazen trofeeën waren gangbaar bij paardenrennen en in het algemeen gesproken zou ik het fantastisch vinden opdracht te krijgen er een te maken.

Geestdriftig greep Irish Marigolds hand en schudde die tot haar verbazing krachtig. Hickory straalde. Het idee van een ketting als trofee veroverde Logan Glas, maar de commissie van Cheltenham zou het wellicht minder waarderen.

De zalige onwetendheid van de commissie was weinig tijd meer beschoren. Marigold gebruikte mijn telefoon om een invloedrijke hoge piet te bellen die ze aanspoorde meteen naar Logan Glas te komen.

Een uur later begroette Marigold – die voor menig machtig man onweerstaanbaar was – Kenneth Trubshaw, de man van Cheltenham, met een vertrouwelijke kus en had al uitgelegd wat ze van plan was voordat ze Irish, Hickory en Pamela Jane zelfs maar had voorgesteld.

Ik kreeg een knikje van dit keurige lid van de renbaantop. Hij kende me van gezicht, maar tot dat moment hadden we nooit een woord gewisseld. Met opgeheven armen zette Marigold dat meteen recht.

'Schat, je kent natuurlijk Gerard Logan?'

'Eh... ja, natuurlijk.'

'En Gerard is degene die die *fantastische* halsketting heeft gemaakt die je absoluut *moet* zien. Hij ligt hier in de bank...'

Iedereen keek op zijn horloge of op de klok aan de wand van de showroom. De bank had vijf minuten tevoren zijn deuren gesloten en de teleurstelling stond op Marigolds gezicht te lezen. De tijd was te snel weggetikt.

Ik opperde beleefd dat meneer Trubshaw, om de korte reis niet voor niets te hebben gemaakt, wellicht een paar andere dingen wilde zien die ik had gemaakt en hoewel Marigold luidkeels protesteerde: 'Maar schat, in die ketting zit veel meer *goud* en het wordt een race om een gouden trofee...'

Wellicht meer uit beleefdheid dan uit belangstelling zette Kenneth Trubshaw zijn eerste stevige, tot niets verplichtende stappen in de galerie. Toen bleef hij tot mijn grote opluchting staan, keek, deed een stap achteruit en eindigde ten slotte nadenkend bij de vleugels van Catherine.

'Wat kost deze?' vroeg hij. 'Er staat geen prijs bij.'

'Die is verkocht,' zei ik.

Mijn assistenten keken alle drie verbaasd.

'Jammer,' was Trubshaws commentaar.

'Er zit niet genoeg goud in,' klaagde Marigold.

'Hm,' zei ik, 'ik heb eens een paard gemaakt dat over een horde springt. De horde was van massief goud en de hoeven van het paard ook. De rest van het paard was van kristal, en de grond, de ondergrond van het werk, was van zwart glas met kleine gouden vlekjes.'

'Waar is dat nu?' vroeg Kenneth.

'In Dubai.'

Hij glimlachte.

'En hoe moet het nu met de ketting?' vroeg Marigold ongeduldig.

Haar Kenneth zei sussend: 'Ik kom er morgen naar kijken, maar deze jonge man kan ons meer laten zien dan alleen een ketting. Die vleugels bijvoorbeeld...' Hij stond ervoor en hield zijn hoofd enigszins scheef. 'Kunt u het niet nog eens maken? Als deze is verkocht?' vroeg hij.

'Een deel van wat ik verkoop is gegarandeerd een unicum,' zei ik verontschuldigend. Ik wist niet zeker of ik de vleugels nog eens zou kunnen maken, al zou ik het willen. De krachtige, oprijzende pracht van het ontwerp was uit mijn onderbewuste gekomen. Ik had zelfs geen aantekeningen gemaakt.

Kon ik in plaats daarvan dan een ander eerbetoon voor Martin Stukely maken?

Ik zei: 'Ik zou een springend paard met toetsen goud kunnen maken. Cheltenham waardig.'

'Ik kom morgen langs,' zei de trofeeënvoorzitter en omhelsde Marigold ten afscheid met glimlachende geestdrift.

Marigold had eerder met haar dochter afgesproken dat ze me mee zou nemen naar Bon-Bons huis, en zij, Worthington en ik knarsten op hetzelfde moment het Stukely-grind op als Priam Jones, die heel voorzichtig was met de dure banden die hij had aangeschaft ter vervanging van degene die hij op oudejaarsdag aan flarden had gereden. Priam, zo had ik van Bon-Bon gehoord, had uiteindelijk afgezien van zijn voornemen het gemeentebestuur te vervolgen wegens het van de ene dag op de andere installeren van scherpe tanden in het wegdek. Al zijn verontwaardiging en walging richtten zich intussen op Lloyd Baxter die zijn paarden, Tallahassee incluis, naar trainingsstallen in het noorden, dichter bij zijn woonplaats, had laten transporteren.

Bon-Bon kwam het huis uit, begroette ons hartelijk en dankzij haar manipulaties kon ik zonder moeite met Priam Jones praten alsof onze ontmoeting puur toeval was. Priam wekte de indruk dat hij de laatste van al mijn doodlopende straten was.

'Bon-Bon heeft me uitgenodigd een hapje te komen eten,' kondigde Priam met een zekere triomfantelijke trots aan.

'Wat leuk!' zei ik hartelijk. 'Mij ook.'

Priams gezicht zei dat mijn aanwezigheid hem niet aanstond en het werd nog erger – van zijn standpunt uit bezien – toen Bon-Bon haar moeder mee naar binnen sleepte om de nieuwe kleren te bekijken en over haar schouder tegen mij zei: 'Gerard, schenk Priam alvast een borrel in als je wilt. Alles staat in de kast, geloof ik.'

Bon-Bons verdriet om Martin was tot rust gekomen in haar hart als een anker dat een schip stabiliseert. Ze had meer gezag over de kinderen en het bestieren van het roerige huishouden begon haar gemakkelijker te vallen. Ik had haar gevraagd of ze het aan zou kunnen Priam te eten te vragen, maar ik had niet de handigheid verwacht waarmee ze hem nu aan mij – in mijn functie van tweede gast – op een presenteerblaadje aanbood.

Op dat moment stormden de kinderen het huis uit en begroetten mij, tegen de gewoonte in, als 'oom Gerard' en Priam als 'meneer'. Vervolgens gijzelden ze Worthington en ontvoerden hem naar het garageblok om spelletjes te doen. Priam en ik bleven alleen achter en ik ging hem voor naar Martins kantoor. Daar speelde ik voor gastheer, zoals me was opgedragen, en ik wist Priam met veel vleierij te overreden te vertellen hoe het met zijn andere paarden ging, aangezien ik een van zijn winnaars lovend in de krant besproken had gezien.

Priams gebruikelijke snoeverij kreeg weer de overhand en hij legde uit waarom alleen hij die renpaarden precies op het juiste moment had kunnen laten uitkomen. Niemand, beweerde hij, wist beter hoe je een paard op een bepaalde race moest voorbereiden dan hij.

Hij streek door het dunne witte haar dat zijn schedel nog bedekte, maar hier en daar roze huid liet doorschemeren en erkende dat Martin af en toe iets had bijgedragen aan zijn trainingssuccessen.

Op mijn uitnodiging installeerde Priam zich met een slappe whisky en soda op de bank, terwijl ik in Martins stoel ging zitten en speelde met wat er zoal op zijn bureau lag. Ik dacht aan Priams spontane tranen op Cheltenham en vroeg me niet voor het eerst af of Priam misschien diep in zijn hart minder zeker van zichzelf was dan hij zich voordeed. Het was mogelijk dat hij me de waarheid zou vertellen als ik dat tranenreservoir wist aan te boren en deze keer zou ik onderweg niet op een tuinslang stuiten.

'Hoe goed,' vroeg ik achteloos, 'ken je Eddie Payne, Martins vroegere renbaanknecht?'

Verbaasd antwoordde Priam: 'Ik ken hem niet erg goed, als je dat bedoelt, maar soms breng ik hem de kleuren die de jockeys moeten dragen, dus ja, ik praat weleens met Eddie.'

'En Rose?' opperde ik.

'Wie?'

'De dochter van Eddie Payne. Ken je die?'

'Waarom wil je dat in vredesnaam weten?' Hij klonk verwonderd, maar hij had de vraag niet beantwoord. Eddie en zijn dochter hadden zwarte bivakmutsen gedragen, dacht ik, maar kon Priam Nummer Vier zijn geweest?

Dankbaar zei ik: 'Het was erg vriendelijk van je, Priam, dat je op die ellendige dag dat Martin stierf de band terugbracht naar Broadway die ik stom genoeg in de zak van mijn regenjas in Martins auto had laten zitten. Ik heb je daar nooit behoorlijk voor bedankt.' Ik zweeg even en vervolgde toen, alsof het één niets met het ander te maken had: 'Ik hoorde een krankzinnig gerucht dat je twee videobanden hebt verwisseld. Dat je die uit mijn zak hebt gehouden en er een andere voor in de plaats hebt teruggegeven.'

'Nonsens!'

'Dat ben ik met je eens,' glimlachte ik en knikte. 'Ik ben ervan overtuigd dat je de band die ik op Cheltenham had gekregen naar mijn werkplaats in Broadway hebt teruggebracht.'

'Zie je nou wel.' Hij klonk opgelucht. 'Waarom begin je er dan over?'

'Omdat je in Martins kantoor, in deze kamer hier dus, natuurlijk overal banden zag liggen. Uit nieuwsgierigheid heb je misschien de band die ik in de auto had laten liggen in Martins videorecorder gestopt en bekeken, en misschien vond je hem zo vervelend en onbegrijpelijk dat je hem terugspoelde, het pakje weer dichtplakte en het terugbracht naar Broadway.'

'Je zit maar wat te raden,' protesteerde Priam.

'Jazeker. En heb ik goed geraden?'

Priam wilde niet erkennen dat hij nieuwsgierig was geweest. Ik wees erop dat het alleen in zijn voordeel kon werken als met zekerheid vaststond welke band uit Logan Glas was ontvreemd.

Hij geloofde me en zag er zelfvoldaan uit, maar ik bracht hem weer helemaal in de war door te vragen *wie* hij die avond, of de volgende morgen vroeg, had verzekerd dat de band die hij in Broadway had afgegeven niets te maken had met een antieke halsketting die wellicht een miljoen waard was.

Priams gezicht verstrakte. Dat was een vraag die hij beslist niet wenste te beantwoorden.

Zonder al te veel aan te dringen vroeg ik: 'Was het Rose Payne?'

Hij staarde voor zich uit, niet van plan zijn mond open te doen.

'Als je me vertelt *wie*,' vervolgde ik op dezelfde rustige toon, 'kunnen we de geruchten dat jij banden hebt verwisseld de kop indrukken.'

'De waarheid spreken kan nooit kwaad,' protesteerde Priam, maar hij had het natuurlijk bij het verkeerde eind. De waarheid kan niet geloofd worden of pijn doen.

'Wie?' herhaalde ik, en ik denk dat het feit dat ik niet keihard aandrong ertoe bijdroeg dat hij zich liet overhalen de feiten te openbaren.

'Toen Martin stierf,' zei hij, 'bracht ik zijn spullen hierheen, zoals je weet, en omdat mijn eigen auto bij de garage stond omdat... eh... de banden vervangen... eh... moesten worden...'

Ik knikte neutraal, zonder te glimlachen.

145

Hierdoor aangemoedigd vervolgde Priam: 'Nou, Bon-Bon zei dat ik Martins auto mocht nemen, ze zou trouwens op alles ja hebben gezegd, ze was totaal overstuur, dus ik reed in Martins auto naar huis en daarna terug naar Broadway, met Baxters koffer en jouw regenjas, en toen weer terug naar mijn eigen huis. Toen ik de volgende morgen van de ochtendtraining met de eerste groep paarden terugkwam, rinkelde mijn telefoon, en het was Eddie Payne...' Priam haalde even adem, maar leek het hele verhaal eruit te willen gooien. 'Nou... Eddie vroeg dus of ik zeker wist dat de band die ik naar jouw werkplaats had gebracht dezelfde was als hij je op Cheltenham had gegeven, en ik zei dat ik dat absoluut zeker wist. Dat was dat, en hij hing op.'

Priams verhaal was ten einde. Hij nam een flinke slok whisky en ik schonk een steviger tweede glas voor hem in, een hartversterking na de biecht.

Eddie zelf was gaan biechten. Eddie had Martins begrafenis niet aangekund. Eddie was bang voor zijn dochter Rose en Eddie had een zwarte bivakmuts over zijn hoofd getrokken om mij behoorlijk te grazen te nemen. Als Tom en de dobermanns niet voorbij waren gekomen, zou Eddies zielenheil een hoop meer absolutie hebben gevergd.

Priam had zoveel moeite gehad met het beantwoorden van een betrekkelijk eenvoudige vraag en zoveel tekenen van angst vertoond dat ik de informatie die ik net had gehoord opnieuw de revue liet passeren om te zien of hij consequenties kende waar ik niets van wist.

Kon hij Bivakmuts Vier zijn geweest? De onbekende factor x?

Waarschijnlijk had Ed Payne aan Rose verteld dat de band die bij Logan Glas tijdens de eeuwwisseling was gestolen te maken had met een halsketting. Rose hoefde hem niet geloofd te hebben. Rose, die wist dat een dergelijke halsketting bestond, maar niet besefte dat de band zelf niet veel waard was, zeker geen miljoen, was wellicht zo begerig geworden dat ze iedereen in Bon-Bons huis met cyclopropaangas tegen de vlakte had gespoten en elke videoband die er te vinden was had meegenomen.

Op het moment zelf had ik gedacht dat het een man was die vanachter de deur tevoorschijn was gesprongen om me bewusteloos te slaan, maar bij nader inzien kon het best Rose zelf zijn geweest. Rose was snel, sterk en vastberaden en zou ongetwijfeld niet aarzelen als er een man neergeslagen moest worden. Daar kon ik van meepraten.

Peinzend vroeg ik Priam, alsof ik was vergeten dat ik hem dat al eerder had gevraagd: 'Hoe goed ken je Rose Payne?'

'Ik ken haar niet,' antwoordde hij onmiddellijk, en wijzigde vervolgens zijn verklaring in een verwaterd: 'Ik heb haar weleens gezien.'

'Hoe goed kent ze Adam Force, denk je? Denk je dat dr. Force dwaas genoeg is haar een cilinder gas te bezorgen uit een verpleeghuis waar hij patiënten heeft?'

Priam keek me zo verschrikt aan dat het leek of ik een zwaard had getrokken, maar hij vertoonde helaas – van mijn standpunt bezien – geen tekenen van schuld. Hij voelde zich niet schuldig; bijna niemand voelde zich schuldig.

Bon-Bons 'hapje mee-eten' bleek precies te zijn wat ze had beloofd, tot Priams lichte teleurstelling. Hij was meer gesteld op grandeur, maar iedereen zat rond de grote keukentafel – Marigold, Worthington, de kinderen, Bon-Bon, ik en Priam zelf. Ik fungeerde ook als ober, zoals wel vaker in dat huis, maar Daniel, de oudste zoon, ruimde soms de lege borden af.

'Gerard,' zei hij tussen twee gangen in en posteerde zich pal voor me om mijn aandacht te trekken, 'wie is Victor?'

Ik was direct een en al oor en antwoordde: 'Een jongen. Vertel eens wat je gehoord hebt.'

'Gelden die gouden munten nog steeds?' vroeg Daniel. 'Krijgen we die weer?'

'Nee, natuurlijk niet,' berispte Bon-Bon hem. 'Dat was een spelletje.'

'Dit ook,' beloofde ik, 'dus we spelen het op dezelfde manier.'

Ik voelde in mijn zakken en vond wat los kleingeld – een wonder dat ik nog iets over had na de ruim twintig munten die ze me een paar dagen eerder afhandig hadden gemaakt.

'Wat is er met Victor?' vroeg ik. Ik legde een munt op tafel en Daniel zei: 'Er zijn twee dingen,' dus ik legde nog een tweede neer.

'Je leert die kinderen heel verkeerde dingen,' was Marigolds commentaar.

Theoretisch was ik het wel met haar eens, maar onverwacht verklaarde Daniel: 'Gerard heeft tegen Worthington en een vriend van hem gezegd dat je in het algemeen krijgt waarvoor je betaalt.'

Marigolds afkeuring richtte zich nu ook op haar chauffeur. Daniel begreep het niet en wachtte alleen tot ik zou luisteren.

'Toe maar,' zei ik. 'Twee gouden munten. En zorg dat ze je informatie waard zijn.' Ik grijnsde tegen hem.

Hij legde zijn mollige hand over de munten en zei tegen me: 'Hij wil je een geheim vertellen.'

'Wanneer heeft hij dat gezegd?' Ik nam hem serieus, maar de andere volwassenen lachten.

Daniel pakte een van de gouden munten. Klein geldbelust monstertje, dacht ik.

'Hij heeft opgebeld,' zei Daniel. 'Mammie was in de tuin, dus ik heb opgenomen. Hij zei dat hij Victor was. Hij wilde mammie niet spreken, alleen jou. Jij was er niet, maar ik zei dat je kwam eten, dus hij zei dat ik tegen jou moest zeggen dat hij het opnieuw zou proberen zodra hij kon.'

Daniels hand zweefde in de lucht boven de tweede munt. Ik knikte gelaten en in een oogwenk was hij verdwenen.

'Een schande is het!' sprak Marigold streng. 'Je leert mijn kleinzoon allerlei slechte dingen.'

'Het is een spelletje,' herhaalde ik. Een spelletje voor elfjarigen. Maar Daniel was pienter en had goed werk geleverd, vond ik.

'Een hapje mee-eten' was om halfacht afgelopen, een uur voordat de jongere kinderen naar bed moesten. Marigold, die haar radde tong had teruggevonden, vergaf Daniel met een welterustenknuffel die hem in de plooien van haar kaftan deed verdwijnen en zweefde na de koffie, drie forse glazen Grand Marnier en een giechelend telefoongesprek met Kenneth Trubshaw dat betrekking had op het sponsoren van gouden trofeeën, op wolken welwillendheid naar de Rolls, liet zich door Worthington zorgzaam achterin installeren en naar huis rijden.

Priam Jones vond dat hij niet de behandeling had gekregen die hem toekwam. Hij deelde Bon-Bon mee dat hij haar weliswaar dankte voor haar gastvrijheid, maar dat hij als renpaardentrainer van naam en vooral als voornaamste werkgever van haar man graag wat meer aandacht en consideratie had gezien. Een nog koeler afscheidsknikje was mijn deel. Vervolgens uitte hij zijn ergernis door zijn nieuwe banden te mishandelen bij zijn gierende vertrek over het scherpe grind. Arme Priam, dacht ik. Het kon niet leuk zijn om in zijn schoenen te staan.

Victor liet me lang wachten. Voordat Bon-Bon naar boven ging om de kinderen een verhaaltje voor het slapen gaan voor te lezen, gaf ze mij een nachtzoen en wees in de richting van het kantoortje, waar ik de verdere avond doorbracht. Maar het was al over elven toen ik bij het vijfde telefoontje eindelijk de vertrouwde overslaande stem uit Taunton hoorde.

'Gerard? Ik sta in een telefooncel. Mam denkt dat ik in bed lig. Ze heeft je mobiele nummer weggegooid en ik kan de e-mail niet gebruiken... tante Rose heeft mijn computer meegenomen. Ik ben doodziek van alles. Ik wil je graag zien. Zeg maar waar. Mijn geld is op.'

Inderdaad klonken er waarschuwingspiepjes die aangaven dat de tijd verstreken was. Hij stopte er goedkope muntjes in, omdat hij geen andere had, nam ik aan. Toen het even stil was, zei ik: 'Ik sta zondag op het station in Taunton, zelfde trein.'

'Nee. Morgen. Alsjeblieft morgen.'

Ik ging akkoord en de verbinding werd verbroken.

'Volgens mij ben je gek, stapelgek,' zei Tom Pigeon om zeven uur 's morgens, toen ik hem belde om te vertellen wat ik ging doen. 'Het is vrijdag vandaag. Die jongen hoort op school.'

'Daarom dringt hij vermoedelijk zo aan. Hij kan spijbelen zonder dat zijn moeder het merkt.'

'Je gaat niet,' zei Tom vastberaden, en vervolgens een paar ogenblikken later: 'We vragen Jim of hij ons kan rijden. Hij heeft een stationcar voor de honden. Waar ben je?'

'Bij de Stukely's. Kun je me hier komen halen?'

'Afgelopen zondag, vijf dagen geleden dus,' zei Tom zogenaamd geduldig, 'heeft die lieve Rose in Taunton je gezicht opengehaald met een kraan aan een tuinslang.'

'Mmm,' stemde ik in.

'En eergisteren heb je je, zo heb ik gehoord, bijna laten vermoorden.'

'Nou...'

'Wat dacht je van thuisblijven?'

Ik moest lachen om het maffe idee.

149

IO

Die vrijdag had Jims vrouw tegen hem gezegd dat ik van de duivel bezeten was en dat hij me niet meer moest rijden. Doordat we woensdag zo laat terug waren, was haar risotto verbrand.

Jim en ik kwamen evenwel tot overeenstemming en bezegelden die met een handdruk. Hij zou rijden als ik hem als lijfwacht nodig had, de radio zou niet aangaan en hij zou dubbel worden betaald.

Ondanks de wat wrevelige start reed Jim Tom, mij en de honden opgewekt naar Taunton en stopte in de verboden-te-parkerenzone voor het station. Ik herinnerde me te laat dat de dienstregeling door de week verschilde van die van zondag en dat de verwachte trein dus binnengekomen en weer vertrokken was zonder dat Victor me had gezien.

Hij stond niet op het perron.

Nadat ik Tom het nieuws had verteld en de belofte kreeg dat hij zou blijven wachten, haastte ik me te voet naar Lorna Terrace, waar ik nummer 19 in ogenschouw nam. Geen Victor. Terug naar het station. En daar trof ik hem – koud en zorgelijk – in de wachtkamer aan.

Hij zag er mager en gespannen uit toen hij opstond en zelfs mijn komst was niet voldoende om hem tot een glimlach te bewegen. Een deel van de reis was ik bezig geweest in gedachten Victor toe te voegen aan elke gebeurtenis waarbij Bivakmuts Vier zonder vermomming betrokken had kunnen zijn, maar ik had alleen het gevoel gekregen dat ik George Lawson-Young in de verste verte niet kon benaderen waar het die factor x betrof, want die x leek nergens op Victor van toepassing.

'Ik ben zo laat omdat ik niet met de trein ben gekomen,' legde ik uit. 'Wat is er aan de hand?'

'Ik wil...' Hij klonk even wanhopig als hij eruitzag. Hij begon opnieuw. 'Tante Rose is bij ons ingetrokken... ik heb een hekel aan haar. Ik kan haar niet uitstaan, en mam wil niet met me praten als ik niet doe wat tante Rose zegt, want mam is bang voor haar. En zolang zij er is, zal mijn vader niet thuiskomen als hij vrijkomt. Dat weet ik zeker, dus waar kan ik heen? Wat moet ik doen? Ik ken niemand om het aan te vragen behalve jou, en dat is eigenlijk idioot, als je naar jouw gezicht kijkt...'

'Heb je je grootvader geprobeerd?'

Moedeloos zei Victor: 'Die is doodsbang voor tante Rose. Nog erger dan mam.'

Ik zei: 'Afgelopen zondag...' en hij viel me in de rede. 'Het spijt me. Het spijt me echt van je gezicht. Ik dacht dat je vandaag niet zou komen... dacht dat je niet gekomen was.'

'Vergeet zondag maar,' zei ik. 'Denk liever alleen aan Adam Force.'

'Hij is fantastisch,' zei Victor zonder veel geestdrift en vervolgde toen nadenkend: 'Dat zegt iedereen. Hij gebruikt af en toe mijn computer. Zo ben ik aan zijn brief gekomen. Hij dacht dat hij het bestand had gewist, maar ik vond hem terug in het verborgen geheugen.'

Dat verklaarde veel.

Ik vroeg: 'Hoe lang kent hij je tante Rose al?' en deze keer kreeg ik antwoord.

'Ongeveer net zo lang als hij mam kent. Maanden dus. Mam ging met een bustochtje naar zijn kliniek en hij viel op haar. Ik vond hem echt cool. Hij kwam haar opzoeken als pa aan het werk was. Dus toen tante Rose daarachter kwam, ging ze naar het hotel waar pa werkte en zei dat hij ze op heterdaad kon betrappen in pa's eigen bed als hij gauw thuiskwam. Dus pa komt thuis en dr. Force is dan al verdwenen, maar pa slaat mam in elkaar, breekt haar neus en een stuk of zes ribben en zo, en tante Rose gaat naar de smerissen en verlinkt pa. Dus draait hij voor twaalf maanden de bak in. En afgelopen zondag,' zei hij treurig, 'pikt tante Rose Adam Force van mam af, dat was de hele tijd al haar bedoeling, denk ik, en nu doet hij wat zij zegt, en het is gek, maar volgens mij geeft ze hem bijna elke dag een behoorlijk *pak slaag*, en daarna heb ik ze zien zoenen.'

Hij leek er niets van te begrijpen en Worthington had hem nog wel het een en ander kunnen uitleggen, dacht ik. Worthington, vaderlijk, rustig en mondain als hij was, was een prima kerel en *kon* eenvoudig Bivakmuts Vier niet zijn. En Victor? Victor vast en zeker ook niet, hoewel Bivakmuts Vier niet groot van stuk was geweest zoals Worthington, maar eerder tenger als Victor. Maar Victor kon me gewoonweg niet vorige week in elkaar hebben geslagen en me nu om hulp vragen.

Victor niet, Worthington niet, maar hoe stond het met Gina?

Was zij sterk genoeg? Ik wist het niet zeker en besloot met tegenzin dat ik dat moest uitvinden. Ik had nu bijna de hele lijst doodlopende wegen afgewerkt en niemand gevonden die factor x zou kunnen zijn. Toch was er wel degelijk een vierde overvaller met een bivakmuts geweest. Ik had de handen en de klappen gevoeld, ik had de ogen in het masker gezien. Bivakmuts Vier bestond.

Volgens de professor was er een vraag die ik niet stelde, en als ik de juiste vraag niet stelde, kon ik ook niet verwachten dat ik het juiste antwoord te horen zou krijgen. Maar *wat* was de juiste vraag? En aan wie moest ik die stellen?

Inwendig zuchtend ging ik met Victor het station uit en herenigde hem, tot zijn zichtbare genoegen, met Tom en diens drie zwarte metgezellen. Hij zei tegen Tom dat de dag, die zondag die we op de hei hadden doorgebracht, een van de gelukkigste van zijn leven was geweest. Totdat zijn tante Rose alles had bedorven natuurlijk.

Hij speelde met de honden, die zich voorbeeldig gedroegen, en praatte tegen hen in plaats van tegen ons. De zwarte oren hoorden hem zeggen: 'Volgens mij kan een mens altijd nog weglopen en naar zee gaan.'

Na een tijdje zei ik tegen Tom: 'Ik ga naar Victors huis en als zijn moeder thuis is, zal ik vragen of hij het weekend bij ons mag logeren.'

'Ik ga wel,' protesteerde Tom.

'We gaan samen,' zei ik en ondanks Victors bange voorgevoelens lieten we hem bij Jim achter, namen de honden mee en klopten op de provisorisch gerepareerde deur van Lorna Terrace nummer 19.

Gina Verity deed open en zag geen kans haar opgelapte deur snel genoeg te sluiten toen ze ons zag. Toms zware voet was sneller.

In de vijf dagen die sedert zondag waren verlopen had Gina haar knappe uiterlijk, haar serene rust en haar zelfvertrouwen verloren. Ze staarde naar mijn opengereten en herstellende kin alsof dat de druppel was die de emmer deed overlopen. Hulpeloos zei ze: 'Kom dan maar binnen,' en ging me met hangende schouders voor door de inmiddels vertrouwde gang naar de keuken. Net als de vorige keer zaten we aan de keukentafel.

Tom en de honden stonden voor het huis op wacht, omdat Gina niet wist wanneer haar zuster of Adam Force zouden terugkomen.

'Ik wil Victor graag uitnodigen het weekend bij mij te logeren,' zei ik.

Gina stak een nieuwe sigaret aan met de peuk van de vorige. 'Dat is goed,' zei ze lusteloos. 'Haal hem maar van school.' Ze dacht even na. 'Laat Rose er liever niet achter komen, zij zou het niet goedvinden dat hij met je meegaat.'

De vingers van Gina's linkerhand waren bijna oranje van de nicotine. De vingers van haar rechterhand waren wit. Ik boog me voorover en tilde eerst haar rechterhand en toen haar linker op, en legde ze voorzichtig weer op tafel. De spieren waren slap, geen spanning. Te apathisch om te protesteren bekeek ze alleen haar eigen handen een voor een en zei: 'Wat?'

Ik antwoordde niet. De linkerhand van Bivakmuts Vier was niet zo door en door geel geweest als deze, zelfs niet toen hij er actief op los beukte in het licht van de straatlantaarns. Met die gespierde armen moest Bivakmuts Vier een man zijn geweest.

Gina was niet Bivakmuts Vier. Dat stond als een paal boven water. Tijd om op te stappen.

Buiten voor het huis stelde Toms equivalent van mijn alarmfluitje het huilende, grommende en blaffende misbaar in werking dat de honden altijd alleen op bevel van hun baas ten beste gaven.

Met grote ogen van angst sprong Gina onmiddellijk overeind en deinsde achteruit. 'Dat is Rose,' zei ze. 'Ze is teruggekomen. Honden blaffen altijd tegen haar. Ze mogen haar niet. Hun haren gaan overeind staan als ze haar zien.'

De mijne ook, dacht ik. Het voortdurende diepe gebas van de dobermanns bewees dat Gina gelijk had.

'Ga weg,' bracht Gina met moeite uit. 'Ga weg. Door de achtertuin... en de poort naar het pad. Ga nou! Vlug!' Haar aandringen was zowel voor mijn eigen veiligheid als voor de hare bedoeld.

Misschien was het verstandig geweest weg te gaan, maar ik was nooit een overtuigd aanhanger geweest van de 'beter blood dan dood'-ideologie. Weglopen voor Rose... ik overwoog dat ik al drie keer aan haar was ontsnapt en één keer aan Adam Force. Met zoveel geluk, dacht ik, was de kans groot dat ik nog wat langer onverwoestbaar zou blijven.

Ik bleef aan tafel zitten, al schoof ik de stoel een stukje achteruit, en sloeg mijn benen over elkaar, toen de voordeur krakend openging en doelbewuste voetstappen in de gang klonken.

Niet alleen Rose kwam de keuken binnen, ook Adam Force. Rose had Tom en zijn assistenten herkend, maar de dokter richtte zijn negatieve emoties volledig op mij. Twee dagen geleden had hij me willen veranderen in een met insuline volgespoten verkeersslachtoffer, overreden door een voortvluchtige chauffeur – en zijn plan was mislukt. Hij schrok zich dood dat ik nu in dit huis aan de keukentafel zat.

Het was interessant te zien dat Rose even snel was opgebloeid als Gina was verlept. Haar droge huid en kroezige haar leken geolied en ze straalde, waarschijnlijk door wat ik niet anders kon omschrijven (dankzij Victors verslag) dan een bevredigend seksleven.

Hoe knap en charmant Adam Force ook mocht zijn, in mijn ogen was hij een oplichter die bezig was af te glijden naar totale zelfvernietiging. Als hij ergens een kopie had bewaard van wat hij uit het laboratorium van professor Lawson-Young had gestolen, zou die uiteindelijk in handen van Rose vallen. Rose zag kans alles in handen te krijgen wat ze wilde hebben, of het nu om mannen, videobanden of macht ging.

Het was zeker dat Rose een van de zwarte bivakmutsen had gedragen, maar Adam Force niet. Hij had niet geweten wie ik was toen ik in Phoenix House verscheen.

Achteloos zei ik terwijl ik opstond: 'We beginnen niet aan een herhaling van afgelopen zondag. Ik ben hier in de eerste plaats om Gina te spreken, maar verder heb ik ook een boodschap voor Rose.'

Tot mijn verbazing luisterden ze aandachtig.

Ik zei: 'Nummer vier van je bende boeven met bivakmutsen heeft het een en ander in mijn oor gefluisterd.'

De mogelijkheid dat mijn leugen op waarheid berustte deed Rose verstarren, zodat ik voldoende tijd had om de gang door te lopen en het territorium van de dobermanns te bereiken. Zodra ik op straat stond, voegde Tom zich met een vragend gezicht bij me en we wandelden, zonder achtervolgers, de straat uit en de hoek om in de richting van het station, in stilte gevolgd door de honden.

'Hoe heb je het voor elkaar gekregen om ongedeerd naar buiten te komen?' vroeg Tom. 'Ik dacht dat je weer zou fluiten.'

'Ik heb hun een leugen verteld.'

Hij lachte. Maar grappig was het niet geweest. De manier waarop Adam Force me met een scherpe, berekenende blik van top tot teen had bekeken, maakte de indruk dat hij wilde inschatten hoeveel dodelijk spul hij per kilo lichaamsgewicht nodig had om me definitief naar de andere wereld te helpen. Een fatale hoeveelheid insuline... een spuitje vol dreigend afscheid, een cilinder cycloonpropaangas, een voorspel voor welke vorm van geïnjecteerd om zeep helpen ook. Rose sloeg er meteen op los, maar Adam Force doodde bewust en overwogen.

Rose kon in elke normale keuken altijd met messen tekeergaan, maar Adam Force zou zijn uitverkoren wapen, gif, niet bij de hand hebben. Hij zou meer tijd nodig hebben dan beschikbaar was.

Toen ik naar buiten ging, was ik met een grote boog om Rose heen gelopen, maar het waren de witte baard en oranje sokken, de charmante manieren en de apotheek van Phoenix House, de begeerte naar een miljoen en het geloof in eigen onfeilbaarheid waarvan ik op lange termijn het meest te vrezen had.

Twee bijzondere videobanden waren zoek, en beide waren ooit aan mijn goede zorgen toevertrouwd geweest. Had Rose de band met de bijzonderheden over de ketting? Was Force uiteindelijk toch in het bezit van het kankeronderzoek dat hij had gestolen? Ongeacht of het antwoord op die vragen nu bevestigend of ontkennend was, hoe moest ik de waarheid in vredesnaam achterhalen?

Op weg terug naar Broadway reden we Cheltenham in om langs te gaan bij Kenneth Trubshaw, de man van de Trofeeëncommissie, die via Jims autotelefoon had laten weten dat hij thuis was. Enigszins verrast door het grote aantal bezoekers bood hij mijn reisgezellen niettemin de warmte van de keukenkachel plus een trommel koekjes aan, en ging mij voor naar zijn aanzienlijk koudere zitkamer. Het was een grote kamer op het noorden met grijs licht en een groen tapijt – een combinatie waarvan ik buitengewoon neerslachtig werd.

Ik gaf hem het boek dat ik voor de gelegenheid had meegebracht, waarin glanzende grote kleurenfoto's stonden van het werk dat ik de laatste twaalf jaar had gemaakt.

Ik legde uit dat ik die werken niet exact na kon maken, maar dat ik wel iets dergelijks kon maken als hij dat wilde.

Hij legde het boek op een grote tafel en sloeg langzaam de bladzijden om. Ik ontdekte dat het voor mij belangrijk was dat hij in elk geval een paar werken mooi zou vinden, ook al was de helft niet geschikt als trofee. Niettemin werden er de laatste tijd zelfs allerlei vreemd gevormde vazen als trofee gebruikt. Op surrealistische vormen rustte tegenwoordig geen vloek meer.

Trubshaw had het hele boek doorgebladerd. Tot mijn grote teleurstelling sloeg hij het dicht en gaf met een veel te uitgestreken gezicht een nietszeggend oordeel.

'Als ik dit boek van u mag lenen, zal ik het morgenochtend in de vergadering voorleggen aan de commissie. Ik weet dat die lieve Marigold meteen wil beginnen. Ik zal haar bellen zodra er een beslissing is genomen.'

Wel verdomme, dacht ik. Hoe zou hij eruitzien als hij iets regelrecht afwees?

Hij zei: 'Ik zou zelf dat springende paard kiezen. Kunt u iets dergelijks nog eens maken? En ik moet weten hoe hoog het in totaal wordt, en hoe zwaar. Die op de foto ziet eruit of hij te groot is.'

'Het formaat kunt u zelf kiezen,' beloofde ik en vertelde dat het springende paard op de foto eigendom was van een van de stewards in Leicester en diens vrouw.

Kenneth Trubshaw slaakte een kreet van verrassing en ik probeerde me intussen zo goed en kwaad als het ging minuut voor minuut het gesprek te herinneren dat ik met Lloyd Baxter had gehad op het balkon van de gasten van de stewards toen hij me voor het eerst had verteld over een man met een witte baard die behalve mijn geld ook de bereisde videoband had gestolen.

Met zijn epilepsie kon Lloyd Baxter onmogelijk factor x zijn. Zijn lichaam had ook niet de vorm of soepelheid van Bivakmuts Vier.

Kenneth Trubshaw legde zijn hand op het fotoboek en zei nadenkend: 'Kunt u er voldoende goud voor Marigold in verwerken?'

'Ja. Zoveel u maar wilt.'

'Eh... hoe? En zou dat... eh... erg duur worden?'

'Dat valt wel mee.'

Kenneth Trubshaw had duidelijke redenen waarom het onderwerp van de kosten hem en zijn medecommissieleden zo interesseerde, maar hij aarzelde een hele tijd voordat hij me naar een stoel wuifde, zelf ook ging zitten en ten slotte zei: 'Ik weet niet of u op de hoogte bent van de *ins* en *outs* van het beleid op het gebied van paardenrennen? Ik bedoel niet de vorm waarin paarden verkeren of speculaties omtrent hoe fit ze zijn, ik bedoel de vraag of de kosten van de trofee voor een winnaar van het prijzengeld behoren te worden afgetrokken, zoals tot voor kort gebruik was. Veel eigenaren weigeren de trofee, omdat ze liever de hele prijs in contant geld ontvangen. Er is voorgesteld dat we nu steeds de hele geldprijs én de trofee uitkeren. Vraagt u eens aan Marigold of zij de trofee zonder meer beschikbaar stelt of dat ze verwacht dat de renbaan die betaalt. Waarschuw haar dat het een omstreden kwestie is.'

Hij zweeg aarzelend en leek weinig gelukkig dat hij mij op die manier met zijn dilemma opzadelde.

'Dat is goed,' zei ik, 'maar verwacht niet dat Marigold een beslissing neemt. Ze is fantastisch, maar de werkelijk serieuze beslissingen in het leven laat ze over aan haar chauffeur.'

'U meent het!'

'Natuurlijk meen ik het. Worthington, haar chauffeur, is tien keer zijn gewicht in geslepen kristal waard.'

Kenneth Trubshaw verwerkte dit nieuws heldhaftig en keerde toen opgelucht terug naar de concrete kwestie van de kosten. 'De ketting die Marigold wil is erg duur, niet?'

Ik knikte. 'Erg duur. En die ketting is een open invitatie voor dieven als hij in het openbaar wordt tentoongesteld. Het goud is in dat geval echt massief.'

'Is massief goud niet altijd echt?' Hij keek verwonderd.

Ik legde uit: 'Kijk, je kunt heet glas beschilderen met gesmolten achttienkaraats goud, dat voor vijfenzeventig procent vermengd is met andere metalen. Je beschildert dat wat je er als goud uit wilt laten zien als het klaar is. Dan koel je het object een tweede keer, maar nu bij 230 graden Celsius, en als het voor de tweede keer is afgekoeld zal het goud dat je erop hebt geschilderd volledig versmolten zijn met het glas en eruitzien als massief goud, ook al is het dat niet.'

Kenneth Trubshaw luisterde geboeid, maar wilde niet als proleet te boek staan. 'Goud moet echt goud zijn,' zei hij. 'Ik wil natuurlijk dat Marigold het mooi vindt. Dat wil zeggen als we iets dergelijks kiezen voor haar trofee.'

Ik liet een instemmend gemompel horen.

Vreemd genoeg vroeg hij vervolgens: 'Welke sculptuur uit dat boek vond u het moeilijkst te maken?'

'De moeilijkste was de kristallen bol van de waarzegster.'

Dat verbaasde hem, zoals de meeste mensen. Hij dacht dat een kristallen bol werd opgeblazen als een kinderballon.

'Nee,' zei ik. 'Het is massief glas. En het is buitengewoon moeilijk om een volmaakt ronde grote glazen bol te maken zonder dat er luchtbellen in ontstaan wanneer hij in de koeloven afkoelt.'

Hij informeerde hoe dat afkoelen precies ging en toen ik hem dat had verteld, zei hij: 'Zou u een paard kunnen maken dat van een kristallen bol springt?'

Ik knikte en zei: 'Het zou zwaar worden... en moeilijk... maar ik zou kunnen garanderen dat het een unicum was.'

Hij dacht een poosje na en liep intussen naar het hoge schuifraam dat uitkeek op zijn slapende wintertuin.

'Als we besluiten u de opdracht te geven, kunt u dan een paar ontwerptekeningen maken waaruit we kunnen kiezen?'

'Ja,' zei ik. 'Dat kan ik. Maar waarschijnlijk maak ik modellen van glas. Daar voel ik me meer bij thuis. Glas op zich is niet duur, en als u de dingen die ik maak niet mooi vindt, kan ik ze in de winkel verkopen.'

Hij glimlachte wat ironisch om mijn degelijke zakelijke instinct. Mijn kansen stonden fifty-fifty, schatte ik.

Kenneth Trubshaw haalde mijn team uit de keuken en stelde ze in zijn elegant gestreepte negentiende-eeuwse hal in een rij op. Zorgvuldig monsterde hij ze. Ik volgde zijn blik en zijn gedachten: een gezette chauffeur in een gekreukt grijs pak, een magere, nerveuze jongen, een forse man met een zwart puntbaardje die eruitzag als een piraat, en drie grote zwarte dobermanns met wakkere ogen en een onvoorspelbaar humeur.

Glimlachend zei ik tegen Kenneth Trubshaw: 'Zij zijn mijn prikkeldraadversperring. Die hoeft er niet leuk uit te zien.'

Hij keek me even aan en zei toen: 'Het is voor u en Marigold niet voldoende wanneer jullie een prachtige trofee maken, betalen en aan de winnende eigenaar van een race ten geschenke geven ter nagedachtenis aan Martin Stukely.' Hij zweeg en dacht even na. 'Nou ja, voor die geweldige Marigold is het voldoende, maar niet voor u.'

Hij opende zijn voordeur zodat mijn mensen konden vertrekken. Tom Pigeon maakte een plechtige buiging voor hem, maar zijn glimlach dreef de spot met die formaliteit. Zijn honden krioelden rond zijn benen en Kenneth wist Toms eeuwige respect te verwerven door een buiging terug te maken.

Vervolgens hield Trubshaw me met een hand op mijn arm tegen terwijl de anderen naar de auto liepen. Hij zei: 'De lieve weduwe van Martin Stukely beseft misschien niet dat zijn goede naam op het moment ter discussie staat. Marigold weet dat zeker niet en het renbaanpubliek en de sportpers godzijdank evenmin. Maar u wel, nietwaar? Dat leidde ik af uit uw reactie op Marigolds geestdriftige plan voor een race ter nagedachtenis aan hem. U moet zijn naam en eer eerst zuiveren, nietwaar?'

Een ogenblik huiverde ik en wilde niet geloven dat iemand anders ook de mogelijkheid had onderkend dat Martin bewust oneerlijk was geweest.

Het moment dat ik bij het doorlezen van de inhoud van de smalle, verborgen lade in zijn bureau was geconfronteerd met de weinig welkome fotokopie van de brief die hij aan Force had geschreven. Delen van dat korte briefje hadden sindsdien door mijn hoofd gespookt.

'... uw formules en methoden... vast te leggen op videoband... geef de band aan mij bij de rennen in Cheltenham.'

Martin had precies geweten wat er op die band stond. Had hij eigenlijk al die tijd geweten dat de formules en methoden gestolen waren? De beminnelijke George Lawson-Young was er naar eigen zeggen heilig van overtuigd geweest dat Martin honderd procent onschuldig was geweest in zijn contacten met Force. Niettemin bleven er afschuwelijke twijfels bestaan en het stond me allesbehalve aan dat ik nu ontdekte dat die ook leefden bij de top van de Cheltenham-renbaan.

Tegen de voorzitter van de Trofeeëncommissie zei ik op voorgewend luchthartige toon: 'Kunt u me uitleggen wat u bedoelt?'

Teleurgesteld deed hij wat ik vroeg. 'Naar ik begrijp, had Martin op de dag dat hij stierf een videoband in zijn bezit waarop medische geheimen van nagenoeg onschatbare waarde stonden. Medische geheimen die waren ontvreemd door een zekere dr. Force die Martin Stukely al enige tijd kende. Die band zou aan uzelf in bewaring worden gegeven.'

Ik haalde diep adem om te kalmeren en vroeg wie hem dat allemaal had verteld. 'Privé-detectives die werkten in opdracht van het laboratorium waaruit de geheimen zijn gestolen, hebben allerlei mensen in Cheltenham ondervraagd.' Hij keek me nieuwsgierig aan. 'Ik heb ook van Marigold gehoord dat u door een stel schurken voor uw bedrijf te grazen bent genomen. De bookmakers hadden allemaal gehoord dat het in opdracht van de dochter van de renbaanknecht, Rose Payne, gebeurde en zij heeft een zekere naam op dat gebied. Een van de bookmakers, een man die Norman Osprey heet en er een beetje uitziet als Elvis Presley, was aan het pochen over hoe ze u hadden afgetuigd. Maar klaarblijkelijk hebt u hun niettemin geen videobanden gegeven.'

Hij wachtte op mijn commentaar, maar ik had niet veel te zeggen.

Hij glimlachte. 'Blijkbaar dacht de knecht dat hij u een band had gegeven die u zelf had gefilmd en waarop stond hoe je een prachtige halsketting moest maken, een kopie van een antiek sieraad. Naar het schijnt hebben alle jockeys en ook Ed Payne zowel de ketting als de instructieband in de kleedkamer gezien. Ed Payne vertelde aan zijn dochter Rose dat hij u een band had gegeven. Dus probeerde zij die te achterhalen door alle banden die ze in handen kon krijgen te stelen, en en passant de hele familie van Martin Stukely plat te spuiten met verdovingsgas.'

'Rose zelf?' vroeg ik.

Kenneth Trubshaw wist het niet. Hier hield ook zijn kennis op, behalve dat hij nog meldde dat volgens de stewards in Cheltenham Martin Stukely hoogstwaarschijnlijk had geweten dat de wetenschappelijke kennis die hij beloofde te verbergen, was ontvreemd uit een onderzoekslaboratorium.

'En nu,' zei ik spijtig, 'zijn beide banden nog steeds zoek. Degene die ze heeft, doet geen mond open.'

'Ik heb gehoord dat u er zelf naar op zoek bent.'

'Wie vertelt u dat allemaal?' Ik wilde het echt weten, maar het scheen een kwestie van hypothese en logica te zijn.

'Ik zal u ook iets vertellen,' zei ik en deed verslag van het laatste lugubere nieuws inzake Victors familieleven.

'Dr. Force en Rose passen prachtig bij elkaar.' Hij lachte diep in zijn keel. 'Dat is weer ruim voldoende voor de commissie morgenochtend.' Hij liep mee naar Jims auto. 'Doe mijn hartelijke groeten aan Marigold. Ik bel wel.'

Hij schudde me oprecht hartelijk de hand.

Hij zei: 'Spoor die banden op en zuiver Stukely's naam.'
Niets was eenvoudiger, dacht ik.

Toen ik bij Bon-Bons huis uitstapte, kwamen zij en Daniel naar buiten om me te begroeten. 'Er is een bericht van Catherine Dodd voor je,' zei Bon-Bon. 'Ze is vrij vanavond. Ze wil graag dat je naar huis komt, als je kunt.'

Ik bedankte haar, maar zij keek gefascineerd toe, net als Tom en ik, hoe het onmiddellijk klikte tussen Victor – vijftien – en de vier jaar jongere Daniel. In die leeftijdsgroep is afstand bewaren normaal gesproken gebruikelijk, maar deze twee ontdekten direct dat ze beiden computertaal spraken op een niveau dat voor ons volstrekt onbereikbaar was. Victor stapte uit Jims auto en verdween met Daniel naar binnen alsof ze tweelingbroers waren. Een digitale tweeling misschien.

Victor moest die nacht maar bij hen blijven logeren in plaats van bij Tom, zei Bon-Bon terwijl ze de jongens naar binnen volgde. Jim bracht Tom, de honden en mij terug naar huis, eerst naar dat van Tom en toen naar het mijne.

'Ik had niet gedacht dat we heelhuids terug zouden komen.' Tom nam afscheid met die opwekkende gedachte en een uitgesproken zwierige armzwaai en ik zou me hém als Bivakmuts Vier hebben kunnen voorstellen, als hij me niet twee keer had behoed voor ernstige verwondingen en ik wellicht zelfs mijn leven aan hem te danken had.

Catherines motorfiets stond op de gebruikelijke plaats voor de keukendeur en ze kwam zelf naar buiten toen ze Jims auto hoorde. Haar reactie op mijn terugkeer viel moeiteloos te interpreteren en Jim reed met een enorme grijns (en dubbel betaald) weg en verzekerde dat hij 'dag en nacht' tot mijn beschikking stond.

Thuiskomen bij Catherine was iets geworden om naar uit te kijken. Ik had nooit gevraagd of ze me haar eigen woonruimte wilde laten zien, en toen ik dat die avond deed, lachte ze en zei: 'Ga morgen maar mee. Het ziet er beter uit bij daglicht.'

Ze vroeg hoe mijn dag was geweest en ik informeerde naar de hare. Ze zette een zorgelijk gezicht toen ze van Victors problemen hoorde en klonk enthousiast over het idee van een glazen paard als trofee. Het was allemaal erg *getrouwd*, dacht ik, en we kenden elkaar pas drie weken.

'Vertel eens iets over de politie,' zei ik, toen we ons gezellig samen in een van de enorme stoelen hadden genesteld.

'Wat dan?' Ze leek altijd enigszins in de verdediging te gaan zodra er sprake was van haar werk, maar deze keer wilde ik het werkelijk weten.

'Hun prioriteiten, bijvoorbeeld,' zei ik. 'Toen jij in burgerkleren en die zwerver in het portiek op nieuwjaarsdag op straat waren, deden jullie dat beiden toch om dieven af te schrikken, nietwaar, niet om ze te arresteren?'

Ze verschoof in mijn armen. 'Niet echt,' antwoordde ze. 'We krijgen onze man graag te pakken.'

Ik weerstond de verleiding haar te plagen. 'Vertel eens wat over je teamgenoot, de zwerver.'

'Hij is niet echt een zwerver,' lachte ze. 'Hij heet Paul Cratchet. Hij is groot, maar verrassend zachtaardig. Paul is een uitstekende rechercheur. Hij heeft heel wat boeven onverwacht in de kraag gevat. Op het bureau staat hij bekend Paultje Pietepeut omdat hij pietepeuterig precies is in zijn rapporten.'

Met een glimlach vroeg ik zonder omwegen: 'Wat voor zaken krijgen het meeste aandacht van de politie?'

'Ongelukken, en moorden natuurlijk. Vooral moord op een politieagent. Moord op een collega lokt de grootste inzet uit, geloof ik.'

'En daarna?'

'Elke vorm van fysiek geweld.'

'Vooral tegen een politieagent?'

Ze draaide haar hoofd om en keek onderzoekend naar mijn uitgestreken gezicht of het een grapje was. Ze knikte tevreden: 'Vooral tegen een politieagent.'

'En dan?'

'Diefstal met geweld. Wanneer er een wapen wordt gebruikt of ernstige fysieke bedreiging of geweld bij een diefstal. Roofoverval heet dat.'

'En dan?'

'In het algemeen,' zei Catherine, 'komt de politie meteen wanneer iemand gewond is. Als er zaken gestolen zijn, maar niemand gewond is, komt de politie meestal de morgen nadat het alarmnummer is gebeld. Als er een auto is gestolen, noteert de politie het kenteken en belooft de eigenaar op de hoogte te stellen zodra de auto is gevonden.'

'Is dat alles? Is dat alles voor een auto?'

'Ongeveer. Het hangt ervan af. Gewoonlijk worden ze uitgebrand teruggevonden.'

'En naar wie,' vroeg ik 'moet ik toe als ik gestolen zaken vind?'

'Heb je het weer over die oude videobanden?'

'Jazeker. Die oude banden.'

'Nou...' Ze liet vele seconden voorbijgaan, en zei toen: 'Ik heb ernaar geïnformeerd...'

'Het klinkt of er slecht nieuws komt,' zei ik.

Catherine zuchtte. 'De banden zelf zijn praktisch niets waard. Je zei dat ze niet eens in een cassette zaten. De informatie die erop staat, ook al staat op beide iets heel verschillends, wordt intellectueel eigendom genoemd. Dat heeft heel weinig prioriteit in het politiebeleid. Instructies hoe je een kopie van een antieke halsketting moet maken? U maakt een grapje! Industriële geheimen, zelfs medische informatie? Pech gehad. Niemand bij de politie zal zijn tijd verdoen met zoeken daarnaar. Meer belangstelling zou er zijn voor je zak met geld *als* je tenminste één bankbiljet zou kunnen identificeren. Maar het is waarschijnlijker dat het na drie weken is uitgegeven en verdwenen. Voor jou persoonlijk was het een flink bedrag, maar in algemene zin was het dat niet. Snap je?' Ze zweeg opeens omdat een heel andere gedachte bij haar opkwam en zei vervolgens: 'Denkt dat kreng van een Rose nog steeds dat jij weet waar de banden te vinden zijn?'

'Maak je geen zorgen.'

'Maar denkt ze dat?' Catherine bleef aanhouden. 'Denkt ze dat, Gerard?'

Met een glimlach zei ik: 'Ik denk nu dat ze de band over de ketting van het begin af aan heeft gehad, en als dat zo is, weet ze dat ik hem niet heb.' En Rose weet, dacht ik, dat ik op elk willekeurig moment een nieuwe kopie kan maken.

'Maar die andere?' vroeg Catherine. 'Die uit het laboratorium is gestolen?'

'Ja.' Ik voelde me onbezorgd. 'Dat kan ik misschien raden. Kom, laten we naar bed gaan.'

Ik werd 's morgens als eerste wakker en lag een tijdje naar Catherines rustige, stille ademhaling te kijken. Op dat moment was ik van totale tevredenheid vervuld... maar zou ik dat over tien jaar nog zijn? ... en zij? Toen ze bewoog, haar ogen opsloeg en glimlachte, deden die tien jaar er niet meer toe. Ik leefde in het heden en het heden begeleidde me altijd en overal. Het was altijd alleen het heden dat ter zake deed.

'Waar denk je aan?' vroeg ze.

'Aan hetzelfde als jij, zou ik zeggen.'

Ze glimlachte weer en vroeg alleen of ik plannen voor ons tweeën had op haar vrije zaterdag. Ontspannen bood ik haar de comfortabele nieuwe stoel bij Logan Glas aan en accepteerde een lift als duopassagier om er te komen.

Weer was Hickory eerder begonnen dan ik en weer was hij bezig met een perfecte zeilboot. Hij begroette me als de goede vriend uit het verleden en vroeg voorzichtig of ik hem kon helpen, omdat hij het in zijn eentje moeilijk vond. Met ongecompliceerd genoegen kleedde ik me tot op mijn werkhemd uit. Ik hielp Hickory door een post gesmolten glas uit de tank te halen en gereed te houden totdat hij het nodig had. Als altijd begeleidde Hickory zijn werkzaamheden met voortdurend commentaar ten behoeve van Catherine en flirtte hij een beetje met haar. Zelden had ik, vond ik zelf, meer genoegen beleefd aan een frivool begin van de dag.

Deze keer dacht Hickory eraan de voltooide boot onmiddellijk in de koeloven te zetten en ook al aanvaardde hij de uitbundige lof die Catherine hem toezwaaide als vanzelfsprekend, het betekende in elk geval een behoorlijke stap vooruit in zijn opleiding.

Irish kwam binnen en zette thee. Pamela Jane ruimde op en vulde de busjes kleurpoeder bij die we nodig zouden hebben tijdens onze werkzaamheden om de planken vol te krijgen. Tot twaalf uur waren we deze normale zaterdagmorgen hard aan het werk.

Een paar minuten over twaalf arriveerden eerst Bon-Bon en de twee jongens, Daniel en Victor, voor wie glasblazen tijdelijk een nog grotere attractie dan e-mailen was geworden.

Even daarna zeilde Marigold met wapperende wimpers de winkel binnen, grijnsde tegen Hickory, smoorde Daniel bijna in haar felroze, met goud bestikte wolk van een jurk en deelde Bon-Bon luidkeels mee dat die 'schat van een Trubby' eraan kwam.

Ook die 'schat van een Trubby' – Kenneth Trubshaw – verdween in de felroze omhelzing en kwam er met lipstick op zijn wang uit tevoorschijn. De voorzitter van de Trofeeëncommissie van de renbaan in Cheltenham had mijn fotoboek onder zijn arm en was blijkbaar niet alleen van zijn stuk gebracht door het rumoer van de kletsende menigte, maar bekeek ook ongelovig mijn gedeeltelijk ontklede staat. Hij opperde ten slotte dat de Draak van Wychwood wellicht een betere plek voor een zakelijk onderhoud was.

'Lieve Trubby, wat een *fantastisch* idee!' Marigolds enthousiasme leidde ertoe dat zijzelf, Kenneth Trubshaw, Bon-Bon, Catherine, ikzelf en natuurlijk Worthington (op Marigolds aandringen) in een rustig hoekje van de eetzaal belandden om aan te horen welke meningen die ochtend ten beste waren gegeven tijdens de vergadering van de Trofeeëncommissie van de renbaan in Cheltenham.

Irish werd de straat op gestuurd om de twee jongens van hamburgers en cola te voorzien en Hickory en Pamela Jane bleven in de winkel achter om zich in alle vrede te kunnen wijden aan het minder veeleisende soort publiek – de januaritoerist.

Toen wij alle zes geïnstalleerd waren en luisterden, begon Trubshaw zijn relaas. 'Lieve Marigold, in de eerste plaats,' zei hij, 'willen alle leden van de commissie je hartelijk danken voor je genereuze vrijgevigheid...' Hij wist vleierij elegant te verpakken. Worthington ving mijn blik en knipoogde.

'De commissie heeft gestemd...' zo kwam de voorzitter uiteindelijk ter zake. 'We hebben unaniem besloten om jou, Gerard Logan, te vragen ter nagedachtenis aan Martin Stukely een trofee te ontwerpen en te vervaardigen die bestaat uit een steigerend paard op een kristallen bol, in de trant van het werk in je boek. Als het Marigold en de commissie bevalt...' Zijn slotwoorden gingen even verloren in een felroze omhelzing van Marigold, maar doken daarna weer op met voorbehouden omtrent de kosten. Kosten vond Marigold te vervelend om over te praten. Worthington onderhandelde en ik belde een juwelier die beloofde voor voldoende goud te zorgen.

'Kun je het vandaag nog maken, liefste Gerard?' riep Marigold enthousiast. 'Het is nog maar net drie uur.'

'Morgen wordt moeilijk,' zei ik, 'volgende week is beter. Vandaag is helaas onmogelijk.' Beter vroeg dan laat, dacht ik, om Marigold tevreden te stellen.

Marigolds pruillip verscheen weer, maar ik gaf er niet aan toe. Als het een goed werk moest worden, had ik tijd nodig om na te denken. En het moest een goed werk worden, voor Bon-Bon, voor Marigold, voor de renbaan in Cheltenham en voor Martin zelf.

'Ik maak het morgen,' zei ik. 'De kristallen bol en het steigerende paard. En ik maak het in mijn eentje, met maar één assistent. Maandag is het zo ver dat ik het goud kan opbrengen en dinsdagmiddag kan ik de delen dan samenvoegen en op een sokkeltje zetten. Woensdag is de trofee klaar.'

'Dan pas?' protesteerde Marigold en drong aan dat ik er nog eens over zou denken.

'Ik wil iets moois voor je maken,' zei ik.

En ik wilde mijn vijanden ook de tijd gunnen.

11

Marigold had bezwaar tegen het feit dat ik er geen publiek bij wilde hebben als ik het steigerende paard en de kristallen bol maakte. Kenneth Trubshaw begreep dat wel, zei hij.

Die 'schat van een Trubby' – gezet, grijsharig en op en top een zakenman – zei rustig dat ene belangrijke woord tegen me: 'Honorarium?'

'Worthington en ik,' zei ik, 'zullen met Marigold een prijs overeenkomen, en dan kunnen jullie gaan marchanderen, als je dat wilt.'

Hij schudde me met een zuur gezicht de hand. 'De steward van Leicester is ook een steward van Cheltenham, en zijn vrouw heeft verschillende werken van u, en hij vertelde de commissie vanmorgen dat we deze trofee vijf jaar geleden voor bijna niets hadden kunnen kopen.'

'Ja, vijf jaar geleden wel,' bevestigde ik.

'En hij zei,' vervolgde Trubshaw, 'dat de komende vijf jaar werken van Gerard Logan zeker weer het dubbele waard zullen worden.'

Oom Ron zou het prachtig gevonden hebben. Nou ja... ik ook. Maar op het moment ging het mij erom de komende vijf *dagen* te overleven.

Na onze uitgebreide lunch scheidden onze wegen weer. Bon-Bon en Marigold lieten de jongens bij mij achter en begonnen een speurtocht in de antiekwinkeltjes. Worthington en Kenneth Trubshaw ontwikkelden groot wederzijds respect tijdens een korte wandeling.

In de werkplaats keek Victor, diep onder de indruk, toe hoe Hickory demonstratief twee posten roodgloeiend glas deskundig eerst door wit poeder en vervolgens door gekleurd poeder wentelde en het geheel vervolgens tot een klein vaasje met een golvende rand, een vaasje voor één bloem, vormde. Pamela Jane hielp hem door het vaasje behendig van de pijp te breken en Hickory zette het met voorgewende bescheidenheid in de koeloven alsof het de Heilige Graal was.

Voor Daniel was de werkplaats vertrouwd territorium en hij hing wat rond bij de planken vol gekleurde beestjes en wees een paarse giraf aan die zijn vader hem de dag voor hij stierf beloofd zou hebben. Een onwaarschijnlijk verhaal, vond ik, gezien de achteloze manier waarop

Martin met zijn kinderen was omgegaan, maar niettemin gaf ik hem de giraf – al was het een geschenk dat zijn grootmoeder niet zou bevallen.

Toch leverde Daniel een cadeautje geven altijd iets waardevols op. Deze keer wilde hij dat ik mee naar buiten zou gaan en dat deed ik, omdat hij zijn ogen wijd opensperde, zonder omwegen en zonder ophef.

'Wat is er?' vroeg ik.

'Hier verderop is een schoenenwinkel,' zei hij.

'Ja, dat weet ik.'

'Kom dan eens kijken.'

Hij liep weg en ik volgde hem.

'Victor en ik liepen hier met Irish, op weg naar de hamburgers,' zei hij, 'maar eerst kwamen we langs die schoenenwinkel.'

Inderdaad doemde de schoenenwinkel aan de linkerzijde op, een winkeltje dat vooral wandelschoenen voor toeristen verkocht. Daniel bleef staan voor de weinig inspirerende etalage.

'Volgens mij is dit twee gouden munten waard,' zei hij.

'Voor twee munten verwacht ik wel iets goeds.'

'Zie je die sportschoenen?' vroeg hij. 'Die daar achterin, met die groen-wit gestreepte veters? Die man met het gas, die had zulke veters.'

Ik staarde ongelovig naar de schoenen. Ze waren groot en hadden dikke, rubberachtige zolen, driehoekige stukjes lichtgevend canvas en, zorgvuldig door twee rijen gaatjes geregen, de brede opgerolde veters waarvan Daniel zo zeker was.

Hij zei opnieuw: 'De man die dat gas spoot had die schoenen aan.'

'Ga dan maar mee naar binnen,' zei ik. 'We gaan vragen wie zo'n paar heeft gekocht.'

Hij zei 'Oké' en knikte: 'De winkel ingaan kost je nog eens twee gouden munten.'

'Je bent een chanteur.'

'Wat is dat?'

'Hebzuchtig. En ik heb geen munten meer.'

Daniel grinnikte en haalde gelaten zijn schouders op. Pech gehad.

De winkeldeur had een bel die rinkelde toen we binnenstapten. Achter de toonbank stond een verkoper op grootvaderleeftijd die van ons standpunt uit bezien nutteloos was, aangezien hij inviel voor zijn dochter die een zieke baby had. Ergens volgende week zou ze wel terug zijn, dacht hij, en hij wist niets van eerdere verkopen.

Toen we weer op straat stonden, zagen we Bon-Bon verderop in de straat wenken dat Daniel naar de auto moest komen om naar huis te gaan. Alleen het feit dat ze Victor er al in gelokt had met de belofte van nog een avond computerhacken deed haar zoon besluiten ook mee te gaan. Nadat ook Marigold en die 'schat van een Trubby' elk hun eigen weg waren gegaan, bleven alleen Catherine en mijn kleine team over. Aangezien het zaterdagmiddag was, waren die laatste drie bezig alles gereed te maken voor een normale werkeloze winterzondag en vertrokken ze om half vijf met mijn zegen. Alleen Catherine en ik bleven achter om af te sluiten en ik gaf haar meteen een bos sleutels voor in de toekomst.

Ik vertelde rechercheur Dodd ook over de veters. Dat deed haar besluiten meteen op verkenning uit te gaan. Verder niets, want ze moest in de eerste plaats een tweede politiefunctionaris bij zich hebben om de winkelier te kunnen ondervragen, en bovendien had de bejaarde winkelbediende zijn winkel al gesloten en was het pand donker.

Net als Martin vroeger bleek ook Catherine van minuut tot minuut geïnteresseerder te raken in de technische details en scheikundige hebbelijkheden van kleurig modern glas. Oud glas kan er grijzig of gelig uitzien, prima wat mij betreft, maar op een renbaan maakte dat een sjofele indruk.

Catherine vroeg wat ik het eerst ging maken, het paard of de bol, en ik antwoordde het paard. Ik vroeg of ze, ondanks het feit dat ze de volgende dag geen dienst hadden, haar partner de zwerver Paultje Pietepeut niet zou kunnen overhalen om te komen en een paar keer met haar door Broadway te lopen. Ze wilde natuurlijk weten waarom.

'Om mij rugdekking te geven,' grapte ik en zij zei dat ze dacht dat hij waarschijnlijk wel genegen zou zijn te komen als zij het vroeg.

'Misschien heeft hij het druk,' zei ik.

'Dat betwijfel ik,' antwoordde ze. 'Hij maakt een wat eenzame indruk sinds zijn vrouw bij hem weg is.'

Op haar motorfiets reden we naar een hotel op het platteland waar we dineerden en bleven slapen: ik vermeed Bivakmuts Vier en voordat ik mijn rechercheur, die ik meer en meer lief begon te krijgen, kuste, zei ik tegen haar dat zij en de zwerver morgen mogelijk handboeien nodig zouden hebben.

'Die heeft hij altijd bij zich,' zei Catherine.

's Morgens vroeg ze: 'Dat heen en weer lopen in Broadway... heeft dat met de videobanden te maken?'

'Min of meer,' knikte ik. Ik zei niets over leven of dood. Dat leek niet gepast.

Niettemin wekte ik Tom Pigeon, die op zijn beurt zijn honden wekte die vervolgens allemaal (Tom incluis) gromden dat zondag een dag van rust was.

Ik belde Jim. De hele dag beschikbaar, zei hij. Zijn vrouw ging naar de kerk.

Worthington was al wakker, zei hij, en was het me al opgevallen dat zondagen niet altijd gunstig waren voor Gerard Logans gezondheid?

'Mm. Wat doet Marigold vandaag?'

'Ik heb vandaag vrij, als je dat wilt weten. Waar wil je me wanneer hebben? En vooral: waarom?'

Ik aarzelde wat dat laatste betrof, maar antwoordde in volgorde: 'De lobby van de Draak van Wychwood, zo snel mogelijk, vanwege angst.'

'Angst van wie?'

'Van mij.'

'O ja?' Zijn diepe lach liet de telefoonlijn vibreren. 'Je zit alleen in die werkplaats van je, bedoel je? In dat geval ben ik er zo.'

'Alleen is niet het juiste woord. Catherine en haar politiepartner zijn waarschijnlijk in de stad en in de werkplaats is Pamela Jane die me gaat helpen.'

'Dat meisje? Waarom niet die slimme jonge man, hoe heet hij ook weer... Hickory?'

'Pamela Jane protesteert niet.'

Worthingtons basstem leek te giechelen. 'Ik kom eraan.'

Ik pleegde nog één telefoontje, deze keer naar het huis van George Lawson-Young. Ik verontschuldigde me dat ik hem al om half negen wakker maakte.

'De tijd doet er niet toe als u goed nieuws hebt,' zei hij geeuwend.

'Dat hangt ervan af,' zei ik en ik vertelde wat hij kon verwachten. Hij zei: 'Prima werk.'

'Maar nog niet voltooid.'

'Ik wil het niet missen.' Zijn glimlach was bijna hoorbaar. 'Ik zie u straks.'

Catherines motorfiets bracht me naar Logan Glas, waar de plaatselijke bewoners een vertoon van tederheid aanschouwden dat de tongen zeker een week in beweging zou houden. Ik opende de deur met mijn sleutel, want ik had er met opzet voor gezorgd eerder in de werkplaats te zijn dan Pamela Jane en las de aantekeningen door die ik de laatste keer had gemaakt (en bewaard in de afgesloten boekenkast) toen ik mijn talenten op een steigerend paard had beproefd.

Het zou ongeveer een uur duren als ik de hele trofee maakte, sokkel en bol incluis. Bij een hoogte van bijna vijftig centimeter zou de hele sculptuur ongeveer twintig kilo wegen. Zwaar, want massief glas op zich woog al veel, maar ik zou er ook nog goud aan toevoegen. Marigold had me met weidse armgebaren bezworen dat het een prachtwerk moest worden. Het was ter nagedachtenis aan Martin, verkondigde ze, en ze was buitengewoon gesteld geweest op haar schoonzoon. Zowel Bon-Bon als Worthington beschouwde deze luidruchtig tentoongespreide bewondering enigszins als mosterd na de maaltijd, maar die 'schat van een Trubby' dacht wellicht dat het de trofee ten goede zou komen.

Ik had de tank met helder kristal gevuld en de pijpen die ik nodig zou hebben klaargelegd, alsmede de kleine werktuigen die ik gebruikte om de spieren, benen en het hoofd vorm te geven. Ook pincetten, die altijd van essentieel belang waren. Ik draaide de oven op de juiste temperatuur, 1000 graden Celsius.

Tegen die tijd zag ik de sculptuur volledig voor me. Jammer dat ze Martin zelf niet op de rug van het steigerende paard hadden willen hebben. Ik had hem nu eindelijk duidelijk voor ogen. Misschien zou ik het paard nog eens maken met Martin erop. Op een avond misschien... voor Bon-Bon en de vriend die ik had verloren en nog steeds vertrouwde.

Terwijl ik wachtte totdat Pamela Jane zou arriveren, dacht ik na over de rondzwervende videoband die zoveel gewelddadige emoties had losgemaakt en plotseling – alsof er gordijnen werden opengeschoven – opende het deductievermogen waarin professor Lawson-Young zoveel vertrouwen stelde in mijn hoofd het ene vergezicht na het andere. Eindelijk had ik zijn factor x toegevoegd en zodoende Bivakmuts Vier het masker van het gezicht gerukt.

Buiten begon het te regenen.

Ik stond naar de oven te kijken en luisterde naar het vlammend hart. Keek naar het luik dat de 1000 graden Celsius op afstand hield. Irish, Hickory, Pamela Jane en ikzelf waren zo gewend aan de gevaren van de enorme hitte die binnen het vuurvaste steen heerste dat onze zorgvuldigheid een automatisme, een tweede natuur was geworden.

Eindelijk wist ik de volgorde van de doodlopende wegen en afritten. In mijn hoofd luisterde ik opnieuw naar Catherines opsomming van misdaden en de straf die erop stond, en ik verwachtte dat Rose en Adam Force, als ze maar een greintje verstand hadden, de videobanden gewoon zouden laten waar ze waren om zich niet de ellende van een gerechtelijke vervolging op de hals te halen.

Maar dieven hebben nu eenmaal geen greintje verstand.

Die zondag had ik me eenvoudig omringd met alle lijfwachten die ik bij elkaar kon halen, omdat Rose noch Adam Force tot nu blijk had gegeven van verstand of zelfbeheersing en ik door het vervaardigen van het trofeepaard blootstond aan elke vorm van terreur die ze konden uitdenken. Ik had de werkplaats met een massa toeschouwers kunnen vullen en veilig zijn... maar voor hoe lang?

Ik wist nu waar het gevaar school. Ik wilde niet steeds angstig over mijn schouder hoeven kijken en beschouwde een regelrechte confrontatie als de snelste weg om tot een oplossing te komen, hoe overmoedig dat ook mocht lijken.

Als ik het bij het verkeerde eind had, betekende dat een catastrofe en kon professor Lawson-Young naar zijn miljoenen fluiten. De doorbraak die de wereld moest redden, een geneesmiddel tegen kanker, zou onder de naam van iemand anders op de markt verschijnen.

Toen mijn vijanden kwamen, bleek dat ik hun niet zozeer tijd had gegund alswel de gelegenheid om me te snel af te zijn.

Ik stond nog steeds naar de oven te luisteren toen geluiden achter me de komst van Pamela Jane aankondigden. Ze was door de zijdeur binnengekomen, hoewel ze anders altijd de voordeur nam.

'Meneer Logan...' Haar stem trilde van angst en bovendien noemde ze me normaal gesproken Gerard.

Onmiddellijk draaide ik me om. Ik wilde weten hoe ernstig de situatie was en ontdekte tot mijn schrik dat het er in alle opzichten rampzalig voor stond.

Pamela Jane, in haar gebruikelijke witte, rond het middel stevig vastgesnoerde werkoverall, bleef bevend en trillend midden in de werkplaats staan en de situatie waarin ze verkeerde vergde te veel van haar zenuwen. Haar regenjas lag in een hoop op de vloer en haar polsen waren voor haar lichaam samengebonden met breed bruin plakband. Eenvoudiger en goedkoper dan handboeien maar net zo doeltreffend, en in Pamela Janes geval zelfs doeltreffender, omdat de charmante Adam Force in zijn ene hand een volle injectiespuit hield en met de andere een stuk overall naar beneden had getrokken waardoor zich een plekje blote huid op centimeters afstand van de naald bevond. Pamela Jane, broodmager en doodsbang, begon te huilen.

Een stap of twee achter haar stond Rose, een en al triomf. Haar gezicht was één grote hatelijke snier. Ook zij bewoog zich geluidloos en snel voort op schoenen met zachte zolen.

Rose – sterk, vastberaden en vervuld van wrok in mijn richting stevenend – had Hickory's bovenarm in een houdgreep. Mijn alerte assistent stond hulpeloos heen en weer te zwaaien, want zijn ogen en mond waren met stroken bruin plakband afgeplakt. Hetzelfde plakband was gebruikt om zijn handen achter zijn rug te boeien en een provisorisch blok tussen zijn enkels te maken.

Achter Hickory doemde de bookmaker Norman Osprey op, die meer een gespierde vleesklomp dan een schoonheid was, maar even snel kon rekenen als een computerchip en Hickory min of meer overeind hield. Bij de zijdeur stond notabene Eddie Payne op wacht en hij schuifelde ongemakkelijk van de ene voet op de andere. Hij wilde me niet in de ogen kijken. Hij luisterde alleen naar de instructies van Rose.

De actie van de vier indringers was razendsnel verlopen en ik kon er weinig tegenover stellen. Al mijn lijfwachten zwierven, zoals afgesproken, buiten op straat rond. Catherine en haar zwerver zouden hun normale surveillantieroute lopen. Rose en haar kompanen moesten in de regen langs hen heen zijn geglipt.

Zoals gewoonlijk had ik een wit onderhemd aan dat mijn armen, nek en mijn schouders grotendeels vrijliet. De hitte van de oven loeide bijna ondraaglijk achter het luik als je er niet aan gewend was. Mijn voet en mijn gewicht verplaatste ik zijdelings naar het pedaal dat, zoals het hoorde, het luik opende waardoor een enorme golf Sahara-hitte over Norman Osprey's nette pak sloeg en zijn gezicht vuurrood kleurde. Hij deed een woedende uitval en wilde me tegen het luik smijten, maar ik deed een stap opzij en haakte hem pootje, waardoor hij op zijn knieën terechtkwam.

Rose schreeuwde tegen Norman: 'Hou op, stomme imbeciel, we willen hem onbeschadigd. Je snapt verdomme toch wel dat het niks wordt als hij niet kan praten.'

Ik keek toe hoe Rose mijn geblinddoekte assistent een eind voorttrok en Norman Osprey hem in een stevige greep overeind hield. Op de tast struikelde Hickory voort totdat hij bij de stoel kwam die ik voor Catherine had gekocht. Daar aangekomen draaide Rose Hickory ruw rond tot hij zijdelings in de stoel terechtkwam en zich met veel moeite moest omdraaien om rechtop te zitten.

Achter me hoorde ik nu de hortende ademhaling van Pamela Jane en ook het onmiskenbare piepende gehijg van de astmatische Adam Force. Hij zei geen woord over zijn mislukte aanslag met insuline in Bristol. Hij zat duidelijk verlegen om zijn inhalator, maar had zijn handen niet vrij.

Met kwaadaardige voldoening zei Rose tegen Hickory: 'Blijf daar maar rustig zitten, m'n jongen, dat zal je leren je neus niet in zaken te steken waar je niets mee te maken hebt.' Hickory deed moeite om te praten, maar kon alleen een gesmoord protest te berde brengen, en

Rose richtte nu haar triomfantelijke gif op mij.

'En nu,' zei ze tegen mij, 'geef je me alles wat ik wil hebben. Anders branden we gaatjes in je vriend hier.'

Pamela Jane riep: 'Nee, dat *kunnen* jullie niet doen!'

'Hou je kop, stomme griet,' snauwde Rose tegen haar, 'of ik zorg ervoor dat je er nog beroerder uitziet dan nu al het geval is.'

Of hij nu besefte hoe snel Rose het pedaal in de vloer had bereikt dat het luik van de oven opende of niet, het enige dat Hickory kon doen om te protesteren was steeds verder in de stoel wegkruipen. Maar hij begreep wel degelijk de duivelse keuze die ze onder mijn neus duwde.

Alsof ze zijn gedachten kon lezen, snauwde ze op dezelfde toon: 'Jij daar, hoe heet je, Hickory? Doe maar een schietgebedje dat die baas van je je niet laat verbranden. Want ik meen het. Deze keer krijg ik wat ik hebben wil.'

Ze pakte een van de lange stalen pijpen en stak die in de tank gesmolten glas. Haar bewegingen waren wat stuntelig, niet door constante oefening gepolijst, maar ergens moest ze ooit een glasblazer gesmolten glas uit een tank hebben zien halen. Ze trok de pijp terug met een bolletje roodgloeiend glas aan het uiteinde en walste hem zo rond dat het glas eraan bleef hangen in plaats van eraf te vallen.

Bij die aanblik kreunde Pamela Jane en viel bijna in de naald van de dokter.

'Gerard Logan,' zei Rose met nadruk. 'Deze keer doe je onmiddellijk wat ik zeg.'

Vreemd genoeg klonk ze minder zeker van zichzelf dan toen ze 's nachts in Broadway 'Verbrijzel zijn polsen' had geschreeuwd en ik dacht aan wat Worthington had gezegd: omdat ik haar zou verslaan in de tenniswedstrijd van het leven, zou ze nooit op de baan tegenover me staan. Maar hier stond ze en spande vastberaden alle spieren en zenuwen.

Ik had Martin al zijn mentale kracht zien verzamelen als hij een race op een moeilijk paard moest rijden, ik had toneelspelers in de coulissen diep zien ademhalen voordat ze opgingen om een aangrijpend stuk te spelen. Ik begreep vrij veel van de moed van anderen en van de tekortkomingen in mezelf, maar die zondag in januari was het Roses eigen opbloeiende vastberadenheid die de innerlijke reserves in mij wakker maakte die ik op dat moment nodig had.

Ik observeerde haar zoals zij op haar beurt mij zorgvuldig in de gaten hield. Niet wat ze zei deed ertoe, maar wie van ons tweeën zonder gezichtsverlies uit deze wanhopige strijd tevoorschijn zou komen.

Ze dompelde het afkoelende bolletje glas opnieuw in de tank en trok het er weer uit. Het was groter geworden. Ze draaide zich om totdat de pijp met het roodgloeiende klompje een plek vlak onder Hickory's kin bereikte. Hij kon de hitte voelen. In paniek deinsde hij achteruit en probeerde achter het plakband te schreeuwen.

'Godallemachtig, kijk uit!' riep ik automatisch. Alsof Rose verrast was, zwaaide ze de pijp van Hickory's gezicht weg, zodat hij voor het moment buiten de vuurlinie lag.

'Zie je wel!' Plotseling klonk Rose triomfantelijk. 'Als je niet wilt dat hij verbrandt, zeg dan waar je de videobanden hebt verstopt die ik wil hebben.'

Met klem zei ik: 'Als je niet oppast, vermink je Hickory voor eeuwig. Brandwonden van gesmolten glas zijn verschrikkelijk. Je kunt een hand zo ernstig verbranden dat hij geamputeerd moet worden. Een arm, een voet... je kunt het schroeiende vlees ruiken... je kunt je mond of je neus kwijtraken.'

'Kop dicht!' schreeuwde Rose en nog eens, zo luid ze kon: 'Kop dicht!'

'Je kunt een oog uitbranden,' zei ik. 'Je kunt ingewanden verschroeien of wegbranden.'

Hoewel Pamela Jane aan dat gevaar blootstond, leek zij ondanks haar zenuwen het minst onder de indruk. Het was de grote Norman Osprey met zijn gespierde schouders die peentjes zweette en eruitzag of hij ging braken.

Rose keek naar haar gloeiendhete pijp. Ze keek naar Hickory en wierp een snelle blik op mij. Ik kon haar snelle gedachtegang min of meer volgen. Ze had me willen bedreigen door mijn genegenheid voor Hickory uit te buiten, maar nu stond ik er zelf weer als doelwit.

Bij Roses sterke persoonlijkheid staken de ego's van haar kompanen bleek af. Zelfs het knappe uiterlijk en de charmante glimlach van Adam Force verbleekten in haar aanwezigheid en pas nu begon ik volledig te beseffen dat haar reputatie als een vrouw die vooral mannen werkelijk doodsangst inboezemde, allerminst op een fabeltje berustte. Ook zelf was ik er niet helemaal ongevoelig voor, hoezeer ik ook mijn best deed tegengas te geven. Ze had haar vader al eens de biechtstoel ingejaagd en ik kon me deze zondag nauwelijks een voorstelling maken van de staat van beroering waarin zijn degelijke katholieke geweten nu moest verkeren.

Voor Norman Osprey was de ene dag niet beter of slechter dan de andere. Zijn dagen werden beoordeeld naar de hoeveelheid spierkracht die nodig was om zijn doel te bereiken, gekoppeld aan een wervelend, bijna instinctief vermogen om razendsnel op te tellen, af te trekken, te delen of te vermenigvuldigen.

De vingers van Adam Force leken te jeuken om de injectienaald naar beneden te drukken en de onbekende inhoud van de spuit te activeren. Ik hoopte bij God dat de arme Pamela Jane haar tranen kon bedwingen en haar snikken onderdrukken, omdat beide dokter Witbaard meer en meer leken te irriteren. Wat Hickory betreft, die door brede bruine stroken diep in de zachte fauteuil tot stilte en blindheid was veroordeeld: die zou blijven zitten waar hij zat totdat iemand hem eruit trok.

Indrukken flitsten voorbij. Rose staarde me berekenend aan en genoot van de zekerheid dat ze me weldra klein zou krijgen. Ik kon niet zweren dat ze zich vergiste. Deze keer waren er geen bivakmutsen of honkbalknuppels. Maar de aanblik van gesmolten glas was erger.

Onverwacht zei Rose: 'Je kwam hier vanochtend om een paard van glas en goud voor een trofee te maken. Ik wil het goud hebben.'

Wow! dacht ik. Niemand had ooit eerder goud als factor in de vergelijking gebruikt. Voorzover ik wist was er in Roses aanwezigheid nooit sprake geweest van goud voor een trofee. Ik had voldoende goud voor de trofee besteld, en een beetje extra om in voorraad te houden, maar het was geen hoeveelheid die een overval op een postkoets waard was.

Iemand had Rose iets op de mouw gespeld of ze had het verkeerd begrepen en haar hebzuchtige verbeelding had de rest gedaan.

Rose was er nog steeds van overtuigd dat ik haar rijk kon maken, op welke manier dan ook.

Adam Force bewonderde haar met een glimlach en applaudisseerde met zijn blikken.

Als ik deze... eh... *gouden* kans kon grijpen... ik kon het altijd proberen... ik had nu tijd nodig en als ik het paard maakte zou ik de gang van zaken mooi kunnen vertragen.

Ik zei: 'Het goud is nog niet bezorgd. En volgens afspraak had het allang hier moeten zijn.' De achteloze, klagende toon waarop ik dat zei verraste Rose zo dat ze een ogenblik het uiteinde van haar pijp liet zakken.

'Als ik het glazen paard voor de trofee niet op tijd af heb,' zei ik, 'die bestelde trofee bedoel ik, dan...' Ik zweeg abrupt, alsof ik wankelde op de rand van een monsterlijke vergissing. 'Doet er niet toe,' zei ik zogenaamd zenuwachtig, en Rose verlangde dat ik mijn zin zou afmaken.

'Nou ja...' zei ik.

'Ga door!'

'Goud...' zei ik. 'Ik heb het voor het paard nodig.'

Tot haar onsterfelijke eer droogde Pamela Jane haar tranen, staakte abrupt haar gesnik en riep me vanaf de overkant van de werkplaats verontwaardigd toe dat ik moest bedenken hoe ik Hickory vrij kon krijgen en niet zeuren over een trofee voor de renbaan in Cheltenham.

'Hoe *kun* je!' riep ze. 'Het is *walgelijk*.'

'Een auto van de juwelier komt het goud voor de hoeven, manen en staart brengen,' zei ik.

Rose aarzelde en vroeg toen: 'Wanneer?'

Ik zei dat ik haar dat niet wilde vertellen.

'Ja, zeker wel,' zei ze en stak dreigend haar hete ijzer in mijn richting.

'Om elf uur,' zei ik haastig. Een goede leugen. 'Laat mij dat paard maken,' stelde ik voor en liet het bijna als een smeekbede klinken. 'En als ik het paard af heb, zal ik je zeggen waar ik denk dat de videoband zou kunnen zijn, en jij moet dan beloven dat je Hickory vrijlaat zodra je het goud hebt.'

'Niet te geloven!' zei Pamela Jane hulpeloos.

Ze begreep niet hoe ik zo snel kon zwichten. Ze kon niet weten dat haar verontwaardiging de maat van mijn succes was.

Rose keek op haar horloge, ontdekte dat ze een uur op het goud zou moeten wachten en berekende – weinig verstandig – dat ze zich kon permitteren erop te wachten.

'Ga die trofee maar maken,' commandeerde ze. 'Als het goud komt, teken je er op de normale manier voor, of je Hickory wordt langzaam geroosterd. Begrepen?'

Ik knikte.

'Schiet dan op.' Ze keek de werkplaats rond om de stand van zaken in te schatten en zei tegen Pamela Jane dat ze in de andere leunstoel moest gaan zitten. Daar plakte Norman Osprey haar enkels aan elkaar, terwijl Adam Force nog steeds zijn dreigende naald bij haar nek hield.

Pamela Jane keek me met woedende blikken aan en verklaarde dat ze me niet wilde helpen met het paard, nooit meer met wat dan ook.

Rose zette dit besluit nog kracht bij door op te merken dat ik altijd al een lafaard was geweest. Met een uitgestreken gezicht keek ik Pamela Jane aan en ik zag hoe een schaduw van twijfel opkwam, ook al stortte Rose steeds meer hoon over me uit.

Ik was niet van plan geweest het paard onder bedreiging van de pijp in Roses hand te vervaardigen. In feite had ik juist de lijfwachten gemobiliseerd om dat te voorkomen, maar dat was mislukt. Aan de andere kant was een confrontatie met Rose niet te vermijden geweest, en als het *nu* moest gebeuren, moest ik maar wat sneller nadenken. Ik bleef sullig en besluiteloos staan.

Rose hoonde: 'Ik dacht dat je zo goed met glas was.'

'Veel te veel mensen,' klaagde ik.

Ze gebood Norman Osprey en Eddie Payne naar de showroom aan de andere kant van de halve muur te gaan en stuurde – iets beleefder – Adam Force achter hen aan. Alle drie leunden ze over het muurtje om te kijken. Nadat ze een van de pijpen tevoorschijn had gehaald die ik naast het brandende deel van de oven had gelegd om op te warmen, stak Rose hem in de smelt – de tank met witheet glas – en trok hem er weer uit met een klompje glas van een redelijk formaat en walste het ijzer net snel genoeg rond om het glas niet op de vloer te laten vallen.

'Schiet op,' zei ze opnieuw. Ze duwde haar klompje brandende vernietiging in de richting van mijn rechterarm en ik deinsde ver genoeg achteruit om geen brandwonden op te lopen.

Dit was geen manier om een trofee te maken. Ik moest het paardenlichaam beginnen met een paar posten helder kristal en Rose liet haar ijzers met de bolle uiteinden die alles vernietigden wat ze aanraakten boven de hoofden van Hickory en Pamela Jane zweven en dreigde hun oren af te schroeien en hun geroosterde huid naar gegrild vlees te laten ruiken als ik daar maar de geringste aanleiding toe gaf. Ik moest haar voortdurend vertellen wat ik ging doen. Geen plotselinge onvoorziene bewegingen. Hickory en Pamela Jane zouden het berouwen. Had ik dat begrepen? informeerde Rose.

Dat had ik.

Ik had het begrepen. Net als Pamela Jane en Hickory, die wel kon horen.

Ik vertelde Rose dat ik vier of vijf posten glas uit de tank moest halen, en terwijl ze haar eigen destructieve klomp vlak bij Pamela Janes oor hield, haalde ik genoeg glas op voor een steigerend paard van ongeveer vijfendertig centimeter hoog.

Pamela Jane sloot haar ogen.

Ik zei van tevoren tegen Rose dat het zo goed als onmogelijk was een paard van dat formaat zonder hulp te maken, voornamelijk omdat het paardenlijf op werktemperatuur moest blijven nadat de nekspieren en bovenbenen waren gevormd en er twee klompjes glas voor elk onderbeen en elke voet en nog meer voor de staart moesten worden aangebracht.

'Schiet op en hou op met dat gezeur,' zei ze. Ze glimlachte stil voor zich heen.

Een circusartiest kon ettelijke borden in de lucht houden door er stokken onder rond te draaien. Dat steigerende paard maken in Broadway was ongeveer hetzelfde: houd het lijf en de benen heet terwijl je het hoofd vormt. Het hoofd dat ik maakte zou nog geen wedstrijd op de kleuterschool hebben gewonnen.

Rose amuseerde zich kostelijk. Hoe minder ik dwarslag of tegen haar in ging, des te zekerder was ze ervan dat ik op het punt stond te capituleren. Dat beviel haar goed. Ze glimlachte weer, een geheimzinnige gluiperige lipbeweging die deed denken aan een gemeen klein meisje.

Ik keek naar die glimlach en begreep opeens zelf wat Worthington beschreven had. Een zege was voor Rose nooit volledig zonder de fysieke vernedering van een mannelijke tegenstander.

De glorieuze zege op Gerard Logan die Rose nu zag naderen, zou haar alleen werkelijk voldoening schenken als die gepaard ging met het toebrengen van brandwonden.

Ik mocht dan huiveren bij dat vooruitzicht, maar Rose niet. Ik mocht dan simpelweg spierkracht gebruiken in een poging haar te verslaan, maar ik zou nooit proberen Rose met gesmolten glas de vernieling in te helpen. Of wie dan ook. Dat soort gewelddadigheid was me vreemd.

Maar evenmin kon ik mijn team in de steek laten en vluchten.

Met een pincet trok ik de voorbenen van het paard op en zijn achterbenen naar beneden en ik hield het hele lijf op een ijzeren staaf in de oven om het op de juiste temperatuur te houden om te modelleren.

Er waren nog dingen die ik kon doen, bedacht ik.

Eervolle ontsnappingsmogelijkheden.

Min of meer eervol in elk geval.

Ik slaagde erin het lijf en de benen samen te voegen tot een koploos renpaard.

Ontsnappingsmogelijkheden, verdomme, dacht ik. Ontsnappen was niet genoeg. Defaitisme had nog nooit iemand verder gebracht.

Ik hanteerde moeizaam twee pijpen tegelijk en hevelde voldoende glas van de ene over naar de andere om de manen vast te maken en te vormen, maar de elegantie die Cheltenham zou verlangen was ver te zoeken.

Vanaf de straat opende Worthington de deur van de galerie en wilde binnenkomen. Zijn ogen werden groot van verbazing en in een flits overzag hij de situatie. Vliegensvlug draaide hij zich honderdtachtig graden om en was alweer op straat verdwenen voordat Rose had beslist of ze Worthington zou achtervolgen of mij zou blijven bewaken.

Toen Worthington al buiten bereik, althans buiten fysiek bereik was, gebood ze Force en haar vader onmiddellijk de deur van de galerie op slot te doen en werd woedend omdat ze geen van beiden een sleutel konden vinden. Ik deed schietgebedjes dat Pamela Jane niet behulpzaam zou zeggen dat zij sleutels van alle deuren had.

Ze wierp me een aarzelende blik toe en hield haar mond.

Rose glimlachte niet langer, laadde haar pijp met een withete klomp glas ter grootte van een golfbal en hield die vlak bij Hickory.

Ik deed mijn best een staart voor mijn steeds minder volbloedige schepping te fabriceren. De staart en de twee achterhoeven vormden een driehoek waarop het steigerende paard rustte. Als ik indrukwekkende resultaten wilde boeken, ging het in dit stadium vaak mis. Die dag was alles perfect in evenwicht.

Hickory kronkelde wanhopig om aan Roses withete dreigement te ontkomen.

Pamela Jane zag dat ik niets deed om Hickory te helpen en alleen bezig was een stukje speelgoed te fabriceren, en haar verontwaardiging kreeg weer de overhand.

Ik zette het hoofd op de nek en trok de oren naar voren. Nu het voltooid was, had de sculptuur vier benen, een hoofd, manen en een staart – maar het miste elke gratie. Ik zette het rechtop op de stalen werkbank, waar het steigerend gereed stond om in de toekomst van een kristallen bol te springen.

Ondanks deze tekortkomingen leek Rose onder de indruk. Maar niet voldoende om haar achterdocht te laten varen of haar pijp naast Hickory's hoofd te laten zakken.

Ik keek naar de klok in de werkplaats.

Een minuut – tik tak tik tak – duurt heel lang.

Ik zei: 'Het goud komt over de hoeven, de manen en de staart.'

Tik tak tik tak.

Rose stak haar afgekoelde pijp weer in de oven, haalde een nieuwe withete klomp op en posteerde die weer in de buurt van Hickory's hoofd.

'Hoe lang duurt het nog voor het goud hier is?' wilde ze weten.

Hickory kronkelde heftig en probeerde wanhopig zich te bevrijden van het plakband over zijn mond en ogen.

Pamela Jane leek met gesloten ogen te bidden.

Twee minuten. Tik tak.

'Het goud wordt geleverd in staafjes,' zei ik. 'Het moet gesmolten worden en dan op de hoeven, de manen en de staart worden aangebracht...'

Hickory wierp zich voorover in een poging zich uit zijn diepe stoel te bevrijden. Rose haalde haar pijp niet snel genoeg of ver genoeg weg om hem te ontwijken, en een van zijn oren raakte haar zwalkende wit-hete glaskogel.

Onder het brede plakband kon hij niet schreeuwen. Zijn lichaam verkrampte in een gespannen boog. Rose sprong achteruit, maar Hickory's oor siste, rook naar geroosterd vlees en zou nooit meer onge-schonden zijn.

Drie minuten. Een eeuwigheid. Tik tak.

Iedereen staarde naar Hickory's hartverscheurende en afgrijselijke ellende. Rose had haar ijzer onmiddellijk moeten wegsmijten en hem te hulp komen, maar dat deed ze niet.

Drie minuten en tien seconden sinds ik het steigerende paard op de tafel had gezet.

Langer wachten werd gevaarlijk.

Ik pakte de grote pincet die ik voor de manen van het paard had gebruikt en scheurde daarmee het plakband los waarmee de enkels van Pamela Jane waren vastgebonden. Ik trok haar op aan haar nog geboei-de polsen. Rose draaide zich in mijn richting en krijste dat ik van haar af moest blijven.

Pamela Jane had geen idee wat ze moest doen en weifelen kon dode-lijk zijn. 'Rennen!' drong ik aan, maar ze bleef staan aarzelen en keek over haar schouder naar Hickory. Geen minuut te verlie. Ik tilde haar zonder meer op en droeg haar weg.

Pamela Jane protesteerde. Rose beval me haar neer te zetten. Dat deed ik niet, ik zette wat onvast koers naar de showroom en schreeuw-de tegen het trio dat daar over de halve muur leunde dat ze erachter moesten gaan liggen.

Met haar hete pijp vol glas als een zwaard voor zich uit gestoken rende Rose door de werkplaats achter me aan.

Ik zag haar half, voorvoelde de schroeiende toekomst en draaide mezelf en Pamela Jane snel opzij om het ijzer te ontwijken, als een stierenvechter, maar Rose zag in haar woede kans het ijzer langs mijn rug te halen en een lange zwarte spleet in mijn witte hemd te branden.

Geen tijd meer.

Ik sjorde Pamela Jane rond de halve muur naar de showroom en gooide haar ondanks haar protesterende geschreeuw op de grond en liet me boven op haar vallen om haar daar te houden.

Het steigerende paard had ongekoeld op maximale temperatuur drie minuten en veertig seconden lang op de stalen werkbank gestaan toen het explodeerde.

12

Het paard spatte uit elkaar in gloeiendhete scherven die als boze doorzichtige wespen door de hele werkplaats en over het halve muurtje in de showroom erachter vlogen.

Adam Force, die had geweigerd te gaan liggen omdat *ik* degene was die zei dat hij moest gaan liggen, werd twee keer geraakt, in zijn bovenarm en, veel ernstiger, door een scherf die langs de bovenkant van zijn jukbeen onder zijn oog een stuk vlees wegrukte. De dokter viel bijna flauw van de schok en liet zijn injectiespuit vallen. Zijn mouw werd rood van het bloed, maar het was geen spuitende slagaderlijke bloeding.

Het definitieve einde van zijn knappe uiterlijk, dacht ik, zou hem het meeste pijn doen en als hij op dat moment in een spiegel had gekeken, zou hij vermoedelijk echt zijn flauwgevallen. De messcherpe rondvliegende glasscherven hadden een diepe voor in zijn gezicht geploegd die ongetwijfeld een onherstelbaar litteken zou achterlaten, en zoals bij veel wonden in het gezicht vloeide ook uit deze overvloedig bloed. Adam Force bloedde in zijn witte baard die snel rood kleurde.

Dr. Vuurbaard. Zijn verdiende loon, dacht ik. Jammer dat het zo weg te wassen was. Wegwassen... ook andere dingen waren weg te wassen... een idee.

Glas koelt heel snel af als het uitzet en dunner wordt. Als je zachtjes door een pijp in half vloeibaar glas blaast zodat het tot een soort zeepbel uitzet, koelt een klompje roodheet glas af tot het koude omhulsel van een broze bel in de paar seconden die het kost om het van de ene staat in de andere te blazen.

Maar het trofeepaard was niet met opzet van binnenuit opgeblazen. Het was met geweld uit elkaar gespat volgens de innerlijke spanningslijnen die waren veroorzaakt door het trekken en rekken naarmate het glas afkoelde, want de buitenkant koelde nu eenmaal sneller af dan de binnenkant. De splinters waren nog gloeiendheet toen ze zich in het eerste het beste boorden waar ze op stuitten. Adam Force had geluk dat hij geen oog was kwijtgeraakt.

Norman Osprey, die ondanks zijn antipathie voor mij het verstandige advies had opgevolgd en was neergeknield, had de explosie van het paard fysiek ongeschonden overleefd, maar zijn humeur had er ernstig onder geleden.

Hoewel de Elvis-kloon nog bleek en enigszins wankel ter been was, hing hij nog steeds de leuze 'Logan te grazen nemen' aan. Bijgevolg verrees hij uit zijn knielende houding en plantte zijn gorillaschouders tussen de posten van de galeriedeur. Zodoende zorgde hij ervoor dat een eventueel vertrek een kwestie van een gevecht van man tot man zou worden waarvan de uitkomst onzeker was. Een gevecht van man tot man met zijn dramatische kracht zou altijd een dubbeltje op z'n kant zijn, maar in mijn huidige labiele toestand zou ik onmogelijk kunnen winnen – ook al wilde ik het strijdtoneel alleen verlaten en dat was niet het geval. Zolang Norman Osprey dacht dat hij zich zodanig had opgesteld dat hij me de meeste last kon bezorgen, kon ik hem god-zijdank als een lastpak minder beschouwen.

Eddie leek niet te beseffen wat er was gebeurd en lag nog steeds op zijn knieën achter de halve muur. Met zijn koppige misvattingen had Martins knecht Rose geholpen in deze onzalige jacht op videobanden, maar hij zag er nu uit of hij om absolutie smeekte. Volgens mij had hij die niet verdiend.

Onder mij kwam Pamela Jane moeizaam overeind en verkeerde in een lastig dilemma omdat ze niet kon beslissen of ze mij moest bedanken omdat ik haar tegen de snijdende scherven had beschermd die haar in de stoel zonder twijfel aan alle kanten zouden hebben getroffen, of dat ze me moest verwijten dat ik Hickory had gelaten waar hij was en de scherven op liet vangen die bij de ontploffing in zijn richting vlogen.

Natuurlijk begreep Pamela Jane wat er met heet glas kon gebeuren als er spanningen en stress in ontstonden en nu zou ze ongetwijfeld weten dat ik vanaf het moment dat ik eraan begon van plan was geweest het paard te laten exploderen. Ze zou zich het hoofd breken over die onzin van de levering van het goud, zowel wat hoeveelheid als wat tijdstip betrof, omdat het – zoals ze me veel later bekende – zo weinig bij mij had gepast. Ze had elke woord geloofd dat ik tegen Rose had gezegd, en nu vond ze zichzelf een idioot. 'Lieve Pam J.,' zei ik tevreden, 'je was werkelijk een grote hulp.'

Dat was later. Op het moment zelf, onmiddellijk na het ontploffen van het trofeepaard, maakte ze zich nog de grootste zorgen over Hickory.

Toen ik overeind kwam en over het halve muurtje keek om te zien hoe het met Rose en Hickory was, bleek Rose een bloedende been-wond te hebben, maar nog steeds trillend van vastberaden woede een schone pijp in de tank te steken en een tweede eruit te trekken die al met withete haat was geladen.

Hickory was er eindelijk in geslaagd zich helemaal uit de stoel te werken; hij lag voorover op de gladde tegelvloer en probeerde het plakband van zijn mond te wrijven. Tranen van pijn vanwege zijn kapotte oor leken in zijn neus te stromen, en hij probeerde dat te verhelpen door zijn neus op te halen.

Ik besefte maar al te goed dat Rose er op de een of andere manier in was geslaagd een vuurlijn te trekken over de onderste ribben in mijn rug en ik had voor die ochtend schoon genoeg van het ongelijke gevecht.

Rose niet. Rose had, zo te zien, voldoende energie voor een derde wereldoorlog. Terwijl ze haar volle ijzer uit het vuur rukte, snauwde ze me toe dat de brandwond aan Hickory's oor nog maar het begin was, als ik niet onmiddellijk terugkeerde naar de werkplaats. Ze had hem kunnen losmaken. Ze had hem minstens kunnen helpen, maar ze deed niets.

Ik liep om het halve muurtje heen. Hickory lag nog steeds voorover op de vloer, maar in plaats van tevergeefs zijn gezicht open te wrijven trapte hij nu wild met zijn benen. In zijn pijn en hulpeloosheid had hij op het moment weinig te duchten van Rose, die nu mij liever als doelwit koos en met de zilverzwarte, anderhalve meter lange pijp met het gloeiendhete uiteinde klaarstond om toe te slaan als ik niet snel genoeg wegdook.

'De videoband van Adam Force,' beet ze me toe. 'Waar is die?'

Buiten adem vanwege al dat ontwijken van brandende glasklompen en met een kurkdroge mond slaagde ik erin uit te brengen: 'Hij zei dat hij er paardenraces overheen opgenomen had.'

'Nonsens.' Rose kwam naderbij, de withete glasbol fier voor zich zwaaiend. Waren we andersom gewapend geweest, dan had ik de bol met twee knippen van de zware schaar in een scherpe speer kunnen veranderen. Als je zo'n speer met kracht wierp, zou hij alles op zijn weg verschroeien, dwars door een lichaam heen branden en zonder meer dodelijk zijn. Rose had geen speer, maar een bol was al erg genoeg. De uitwerking zou hetzelfde zijn.

Met het begin van een plan deinsde ik terug voor Rose en haar dodelijke vuur, vloekend dat ik niet bij de vijf of zes andere ijzers aan de andere kant van de oven kon komen – die ik in elk geval als schermwapen had kunnen gebruiken – omdat Hickory met zijn afschuwelijke wond me de weg versperde.

Rose begon er weer plezier in te krijgen mij stap voor stap achteruit te dwingen. Achteruit langs de oven, met het gesloten luik. Achteruit door de werkplaats, steeds sneller naarmate ze het tempo opvoerde.

'De videoband,' herhaalde ze. 'Waar is die?'

Eindelijk, *eindelijk* zag ik Worthington weer voor de deur van de galerie verschijnen, deze keer geflankeerd door Tom Pigeon, Jim, Catherine en haar partner, de 'zwerver' Paultje Pietepeut.

Norman Osprey schatte zijn kansen plotseling pessimistisch in, deed een stap achteruit om ze binnen te laten en dook vervolgens razendsnel achter hen langs de straat op. Het laatste wat ik van hem zag was dat hij de straat uit rende met Tom en zijn drie vierbenige vrienden achter zich aan.

De twee rechercheurs in burger plus Worthington en Jim vulden de deuropening waardoor Osprey was verdwenen. Rose, die de komst van mijn vrienden blijkbaar beschouwde als haar laatste kans om me voor het leven een aandenken mee te geven, stormde woedend op mijn buik af. Ik deed een stap opzij, dook weer weg, rende en zigzagde, en belandde uiteindelijk waar ik wilde komen, namelijk naast de brede ronde potten kleurpoeder op de voorraadplanken.

De kleur wit wilde ik hebben, het poeder dat de Duitsers *email weiss* noemen. Ik rukte de deksel eraf, stak mijn hand in de open pot, graaide er zoveel poeder uit als ik te pakken kon krijgen en gooide het in Roses gezicht.

Email weiss – gemalen wit email – bevat arsenicum... en arsenicumpoeder doet je ogen tranen en vertroebelen, en verblindt je tijdelijk volledig. Zonder iets te zien bleef Rose ondanks haar stromende tranen haar afschrikwekkende dodelijke pijp rondzwaaien.

Eddie leek uit zijn gebed te verrijzen en liep om het halve muurtje heen om haar tot bedaren te brengen. 'Rose, lieve meid, het is voorbij...'

Maar ze was niet tegen te houden. Al was ze even verblind, ze haalde met het fatale ijzer uit in de richting waar ze me het laatst had gezien in een poging alsnog mijn maag of borst te doorboren, en begon vervolgens in het wilde weg te zwiepen op de plaats waar mijn hoofd zich had bevonden.

Ze miste me, maar dat betekende niet dat ze niet veel gevaarlijker was nu ze verblind rondwaggelde dan toen ze me kon zien. Uiteindelijk raakte het gloeiendhete glas dan ook tweemaal levend vlees, met rampzalige gevolgen.

Het geschreeuw smoorde in gerochel.

Het was Eddie, haar vader, die ze ironisch genoeg het eerst raakte. Ze schroeide de huid van zijn vingers toen hij die voor zijn gezicht sloeg om zich te beschermen. IJzer rinkelde tegen de muren en vervolgens klonk een afgrijselijk zacht gesis toen de allerergste ramp plaatsvond.

Pamela Jane wierp zich hysterisch gillend in mijn armen en verstopte haar gezicht, maar zij was niet het slachtoffer. Aan de andere kant van de werkplaats, waar weer de geur van een brandstapel hing, zeeg Paul ineen op de vloer en bleef roerloos liggen, zijn armen en benen uitgespreid in de willekeur van de dood.

Verlamd van schrik en woede staarde Catherine met grote ongelovige ogen naar hem. Ik sloeg een arm om haar heen en trok beide meisjes tegen me aan alsof ik ze nooit meer los wilde laten.

Adam Force bleef aan de veilige kant van de werkplaats en smeekte Rose te blijven staan en iemand – hemzelf bijvoorbeeld – haar en haar vader te laten helpen, maar het enige resultaat was dat ze van koers veranderde en nu met haar wild zwiepende stalen pijp in de richting van zijn stem stormde.

Catherine, op en top politiefunctionaris, wist zich na haar eerste behoefte aan troost te vermannen, liep bij me weg en riep, belaagd door Rose die op het geluid van haar stem afkwam, via haar radio het bureau op om met de grootste spoed om assistentie te vragen. Ze drukte de zendknop in en sprak, haar angst onderdrukkend, afgemeten in het apparaat. 'Collega gedood,' zei ze. 'Alarm. Alarm. Onmiddellijk assistentie nodig.'

Ze noemde het adres van Logan Glas en besloot toen minder formeel en oprecht geëmotioneerd: 'Kom zo gauw mogelijk! Lieve God!'

Ze ontweek Roses aanstormende geweld en knielde met ongelooflijke moed neer naast haar stille partner. De rechercheur in burger die rondhing in portieken en wiens naam voor mij nooit meer was geweest dan 'Paultje Pietepeut', zou geen boeven meer vangen. Paultje Pietepeut was getroffen door een lange withete stoot dwars door zijn hals.

Ik maakte me los van Pamela Jane, rende de halve ruimte door, weg van Catherine, en riep tegen Rose: 'Ik ben hier, Rose. Ik ben hier en je krijgt me nooit te pakken.'

Rose draaide een halve slag in mijn richting en draaide opnieuw rond toen ik schreeuwend langs haar heen sprong. Ze bleef rondtollen met haar nietsziende ogen en werd uiteindelijk zo moe dat Worthington en Jim kans zagen mij te bereiken en Catherine achter ons kon volgen, zodat we met zijn vieren Rose razendsnel konden vastgrijpen en haar nog steeds zwiepende arm met het hete ijzer immobiliseren. Ik wrikte het ijzer uit haar hand en bracht het veilig buiten haar bereik, waarbij ik de hitte langs mijn benen, maar niet op mijn huid voelde, en *nog* bleef ze worstelen in de houdgreep van Worthington en Jim. De politiekant van Catherine kreeg definitief de overhand over haar emoties. Ze zocht de handboeien die Paultje Pietepeut aan de riem rond zijn middel droeg. Ze klikte ze weinig zachtzinnig op Roses rug rond haar polsen vast, zodat de metalen banden in haar huid sneden. Rose schopte.

'Neem mijn riem maar,' riep Worthington, en ik maakte zijn soepele riem van gevlochten leer los, bond die rond haar ene enkel en knoopte het andere einde rond de andere, zodat Rose haar evenwicht verloor en, nog steeds schoppend en vloekend, op haar zij op de vloer belandde.

De arrestatie van Rose Payne was allesbehalve een rustige aangelegenheid. Een ambulance met twee ziekenbroeders en twee auto's vol woedende jonge agenten stopten voor de galerie en stroomden Logan Glas binnen, terwijl de scherven van het verbrijzelde paard onder hun zware laarzen tot stof vermalen werden. Ze praatten met Catherine en haalden een deken waar ze Rose als een baby in bakerden. Vervolgens droegen ze haar ondanks haar laatste gespartel de showroom en de voordeur door en duwden haar achter in een van de politieauto's.

Daar kreeg ze even later gezelschap van een vuurspuwende Norman Osprey, wiens spieren geen partij waren gebleken voor drie vervaarlijke hondenkaken. Tom vertelde me later dat de grote man midden op straat had zitten beven van angst met zijn hoofd en handen tussen zijn knieën en de politie had gesmeekt hem te redden van de zwarte monsters die grommend om hem heen stonden.

In de werkplaats keek ik toe hoe Catherine met droge ogen nog een deken uit een politieauto haalde om Paultjes stilte te bedekken.

Nog meer politie arriveerde. Sommigen waren in uniform en anderen in burgerkleren die geschikter leken voor een zondagmiddag voor de televisie dan voor een tocht naar een vurige hel op aarde. Dienst of niet, bepaalde zaken vereisten aandacht. Witte overalls en grijze plastic schoenhoezen verschenen en weldra bood de werkplaats een onwezenlijke sciencefictionaanblik.

Ik keek toe hoe een politieman met rubber handschoenen zorgvuldig de gevallen injectiespuit opraapte en in een doorzichtig plastic zakje deed dat hij vervolgens verzegelde.

Systematisch begon de politie namen te noteren en de Draak aan de overkant bood gastvrij troost en hartversterkingen aan. Een van de politieagenten verwijderde het plakband van Pamela Janes polsen, noteerde haar gegevens en escorteerde haar vervolgens met een behulpzame arm naar het hotel.

Ik knielde neer naast Hickory. Ik zei tegen hem dat ik de stroken plakband van zijn ogen en mond ging verwijderen. Ik vroeg of hij me begreep.

Hickory knikte en staakte zijn gevecht tegen de vloer.

Zo voorzichtig mogelijk trok ik het plakband van zijn ogen. Het deed pijn, zijn wimpers kwamen mee en het duurde een paar minuten voordat zijn langdurig afgeplakte ogen weer een heldere blik kregen en me recht aankeken.

'Nu haal ik de tape van je mond,' zei ik.

Hij knikte.

Een van de jonge politieagenten reikte over mijn schouder naar zijn mond en trok zonder mededogen in één keer het sterke plakband los. Hickory gilde het uit en hij bleef gillen dat de politieman zijn samengeplakte handen ook los moest maken, en snel graag.

Ik liet hen een ogenblik alleen om de EHBO-kist uit de voorraadkast te halen teneinde Hickory's oor te verbinden, maar na veel heen en weer praten besloten de ziekenbroeders en de politie eensgezind dat hij beter naar het ziekenhuis kon worden gebracht, samen met Eddie, die in een diepe shocktoestand verkeerde en wiens handen al enorme brandblaren vertoonden.

Catherine stond bij de open deur van de ambulance toe te kijken hoe Eddie aan boord werd gebracht om te worden behandeld.

Ik vertelde haar andere zaken die ze diende te weten, dingen over Bivakmuts Vier die me 's nachts waren ingevallen, maar waarover ik in de vroege ochtend niet had gesproken.

Nadenkend zei ze: 'De man die naast Paultje staat is onze hoofdcommissaris. Je kunt beter met hem praten. Ik moet naar het bureau. Ik kom terug zodra ik kan.'

Ze bracht me naar de andere kant van de galerie, stelde me voor als de eigenaar van het bedrijf en vertrok. Ik schudde hoofdcommissaris Shepherd van het politiedistrict West Mercia de hand en zag hem zijn wenkbrauwen fronsen.

Allereerst keek hij gedesillusioneerd naar mijn hemd, dat inmiddels niet langer wit en schoon, maar groezelig was door alle contact met de rommel in de werkplaats. Hij merkte het verschroeide stuk stof op dat er los bijhing in de buurt van mijn ribben waar Roses hardnekkige attenties me hadden geraakt. Hij vroeg of de roodverbrande huid eronder pijnlijk was en ik bevestigde vermoeid, ja, het deed pijn, maar ik was in het verleden wel erger verbrand en wilde er liever geen aandacht aan besteden – maar, zo voegde ik er inwendig aan toe, vroeger had ik brandwonden altijd per ongeluk zelf veroorzaakt.

Ik keek naar de deken over Paultje Pietepeut, de toegewijde collega die als een vader zorg had gedragen voor Catherines veiligheid in het geweld op straat.

'Hij was een goede politieman,' zei ik.

De hoofdcommissaris liet een korte stilte vallen voordat hij begon over het verdiende loon van degene die deze misdaad had begaan. Hij wilde dat ik meeging naar het bureau om een verklaring af te leggen die op video zou worden opgenomen en op elke denkbare andere manier vastgelegd. Aarzelend ging hij ermee akkoord dat ik eerst de brandwonden verbond en mijn overhemd er weer overheen aantrok, en vervolgens stemde hij er ook schoorvoetend mee in dat ik mijn jas over mijn schouders hing om buiten niet te bevriezen.

Tijdens dit vertoon van menselijkheid arriveerde George Lawson-Young en met zijn aanwezigheid sloeg de algemene politiehouding om van achterdocht in gezond verstand. Hij was het soort man met aanzien in wie andere lieden met gezag instinctief vertrouwen stellen. Toen hij me met merkbaar respect begroette en behandelde, begon ik ook langzaam maar zeker in de achting van de hoofdcommissaris te stijgen. Volgens mij ging hij na een poosje zelfs zover dat hij geloofde wat ik zei.

Alsof hij op een bevestigend antwoord rekende, vroeg George Lawson-Young: 'En ben je achter de identiteit van de vierde man gekomen die je hiervoor op straat twee weken geleden heeft afgetuigd?'

'Ja.'

Hij kende het antwoord al, want dat had ik hem 's morgens aan de telefoon verteld. Ik had zijn onderzoeksmethode van elimineren en behouden gebruikt om de waarheid van de leugen te scheiden en zorgvuldig alle doodlopende wegen te onderzoeken, maar hoe achteloos ik die naam ook zou noemen, het zou grote consternatie veroorzaken.

De rijzige, keurige, bijziende professor liet zijn blik langzaam over het gezicht glijden dat hem het meest vertrouwd was en inspecteerde de schade. Niemand maande hem tot spoed, zelfs de hoofdcommissaris niet.

Nu de waterval bloed uit de wond in zijn gezicht tot een druppelstroompje was gereduceerd, kwam Adam Force uit de showroom de werkplaats binnen gewankeld, bleef naast Hickory staan en keek toe hoe deze, op zijn knieën gezeten, zijn verminkte oor met twee handen vasthield.

Zodra Adam Force de professor ontwaarde, leek hij liever in lucht te willen opgaan dan met zijn vroegere baas in dezelfde ruimte te verkeren en George, hoe vergevingsgezind gewoonlijk ook, wierp deze expert in diefstal en verraad een woedende, onheilspellende blik toe waarin geen plaats was voor medelijden.

Een van de politiemensen in witte overalls vroeg dr. Force naar zijn naam en adres, terwijl een andere een foto van hem nam. Hij leek te schrikken van de lichtflits en zag er, met het bloedrode kronkelstroompje dat nog altijd via zijn wang in zijn baard verdween, allesbehalve uit als de zelfverzekerde geneesheer die ik de eerste keer op de heuvel in Lynton had ontmoet.

Het einde van Force, dacht ik.

De fotograaf ging verder met zijn werk, volgens de instructies van de onderzoeksleider. Niets mocht over het hoofd worden gezien. Paultje Pietepeut zou tevreden zijn geweest.

Het was George Lawson-Young die mij eerst uitvoerig bedankte en de hoop uitsprak dat ik voor de komende eeuwen genoeg voor hem had gedaan en vervolgens aan de hoofdcommissaris stap voor stap vertelde waarom de gegevens die uit zijn onderzoekslaboratorium waren gestolen mij zoveel pijn en ellende hadden bezorgd.

Rustig baande George zich een weg door alle complexe gebeurtenissen van januari 2000. Ten behoeve van de commissaris noemde hij elke betrokkene bij naam en wendde hij zich tot mij als hij bevestiging van het een of ander wilde hebben.

'Adam Force,' zei hij, wijzend op dokter Vuurbaard, 'werkte voor mij, maar hij deserteerde en eigende zich de resultaten van een kankeronderzoek toe dat wellicht miljoenen waard is en in elk geval de hele wereld ten goede zou komen.'

Ik zag dat de hoofdcommissaris wat ongelovig begon te kijken, maar ik knikte en hij richtte zijn aandacht weer op de professor.

'We wisten,' vervolgde George, 'dat hij de gegevens had gestolen, dat hij ze had vastgelegd op een videoband en vervolgens alle andere documentatie van ons onderzoek had vernietigd. Natuurlijk zochten we zelf overal, zelfs met behulp van privé-detectives, toen de politie weinig belangstelling toonde.

Ons onderzoek leverde absoluut niets op. We hadden niet verwacht dat hij de band aan een jockey in bewaring zou geven. Dr. Force had hem doorgegeven aan Martin Stukely, maar Stukely gaf er de voorkeur aan de band op zijn beurt weer aan zijn vriend Gerard Logan hier te overhandigen, buiten bereik van de nieuwsgierige vingers van zijn kinderen. Zoals u misschien weet, kwam Martin Stukely op oudejaarsdag om tijdens de paardenrennen in Cheltenham. Maar toen was de band al begonnen aan zijn zwerftocht. Adam Force probeerde hem terug te stelen. Er werden uit deze galerie, uit Gerards huis en uit het huis van Martin Stukely banden gestolen.'

'Is er aangifte gedaan van die diefstallen?' vroeg de politieman.

'Jazeker,' antwoordde ik, 'maar een paar videobanden die om onduidelijke redenen worden gestolen brengen natuurlijk niet de politiemacht op de been die we hier vandaag zien.'

'Hmmm,' antwoordde de hoofdcommissaris, in de wetenschap dat het waar was.

'Een van uw rechercheurs is inderdaad de volgende morgen langsgekomen,' zei ik, 'maar er bestond veel meer belangstelling voor het geld dat tegelijk met de band was gestolen.'

'Heeft dr. Force ook het geld gestolen?' informeerde de hoofdcommissaris en keek naar Force.

'Ja,' antwoordde ik, 'maar volgens mij was dat een gelegenheidsdiefstal waarvan hij wellicht dacht dat het als rookgordijn voor het verdwijnen van de band kon dienen.'

Dr. Force hoorde dit aan zonder een spier van zijn bebloede gezicht te vertrekken.

'Hoe het ook zij,' vervolgde de professor, die niet op interrupties was gesteld, 'op de een of andere manier kregen ze door al die diefstallen niet de band terug die ze wilden hebben en dr. Force heeft, met hulp van Rose Payne en anderen, getracht de heer Logan hier te dwingen te onthullen waar de band zich bevindt. Maar de heer Logan zegt dat hij hem niet heeft.'

'En u heeft hem niet?' vroeg de stem van het gezag.

'Nee,' antwoordde ik, 'maar ik denk dat ik weet wie hem wel heeft.'

Ze keken me allemaal aan. Adam Force, Lawson-Young, de hoofdcommissaris en zelfs Hickory, die met zijn ene goede oor luisterde, wachtten alle vier op het verlossende antwoord.

In dit tafereel kwam Marigold, gehuld in smaragdgroene zijde met gouden kwastjes, binnenzeilen nadat ze de jonge politieagent die haar de toegang wilde beletten opzij had geduwd. In haar kielzog volgden Bon-Bon, Victor, Daniel en de andere kinderen als de staart van een vlieger.

Marigold had willen zien hoe haar trofee vorderde, maar bleef roerloos staan toen ze het met een deken bedekte lichaam en de massa bewijsverzamelaars die er op handen en voeten omzichtig omheen kropen in het oog kreeg. Bon-Bon realiseerde zich de ernst van de situatie en werkte haar kroost onmiddellijk de deur uit, waardoor alleen haar moeder en Victor achterbleven, die beiden als aan de grond genageld stonden. Alleen hun ogen leken te leven.

'Gerard, schat,' riep Marigold, 'wat is hier in vredesnaam aan de hand? En waar is Worthington?'

'Lieve Marigold,' zei ik vermoeid, 'hier heeft een ramp plaatsgevonden. Ga alsjeblieft naar het hotel aan de overkant en wacht daar op me.' Ze leek niets te horen en kon haar ogen niet van de deken afhouden. 'Waar is Worthington?' Haar stem begon over te slaan. 'Waar is Worthington? O, lieve God.'

Ik sloeg mijn armen om haar heen. 'Marigold, Marigold, hij is het niet. Ik zweer het. Dat is Worthington niet.'

Snikkend op mijn schouder leek ze op de rand van een zenuwcrisis.

Victor zei tegen me, bijna fluisterend: 'Dit is geen spelletje meer, hè?'

De vraag hoefde niet beantwoord te worden en even later bracht de jonge agent hem en Marigold naar de Draak van Wychwood aan de overkant.

'En wie is Bivakmuts Vier?' vroeg Lawson-Young in de stilte die volgde op hun vertrek.

'Wie?' zei de hoofdcommissaris. 'Waar hebben jullie het over?'

De professor legde het uit. 'Gerard is voor zijn galerie hier overvallen door vier lieden met zwarte bivakmutsen. Drie van hen waren Rose Payne, haar vader Eddie Payne en Norman Osprey. Eerder vandaag heeft Gerard me gezegd dat hij de identiteit van de vierde heeft ontdekt, dus...' hij wendde zich tot mij en zei vol vertrouwen, 'wie is het en waar zijn mijn onderzoeksgegevens?'

'Ik denk niet dat Bivakmuts Vier de videoband heeft,' antwoordde ik.

'Wat!' riep de professor uit. Zijn schouders zakten in, zijn verwachtingen waren zo hooggespannen geweest en nu dacht hij dat ik hem de zoveelste doodlopende straat in leidde.

Ik probeerde hem op te monteren. 'De vierde aanvaller, Bivakmuts Vier, was niet meer dan een betaalde kracht en ik weet zelfs niet zeker of hij precies wist waarnaar hij zocht.' Maar hij wist wel, dacht ik, hoe hij de grootste schade aan mijn polsen kon toebrengen. 'Maar hij wel bedreven met een honkbalknuppel en verdovend gas.'

'Wie is het dan in godsnaam?' De professor kon maar moeilijk zijn ongeduld bedwingen, net als de hoofdcommissaris, maar het was niet de gemakkelijkste onthulling van mijn leven. Toch...

'Wie was de vierde man, Hickory?' vroeg ik.

Hickory keek op. Hij lag nog steeds geknield op de vloer en drukte een steriel gaasje tegen zijn oor.

'Waarom vraag je dat aan mij?' zei hij.

'Jij was degene die mijn vingers bij elkaar hield.'

'Natuurlijk niet.'

'Ik denk het wel,' zei ik. 'Jij drukte mijn hand tegen een muur zodat een honkbalknuppel mijn pols kon verbrijzelen.'

'Je bent stapelgek. Waarom zou ik jou overvallen? Waarom uitgerekend jou?'

Het was een kwellende vraag met een ingewikkeld antwoord. Hij beantwoordde hem niet, maar we wisten allebei wat hij van plan was geweest.

'Deed je het voor het geld?' vroeg ik.

Ik vermoedde dat het om ingewikkelder redenen was. Redenen die iets te maken hadden met mijn talent voor glasblazen en zijn betrekkelijke gebrek daaraan. Jaloezie was een sterke emotie en volgens mij was er niet veel aandrang nodig geweest om hem tegen mij op te zetten.

Hij weigerde nog steeds om het toe te geven. 'Je bent geschift, helemaal geschift,' zei hij, terwijl hij overeind kwam en rondkeek alsof hij bedacht hoe snel hij weg kon komen.

'De groen-witte veters,' zei ik.

Hij verstarde en keerde zich weer om.

Ik vervolgde: 'Je droeg die hier op de dag dat Martin Stukely stierf en ook de volgende dag toen je de banden uit zijn huis stal, dezelfde dag dat je mij met de oranje cilinder buiten westen sloeg. Martins oudste zoon Daniel heeft die veters gezien en aan de politie beschreven.'

Hickory deed twee stappen vooruit en zijn oor deed duidelijk pijn. Zijn zelfvertrouwen stortte in.

'Jij bent zo verdomd slim,' zei hij. 'Ik wou dat we je polsen echt verbrijzeld hadden.'

De hoofdcommissaris leunde niet langer over het halve muurtje, maar stond nu recht overeind.

Hickory was nog lang niet uitgesproken.

'Jij en je overdreven gedoe en je neerbuigende commentaar op mijn werk. Ik haat jou en je werkplaats. Ik ben een verdomd goede glasblazer en ik verdien meer erkenning.' Hij stak zijn neus in de lucht en lachte spottend.

'Op een dag zal John Hickory een beroemde naam zijn,' vervolgde hij, 'en de mensen zullen hun verdomde Logan-glas stukgooien om het door het mijne te vervangen.'

Wat jammer, dacht ik. Hij had werkelijk enig talent maar dat zou zich nooit naar behoren kunnen ontwikkelen. Arrogantie en een heilig geloof in vaardigheden waarover hij niet beschikte zouden de talenten die hij wel bezat verstikken.

'En Rose?'

'Stomme teef,' zei hij met zijn hand tegen zijn kloppende oor gedrukt, 'razend is ze. We boeien je, zei ze. Gebruiken je als gijzelaar, zei ze. Niks over mijn godvergeten oor afschroeien. Van mij mag ze branden in de hel.'

Van mij in het hier en nu.

'Ze had me een eigen werkplaats beloofd,' zei Hickory. 'Beweerde dat ze jou tot sluiting zou dwingen. Zij en die achterlijke vader van haar.' Hij begon te beseffen dat hij zijn eigen graf aan het graven was. '*Zij* hebben me ertoe aangezet. Het is hun schuld, niet de mijne.'

Met een ongelukkig gezicht keek hij naar de geboeide gezichten om hem heen.

'Het was mijn schuld niet. Het was hun idee.'

Niemand geloofde hem. Hickory was degene die alles aan Rose had overgebriefd. Hickory was de 'kijker' in Broadway geweest.

'En waar is de band?' vroeg George Lawson-Young.

'Ik weet het niet,' antwoordde Hickory. 'Rose zei dat hij in het huis van Stukely of in dat van Logan moest zijn, maar ik heb urenlang niets anders gezien dan stomme banden met paardenrennen en glasblazen. Volgens mij is er geen band met medische dingen bij.'

Ik geloofde hem. Anders, bedacht ik ironisch, zouden me verscheidene aftuigpartijen bespaard zijn gebleven en zou Paultje Pietepeut nog in de portieken rondhangen.

Een ziekenbroeder verscheen en zei dat het tijd werd Hickory naar het ziekenhuis te brengen om zijn brandwonden te laten behandelen. De hoofdcommissaris kwam tot leven en arresteerde Hickory. 'U hoeft niets te zeggen...'

'Veel te laat, verdomme,' antwoordde Hickory terwijl hij door een politieman in een witte overall en de ziekenbroeder naar de ambulance werd gebracht.

De hoofdcommissaris richtte zijn aandacht nu op dr. Vuurbaard Force, die zwijgend alles had aangehoord.

Hij zei, in woorden die volledig pasten in het officiële jargon: 'En dr. Force, kunt u ons informatie verschaffen omtrent de verblijfplaats van een videoband met resultaten van medisch onderzoek die is ontvreemd uit het laboratorium van professor Lawson-Young?'

Force zei geen woord. Hij scheen in elk geval een lesje te hebben geleerd van onze discussie onder de naaldbomen in Lynton.

'Kom, Adam, zeg het.' Ik begreep dat de professor nog steeds een zweem van vriendschap voelde voor de man die tegenover hem stond met een baard waaruit bloed op mijn gladde stenen vloer druppelde. Force keek hem geringschattend aan en hield zijn mond.

Op zijn beurt werd hij gearresteerd en weggebracht om zijn vingerafdrukken te nemen en zijn wond te laten hechten. 'U hoeft niets te zeggen...' Dat deed hij ook niet.

Geleidelijk aan begonnen de galerie, de showroom en de werkplaats leeg te raken. De vertegenwoordiger van de gerechtelijke lijkschouwer verscheen om toezicht te houden op het transport van Paul naar het lokale mortuarium. De andere politiemensen staakten hun werkzaamheden en keken toe hoe de treurige kraaienprocessie met hun zeer gewaardeerde en gerespecteerde last door de galerie naar de voordeur trok. Niet alleen in hun ogen, ook in de mijne stonden tranen. Hij was een goed mens en een goede politieman geweest.

Er werden nog een paar foto's genomen en een paar bewijsstukken verzameld. Er werden blauwwitte plastic banden met 'niet betreden' gespannen, deuren werden afgesloten en bewaakt en de professor en ik werden beleefd maar dringend de toepasselijke grijze motregen in gestuurd.

De hoofdcommissaris vroeg me opnieuw mee te gaan naar het bureau om een volledige verklaring af te leggen, al sprak er deze keer meer warmte uit zijn woorden. Ik ging akkoord, maar vroeg of we eerst naar de Draak van Wychwood konden gaan omdat ik dorst had en een pot thee wilde hebben. Ik keek op mijn goedkope horloge. Verrassend genoeg was het nog steeds ochtend, al had ik het gevoel dat het allang theetijd geweest moest zijn.

Ze zaten in de salon beneden. Bon-Bon en haar vier spruiten, keurig op een rij naast elkaar op de brede bank, van groot naar klein. Ze hadden Coca-Cola gekregen en een rijtje lege flesjes met rietjes stond op de salontafel. Marigold bevond zich in een diepe zachte leunstoel en Worthington zat op de armleuning naast haar. De manier waarop Marigold Worthingtons hand omklemde deed me denken aan zijn waarschuwing voor de vleesetende plant. Hij leek er geen bezwaar tegen te hebben.

De Draak schonk thee in grote bekers die een aandenken aan het millennium waren en vertelde dat Pamela Jane, nog steeds in shock, tabletten van de politiedokter had gekregen en boven naar bed was gestuurd.

Victor stond voor het raam en kon zijn ogen niet van Logan Glas aan de overkant afhouden. Ik nam mijn thee mee en ging naast hem staan.

Zonder me aan te kijken zei hij: 'Tante Rose draait waarschijnlijk voor jaren de bak in, niet?'

'Ja,' zei ik, 'heel lang.' Levenslang, dacht ik, in de gevangenis of in een gesloten inrichting. Politiemoordenaars werden niet vervroegd vrijgelaten.

Hij bleef nog even zwijgen, maar draaide zich toen om en keek me recht aan. 'Prima, dan hebben mam en ik misschien een kans,' zei hij.

Ik keerde me om en nam Bon-Bon mee naar de hotellounge. Ze moest me een gunst toezeggen. Zeker, zei ze, en wandelde naar de telefooncel onder de trap.

Ik keerde terug naar de salon om mijn thee op te drinken en even later kwam Bon-Bon terug. Ze glimlachte en knikte.

Ik liet de gebeurtenissen van die ochtend in gedachten nog eens de revue passeren en vroeg me af of er een andere manier was geweest.

Een glasblazerspijp, in wiens hand dan ook, diende omzichtig te worden gehanteerd. In handen van Rose was een pijp met halfgesmolten glas letterlijk een dodelijk wapen en ik had het idee gehad dat ik haar tegen moest houden, omdat ze het op mij had gemunt, hoe idioot en misplaatst haar ideeën ook waren.

Ik had geprobeerd haar tegen te houden door het paard te laten exploderen en die opzet was mislukt. Het had een gat in haar minnaar geslagen en haar eigen woede alleen maar aangewakkerd. Vervolgens dacht ik dat ze zou ophouden als ik haar zou verblinden, dus had ik poeder in haar gezicht gegooid, maar ook dat had het alleen maar erger gemaakt.

Paul was omgekomen.

Als ik niet had geprobeerd haar tegen te houden, als ik in plaats daarvan onmiddellijk had gedaan wat ze wilde, zou Paul nog in leven zijn. Maar, zo overwoog ik bij wijze van troost, ik had haar de band die ze wilde hebben niet kunnen geven omdat ik niet precies wist waar hij was.

Ik had gedaan wat ik kon, en wat ik kon was fataal gebleken.

De stem van de hoofdcommissaris bracht me terug naar het heden. Hij zei dat hij graag naar het politiebureau wilde teneinde zijn arrestanten te verhoren. En ook dat hij de familie van de omgekomen agent wilde bezoeken, weliswaar minder graag, maar dat het nu eenmaal zijn plicht was. 'Professor en meneer Logan, zou u mij nu willen volgen?' zei hij.

'Nog een kopje thee?' antwoordde ik.

De hoofdcommissaris was er niet blij mee. 'In tegenstelling tot wat algemeen wordt aangenomen, is de thee op het bureau heel drinkbaar.

Dus heren, als u zo vriendelijk wilt zijn.'

Ik had meer tijd nodig.

Ik installeerde me in een andere diepe fauteuil en zei: 'Nog even blijven zitten? Ik ben doodop. Nog iets eten voor we gaan?'

'We hebben een kantine op het bureau. Daar kunt u wat eten.' De stem van het gezag had gesproken en er leek mij weinig anders over te blijven dan te gehoorzamen.

Langzaam kwam ik overeind en zag tot mijn immense opluchting mijn verwachte gast gehaast de deur binnenkomen.

'Hallo, Priam,' zei ik.

Hij keek langs me heen naar de rijzige, elegante George Lawson-Young. Hij wierp een blik op Bon-Bon als om te vragen: 'Is dat hem?'

'Priam,' herhaalde ik, 'wat prettig dat je kon komen. Priam Jones, mag ik je hoofdcommissaris Shepherd van het district West Mercia voorstellen.'

Langzaam draaide Priam zich naar mij om en schudde automatisch de uitgestoken hand.

'Pardon?' zei hij niet-begrijpend. 'Ik snap het niet helemaal. Bon-Bon belde om te zeggen dat ze een potentiële renpaardeneigenaar had en dat ik onmiddellijk hierheen moest komen als ik geïnteresseerd was. Ik moest er een uitstekende lunch voor onderbreken, dat kan ik je wel vertellen.'

Hij keek nog steeds speurend rond naar de niet-bestaande eigenaar.

'Priam,' zei ik en had nu zijn volledige aandacht, 'dat was niet de hele waarheid. Ik heb Bon-Bon gevraagd je te bellen omdat ik met je moest praten.' Dat beviel hem niet. Helemaal niet.

'Wat mankeert er godverdomme aan de telefoon, als je me moet spreken, al kan ik me niet voorstellen waarover.' Hij keek neer op vier paar kinderogen die hem aanstaarden. 'Hmm... sorry.'

Ik zei: 'Ik moest je spreken over een videoband.'

'Toch niet weer die go... eh... eh videokwestie!' zei hij. 'Ik heb je al gezegd dat ik geen videoband heb.'

Daniel zei duidelijk hoorbaar: 'Ik weet waar een videoband is.'

'Ssst, schat,' zei Bon-Bon.

'Maar ik weet écht waar een band is,' hield Daniel vol.

Ik had intussen geleerd Daniel heel serieus te nemen.

Ik hurkte naast de bank neer tot ik op gelijke hoogte met hem was. 'Waar is die videoband, Daniel?' vroeg ik.

'Volgens mij is dat minstens drie of vier gouden munten waard,' antwoordde hij.

'Wat bedoelt hij in vredesnaam?' vroeg professor Lawson-Young.

'Dat is een spelletje dat we hebben gespeeld,' zei ik. 'Ik geef Daniel gouden munten als hij informatie aan mij levert of voor mij vindt.' Ik wendde me weer naar Daniel. 'Volgens mij zou dat inderdaad wel drie of vier gouden munten waard kunnen zijn.'

'Een zak vol gouden munten als het de goede band is,' zei de professor.

Bij dat vooruitzicht begon Daniel regelrecht te stralen.

'Hij ligt in papa's auto,' zei hij. 'In het zakje aan de achterkant van papa's stoel. Ik heb hem daar gisteren gezien toen mammie ons naar je winkel bracht.'

Hij keek me vragend aan en begon van oor tot oor te grijnzen toen ik zei: 'Tien gouden munten deze keer, als de professor het goedvindt.'

Sprakeloos knikte George Lawson-Young zo geestdriftig dat zijn hoofd eraf leek te vallen.

Daniel zei: 'Ik vind het leuk dingen voor Gerard te zoeken. Ik ben altijd op zoek naar dingen voor hem.'

Naast mij begon Priam ongemakkelijk te schuifelen.

Aan hem vroeg ik: 'Waarom heb je de banden verwisseld?'

'Ik heb al gezegd...' begon hij.

'Ik weet wat je hebt gezegd,' onderbrak ik hem. 'En dat was een leugen.' De leugens uitziften, had de professor in Bristol gezegd, en ik zou de waarheid overhouden. Ik vroeg opnieuw: 'Waarom heb je de banden verwisseld?'

Priam haalde zijn schouders op. 'Ik dacht dat op de band die Eddie Payne aan je had gegeven de bergplaats van een antieke halsketting stond. Miljoenen waard, had ik van iemand gehoord. Ik vond hem die avond in je regenjas en ik dacht dat niemand het zou merken als ik hem hield, nu Martin dood was.'

Halve waarheden en misvattingen hadden de weg naar dood en vernietiging geopend.

Priam vervolgde: 'Ik heb een andere band uit Martins kantoor gepakt, met paardenraces erop, die in hetzelfde papier gewikkeld en weer in de zak van je regenjas gedaan. Toen ik die avond de oorspronkelijke band thuis afdraaide, ondekte ik dat het allemaal onbegrijpelijke abracadabra was en er niets over een ketting op stond. Dus ik heb hem gewoon teruggelegd in Martins auto toen ik die de volgende dag terugbracht naar Bon-Bon.'

Hij keek in het rond. 'Niets aan de hand. Jij hebt de band terug. Geen politie nodig.'

Niets aan de hand. O God, wat had hij het bij het verkeerde eind.

Het duurde vier dagen voordat de politie me verlof gaf Logan Glas weer binnen te gaan.

Broadway was het middelpunt van een mediacircus geworden. De Draak van de overkant had eerder gezegd: 'Jij bent in deze stad altijd nieuws geweest, lover,' en als beloning voor het feit dat ik haar hotel zoveel klandizie bezorgde mocht ik haar beste suite gebruiken en liet ze haar glazen beestjes op een plank in de lounge paraderen met een kaartje erbij waarop stond dat er duplicaten van te koop waren.

Marigold, haar natuurlijke concurrent op het gebied van sari's, kaftans, wimpers en 'schat', kwam voortdurend langs om te kijken wanneer ik nu écht aan haar trofee zou beginnen. Worthington, die van chauffeur was bevorderd tot haar permanente arm-in-armbegeleider, werd afgevaardigd om met mij naar de bank te gaan en de halsketting op te halen. Marigold behaalde een totale overwinning op de Draak door de ketting dag en nacht te dragen en hem ten slotte voor een enorm bedrag definitief van me te kopen.

Rose, Norman Osprey, dr. Force en Hickory zaten in voorlopige hechtenis, terwijl Eddie met zijn verbrande handen voorlopig in het ziekenhuis lag.

Priam, die niets begreep van alle consternatie, was op borgtocht vrijgelaten, en dat betekende dat zijn paspoort was ingenomen. 'Buitengewoon ongelukkig,' verklaarde hij. 'Waarom word ik behandeld als een gewone misdadiger?' Omdat hij een gewone misdadiger was, had Worthington hem en ieder die verder maar wilde luisteren toegevoegd.

Professor George Lawson-Young had de videoband uit Martins auto gekregen. Er waren een paar pijnlijke momenten geweest toen de hoofdcommissaris had getracht beslag op de band te laten leggen als bewijsmateriaal. Lawson-Young was zijn gegevens al één keer kwijtgeraakt en hij was niet van plan ze ooit nog uit handen te geven. De politie stemde er schoorvoetend in toe de band alleen even mee te nemen om een kopie te laten maken.

Elke avond nestelde Catherine zich in mijn armen en hield me op de hoogte van het nieuws uit het politiebureau.

Rose deed weinig anders dan schelden en schreeuwen, voornamelijk tegen mij, scheen het.

Hickory gaf mij, Rose en de wereld in het algemeen de schuld.

Dr. Force had wel iets gezegd, maar het meeste ontkend. Hij had echter onthuld dat Martin Stukely niet had geweten dat de gegevens op de band gestolen waren. De doctor had hem notabene wijsgemaakt dat hij de onderzoeksresultaten wilde beschermen tegen anderen die

197

zijn werk wilden ontvreemden.

Daar was ik blij om. Had ik eraan getwijfeld?

Op donderdag gingen we weer open. In de showroom was het drukker dan het ooit op een doordeweekse dag in januari was geweest en de verkoop liep als een trein. Maar in feite was er veel meer belangstelling voor de bloedvlekken op de vloer – die moeilijk te verwijderen bleken tussen de stenen – dan voor mijn voorraad.

In het weekend bleek Pamela Jane voldoende hersteld om terug te komen, maar ze wilde liever uitsluitend in de showroom werken en liep alleen gehaast door de werkplaats naar haar kastje als ze niet anders kon.

Op zondag, een week na alle ellende, begon ik opnieuw aan het paard voor de trofee.

De betrouwbare Irish had toegezegd me te zullen assisteren en deze keer hadden we een eenkoppig publiek. Catherine zat in de inmiddels vertrouwde stoel en keek toe hoe ik opnieuw mijn werktuigen klaarlegde en me tot op mijn hemd uitkleedde.

Ik trapte op het pedaal om de deur naar de oven te openen en de hitte de ruimte in te laten wolken.

Catherine trok haar jas uit.

'Hang maar in mijn kastje,' zei ik en gooide haar de sleutels toe.

Ze liep naar de overkant van de werkplaats en opende een deur van de hoge grijze kast.

'Wat staat hierop?' vroeg ze en hield een videoband omhoog. 'Op het etiket staat "Instructies voor het maken van de Kretenzische Zonsopgang".'

Ik stond in een mum van tijd naast haar. Per ongeluk had ze Hickory's kastje geopend en daarin vonden we niet alleen de band met instructies voor het maken van de ketting, maar ook – in een bruinpapieren zak – een paar veters die groenwit gestreept waren.

Ik lachte. 'Het drama van de drie banden – en de ene lag al die tijd onder mijn neus.'

'Drie banden?' vroeg ze. 'Twee waren al erg genoeg.'

'Het waren er drie,' antwoordde ik. 'De enige echt belangrijke, waardevolle en misschien unieke band was degene die Force heeft gemaakt van de gestolen resultaten van het kankeronderzoek. Hij gaf hem aan Martin, die hem via Eddie weer aan mij gaf. Priam verwisselde hem voor een andere, omdat hij ten onrechte dacht dat het een schatgraversdroom was om aan miljoenen te komen. Toen hij ontdekte dat het niet zo was, verborg hij hem gewoon in Martins auto. Dat was de band die Rose en dr. Force zo dolgraag wilden hebben.'

'En de band van de ketting?' vroeg Catherine. 'Deze hier?'

Ik zei: 'Ik had de band met de instructies voor het maken van de ketting aan Martin geleend en hij lag in zijn kantoor thuis totdat Hickory hem samen met alle andere banden ontvreemdde. Hickory moet hem hebben bewaard omdat hij voor hem van waarde was. Hij dacht dat hij een kopie van de ketting kon maken. En bewaarde de band blijkbaar in zijn kastje.'

'Wat is dan de derde band?' vroeg ze.

'De band,' vervolgde ik, 'die Priam uit Martins kantoor weghaalde voordat Hickory de rest meenam. Hij stopte die in de zak van mijn regenjas en dat was de band die Force op oudejaarsavond om twaalf uur ontvreemdde, in de veronderstelling dat het zijn band met kankeronderzoek was. Wat had ik graag zijn gezicht gezien toen hij bij het afspelen van de band zag dat er alleen paardenraces op stonden.'

Ik maakte het paard voor de trofee. Met hulp van Irish haalde ik het hete glas uit de tank en vormde opnieuw het lijf, de benen en staart van het paard. Maar deze keer nam ik er alle tijd voor en gebruikte er alle kennis, talent en aandacht voor die ik zowel geleerd als geërfd had van mijn oom Ron. Ik vormde de hals en het hoofd van een intelligent dier, met uitstekende jukbeenderen en een stevige mond. Ik gaf het manen die golfden als in volle galop en voegde het geheel vervolgens naadloos samen met het lijf.

Ik was aangevangen met een commerciële opdracht voor Marigold en Kenneth Trubshaw en zijn Trofeeëncommissie in Cheltenham. Het werd een gedenkteken voor een trouwe vriend die ik erg miste. Een gedenkteken dat zijn moed en kundigheid waardig was.

Ten slotte stond het steigerende paard op mijn aanzetbank en tilden Irish en ik het snel maar voorzichtig in een van de koelovens. Daar zou het langzaam en veilig afkoelen, zodat de inwendige spanningen en stress geleidelijk aan minder zouden worden. Het was niet de bedoeling dat dit paard explodeerde.

Ik ging met Catherine naar de herdenkingsdienst voor Paultje Pietepeut, maar bij de kerkdeur liet ik haar over aan de zorgen van haar collega's. Een groepje rechercheurs in burger omringde haar en treurde met haar. Het was een peinzende en stille politievrouw die een uur later op haar motorfiets klom, even aarzelde voor ze startte en haar toekomstige duopassagier zonder omwegen vroeg: 'De cremate van

Paultje is morgen en vanavond is er in de pub een borrel om hem te herdenken. Ik heb de rest van de dag vrijaf, dus waar wil je nu heen?'

'Naar bed,' zei ik zonder aarzelen en voegde eraan toe dat dit vast en zeker de instemming van Paultje Pietepeut zou hebben.

Catherines verdriet smolt weg als sneeuw voor de zon.

Ik zei: 'Ik heb nog steeds niet gezien waar je woont, weet je nog? Dus waarom doen we dat nu niet?'

Haar glimlach had iets ondeugends. Ze trapte het startpedaal in en zei me achterop te gaan zitten.

Haar huis bevond zich op een minuut of vijf loopafstand, en dus minder dan één minuut op de motor, van het politiebureau in een rechte grijze straat. Ze stopte bij een halfvrijstaande bungalow in een rij identieke, gepleisterde doosjes, en ik wist op het eerste gezicht al dat dit geen plek voor mij was. Het was een vergissing geweest erheen te gaan, maar omdat Catherine mijn vervoer was zou ik met een glimlach doen of ik het leuk vond.

En dat deed ik ook, maar niet uit beleefdheid.

Binnen bleek de rechercheur haar gelijkvloerse woonruimte te hebben veranderd in een dependance van *De avonturen van Alice in Wonderland*. Een meer dan levensgrote Maartse Haas en een Gekke Hoedenmaker van hetzelfde formaat zaten samen aan de keukentafel en stopten een zevenslaper in een theepot. Bij de badkamerdeur keek een wit konijn op zijn horloge en een rode koningin, een kok, een walrus en een timmerman dansten een quadrille rond de zitkamer. Alle wanden waren met een oerwoud van bloemen en overvloedig groen beschilderd.

Catherine moest lachen om mijn gezicht, ongetwijfeld een mengeling van amusement en afgrijzen.

'Al die poppen zijn overgebleven van een pretpark dat sloot toen ik zes was,' zei ze. 'Ik ben altijd erg gehecht aan ze geweest. Ik weet dat het onzinnig is, maar ze zijn gezelschap voor me.' Plotseling slikte ze. 'Ze hebben me geholpen het verlies van Paul te verwerken. Hij was op ze gesteld. Ze maakten hem aan het lachen. Zonder hem is het nu niet meer hetzelfde. Ik denk dat ik volwassen aan het worden ben.'

Ook Catherines slaapkamer paste in alle opzichten bij de rest van het huis – een fantasielandschap van levende speelkaarten die rozenstruiken wit en hardroze schilderden tegen een achtergrond van schapenwolkjes en heldergroen gebladerte.

Verrast bleef ik op de drempel staan, mompelde zwakjes 'Leuk' en Catherine begon te lachen.

'Je vindt het afschuwelijk, dat zie ik.'

'Ik kan mijn ogen dichtdoen,' zei ik en we trokken de gordijnen dicht.

Daar bedreven we de liefde ter nagedachtenis aan Paultje Pietepeut, maar toen rechercheur Dodd en haar duopassagier 's avonds na de borrel in de pub weer op de motor klommen, was het om naar het grote, rustige huis op de heuvel te rijden.

Het was of we thuiskwamen waar we thuishoorden.

Lees ook de andere spannende boeken van Archipel:

Sarah Diamond *De strandweg*

Op het eerste gezicht zijn de twee tieners Jane en Beverley elkaars tegenpolen. Beverley is knap en intelligent, ze woont in een mooi huis, heeft fijne ouders en leuke vriendinnen, mag op vakantie naar luxe oorden in verre landen. Beverley leidt een leven zoals Jane zich dat alleen kan dromen. Jane is eenzaam en gaat gebukt onder een groot verdriet dat haar van binnen opvreet. Ze heeft haar moeder onder afschuwelijke omstandigheden zien sterven en is bij haar grootouders ingetrokken in Underlyme aan Zee, waar ook Beverley woont.

Maar hoe volmaakt is Beverleys leven werkelijk? Als haar tijdens haar vakantie iets vreselijks overkomt, heeft ze, eenmaal thuis, het gevoel dat er niemand is bij wie ze terecht kan – behalve bij Jane. Maar geleidelijk aan begint Beverley zich te realiseren dat er iets vreemds, iets duisters is aan Jane. Dan kan ze nog niet vermoeden hóé vreemd, hoe duister...

De strandweg is een sublieme psychologische thriller van een jong talent. Een gruwelijk verhaal dat onder je huid kruipt.

Alice Hoffman *Onder water*

De kostschool van Haddan, Massachusetts. Een van de slaapzalen wordt bezocht door de geest van Annie Howe, die zelfmoord pleegde nadat ze ontdekt had dat haar man, hoofd van de school, overspel pleegde.

Het is jaren later dat twee nieuwe leerlingen, Carlin Leander, het trotse, vijftien jaar oude meisje dat studeert met een beurs, en August Pierce, een absolute eenling, elkaar ontmoeten en verliefd worden. De andere leerlingen pikken hun relatie niet: August is te veel een solist en ze vinden Carlin te goed voor hem. Na aanhoudende pesterijen en dreigementen wordt August Pierce vermoord...

Politieagent Abel Grey weigert de onverkwikkelijke zaken uit heden en verleden onopgemerkt te laten passeren en hij zet alles op alles om de ware toedracht rond de moord boven water te krijgen. Lerares fotografie Betsy Chase, een vrouw die voor haar eigen lot op de vlucht is, raakt ook betrokken bij het onderzoek wanneer op foto's die zij heeft gemaakt de beeltenis van de overleden August Pierce verschijnt.

Onder water is een spannende en meeslepende roman over vooroordelen en morele dilemma's. Alice Hoffman is een groot vertelster, die een magisch en tragisch verhaal heeft weten te schrijven over onschuld en kwaad en over geesten die in gewone levens een rol gaan spelen.

Dick Francis *Spitsroeden*

Hengsten fokken in de adembenemende omgeving van de Snowy Mountains in Australië, of paardenstallen uitmesten in Yorkshire? Een vraag waarop het antwoord voor de hand lijkt te liggen. Toch weet de graaf van October de jonge Australiër Danny Roke over te halen tot het Engelse alternatief. Er spelen zich allerlei vreemde zaken af op de renbaan, en als buitenstaander kan Danny misschien achterhalen wat er aan de hand is.

Het zijn de uitdaging van een leven *undercover* en de radicale verandering van decor die Danny over de streep trekken. Hij slaagt er inderdaad in een ingenieuze dopingzaak op het spoor te komen. De pijn die zijn *undercover*-bestaan echter met zich meebrengt, de omgang met gevaarlijke oplichters en de aantrekkelijke dochters van de graaf zouden al zijn plezier in de jacht wel eens kunnen vergallen...

Dick Francis, *Ongeluksgetal*

Ongeluksgetal is een spannende bundel korte verhalen die *master of crime* Dick Francis in de loop van zo'n vijfentwintig jaar heeft geschreven voor diverse bladen, waaronder *Sports Illustrated* en *The Times*. Acht zijn het er, aangevuld met vijf nieuwe verhalen, allemaal voorafgegaan door een korte inleiding met een enkele keer de wijze raad de beschreven misdaad vooral niet na te volgen...

Francis laat zien hoe gewone mensen door ongewone omstandigheden tot een misdaad kunnen komen. Schijnbaar geraffineerd beramen ze plannen, maar vroeg of laat lopen ze tegen de lamp.

Met zijn kenmerkende melange van niet-aflatende suspense, verfijnde verteltrant en authentieke ironische toon is Dick Francis erin geslaagd zijn lezers weer superieure ontspanning te bieden.

Dick Francis *Het oog van de orkaan*

Een zware orkaan kan met zijn rampzalige kracht vloedgolven van een meter of twaalf veroorzaken en huizen met de grond gelijk maken, en dit alles met een bijna onmeetbare snelheid.

Voor Perry Stuart, weerman bij de BBC, is zijn werk routine geworden. Zijn leven verloopt rustig en ordelijk, zijn gezicht is elke Britse televisiekijker vertrouwd en door zijn grondige meteorologische kennis en nauwkeurigheid geniet hij aanzien en respect bij zijn collega-weervoorspellers. Een turbulent leven leidt hij dus niet. Maar dan stelt een collega-weerman en vriend hem voor in het Caraïbisch gebied met een klein vliegtuigje door het oog van de orkaan te vliegen. Een spectaculaire vlucht met rampzalige gevolgen: het vliegtuigje verongelukt. Beide mannen weten zich onafhankelijk van elkaar en na vele ontberingen te redden. Maar dat is nog niet alles. Perry Stuart is tijdens de vlucht en zijn verblijf op een onbewoond eiland meer geheimen te weten gekomen dan hem lief is. Over wereldwijde fraude. Een mysterieuze ziekte waar een veulen bijna aan bezwijkt.

Terug in Engeland krijgt hij te maken met dreigementen die hem bijna even fataal worden als het natuurgeweld dat hij heeft aanschouwd. En ook hij wordt ziek...

Frances Fyfield *Onderstroom*

Henry Evans is een naïeve, keurige, Amerikaanse intellectueel die, behalve in India in de jaren zestig toen hij Francesca ontmoette, nooit ergens geweest is. Hij raakt dan ook snel van zijn stuk als hij aankomt in het plaatsje aan zee in Engeland waar zij woont. Het hotel waar hij zal logeren is overstroomd en de geliefde van al die jaren geleden zit in de gevangenis wegens moord op haar eigen zoontje. Een moord die ze grif bekend heeft.

Henry kan niet geloven dat Francesca tot iets dergelijks in staat is. Op zijn eigen, onhandige manier gaat hij op onderzoek uit. Hij stoot zich daarbij voortdurend aan het merkwaardige gedrag van de Engelsen. Wat moet hij met mensen die in de eenentwintigste eeuw nog geloven in spoken en geesten, en niet als grootste ambitie hebben snel veel geld te verdienen? En wat te denken van een veroordeelde die de waarheid niet boven tafel wil krijgen... Als hij vertwijfeld zijn koffers pakt en op het punt staat het land te verlaten, beseft hij ineens wat zich al die tijd in de onderstroom verborgen hield en wat hem onlosmakelijk met dat onbegrijpelijke land verbindt...